LE TEMPS
DES SECRETS

ŒUVRES DE MARCEL PAGNOL

Les films de Marcel Pagnol sont disponibles en vidéo-cassettes éditées par la Compagnie Méditerranéenne de Films.

MARCEL PAGNOL

de l'Académie française

LE TEMPS
DES SECRETS

Souvenirs d'enfance

★★★

Editions de Fallois

© Marcel Pagnol, 1988.

ISBN : 2 - 877 - 06052 - 7
ISSN : 0989 - 3512

ÉDITIONS DE FALLOIS, 22, rue La Boétie, 75008 Paris.

« *A mon fils Frédéric.* »
                              M. P.

Après la terrible affaire du Château, si glorieusement terminée par la victoire de Bouzigue, la joie s'installa dans la petite Bastide-Neuve, et les grandes vacances commencèrent.

Cependant, la première journée ne fut pas celle que j'avais vécue par avance avec tant de frémissante joie : Lili ne vint pas m'appeler à l'aube, comme il me l'avait promis, et je dormis profondément jusqu'à huit heures.

Ce fut le tendre crissement d'un rabot qui me réveilla.

Je descendis en hâte aux informations.

Je trouvai mon père sur la terrasse : il redressait l'équerre d'une porte gonflée par l'hiver, et des copeaux en crosse d'évêque montaient s'enrouler jusque sous son menton.

Tout à son ouvrage, il me montra du doigt une feuille de papier suspendue par un brin de raphia à la basse branche du figuier : je reconnus l'écriture et l'orthographe de mon cher Lili.

ce matin on peux pas aller aux piège, je suis été avec mon Père pour la Moison au chant de Pastan. Viens. on manje sous les pruniers. viens. te prèse pas. on niè tout le jour. ton ami Lili Ya le mullet Tu

pourras monté dessur. viens. ton ami Lili. Cet le chant
des becfigue de l'an pasé. viens.

Ma mère, qui venait de descendre à son tour,
chantait déjà dans la cuisine.

Pendant que je savourais mon café au lait, elle
prépara ma musette : pain, beurre, saucisson, pâté,
deux côtelettes crues, quatre bananes, une assiette,
une fourchette, un verre, et du sel dans un nœud de
roseau, bouché par un gland de kermès.

La musette à l'épaule, et mon bâton à la main, je
partis tout seul vers les collines enchantées.

Pour aller au « champ des becfigues », je n'avais
qu'à traverser le petit plateau des Bellons et à
descendre dans le vallon : en remontant le fond de la
faille, je pouvais arriver au champ perdu en moins
d'une heure. Mais je décidai de faire un détour par
les crêtes, en passant sur l'épaule de la Tête-Ronde,
dont la noire pinède terminale, au-dessus de trois
bandeaux de roche blanche, se dressait dans le ciel
du matin.

Le puissant soleil de juillet faisait grésiller les
cigales : sur le bord du chemin muletier, des toiles
d'araignée brillaient entre les genêts. En montant
lentement vers le jas de Baptiste, je posais mes
sandales dans mes pas de l'année dernière, et le
paysage me reconnaissait.

Au tournant de Redouneou, deux alouettes
huppées, aussi grosses que des merles, jaillirent d'un
térébinthe : j'épaulai mon bâton, je pris mon temps
(comme l'oncle Jules), et je criai : « Pan! Pan! » Je
décidai que j'avais tué la première, mais que j'avais
tiré trop bas pour la seconde et j'en fus navré.

La vieille bergerie avait perdu la moitié de son
toit; mais contre le mur en ruine, le figuier n'avait
pas changé : au-dessus de sa verte couronne, la haute

branche morte se dressait toujours, toute noire contre l'azur.

Je serrai le tronc dans mes bras, sous le bourdonnement des abeilles qui suçaient le miel des figues ridées, et je baisai sa peau d'éléphant en murmurant des mots d'amitié.

Puis je suivis la longue « barre » qui dominait la plaine en pente de La Garette... Sur le bord de l'à-pic, je retrouvai les petits tas de pierres que j'avais construits de mes mains pour attirer les culs-blancs, ou les alouettes des montagnes... C'est au pied de ces perchoirs que nous placions nos pièges l'année précédente, c'est-à-dire au temps jadis...

Lorsque j'arrivai au pied du chapiteau du Taoumé, j'allai m'asseoir sous le grand pin oblique, et je regardai longuement le paysage.

Au loin, très loin, sur ma droite, au-delà de collines plus basses, la mer matinale brillait.

Devant moi, au pied de la chaîne de Marseille-Veyre, nue et blanche comme une sierra, des brumes légères flottaient sur la longue vallée de l'Huveaune...

Enfin, à ma gauche, la haute barre feuilletée du Plan de l'Aigle soutenait l'immense plateau qui montait, par une pente douce, jusqu'à la nuque de Garlaban.

Une brise légère venait de se lever : elle attisa soudain le parfum du thym et des lavandes. Appuyé sur mes mains posées derrière moi, le buste penché en arrière, je respirais, les yeux fermés, l'odeur brûlante de ma patrie, lorsque je sentis sous ma paume, à travers le tapis de ramilles de pin, quelque chose de dur qui n'était pas une pierre. Je grattai le sol, et je mis au jour un piège de laiton, un piège à grives tout noir de rouille : sans doute l'un de ceux que nous avions perdus le jour de l'orage, à la fin des vacances... Je le regardai longuement, aussi ému que l'archéologue qui découvre au fond d'une fouille le miroir éteint d'une reine morte... Il était donc resté là toute une année, sous les petites aiguilles sèches qui étaient tombées lentement sur lui, l'une après l'autre, pendant que les jours tombaient sur moi... Il avait dû se croire perdu à jamais...

Je le baisai, puis je l'ouvris. Il me sembla que le ressort avait gardé toute sa force. Alors, je le frottai contre la terre : un mince fil d'or reparut, et je vis qu'il serait facile de le ressusciter : je me levai, je le mis dans ma musette, et je descendis au galop vers Passe-Temps, où m'attendait Lili le Moissonneur.

**

Je le trouvai au milieu d'un champ qui s'allongeait étroitement au fond du vallon, serré entre deux hautes murailles de roche. Il était bordé sur la droite d'oliviers bien entretenus, et sous la barre de gauche par un fouillis d'arbres touffus : c'étaient des pruniers chargés de fruits ronds, qui commençaient à bleuir.

François, les jambes écartées, lançait sa faux à la volée. Lili le suivait, et liait en gerbes les javelles... C'était du blé noir, le froment du pauvre. Les épis étaient clairsemés, et il y avait même de grands vides, où les lapins avaient mangé ce blé en herbe, comme font les enfants prodigues; puis après la mort de l'épouvantail, que les rats avaient déshabillé, les geais, les pies et les perdreaux avaient picoré tout à leur aise les grains mûrissants.

Comme je déplorais ces ravages, François se mit à rire, et dit : « Ne pleure pas pour le blé perdu : ils l'ont payé! »

Lili m'apprit, en effet, que son père avait pris dans ce champ deux ou trois lapins par jour, auxquels étaient venues s'ajouter, quand les épis furent formés, une douzaine de jeunes perdrix.

« Je fais ça chaque année, dit François. Après, on ramasse ce qui reste pour le poulailler... »

Il me sembla que sur ces terres lointaines et stériles, c'était la seule façon raisonnable de concevoir l'agriculture.

Je vidai ma musette dans l'herbe tandis que Lili étalait sur une toile de sac le contenu d'un « carnier » de cuir.

Sous la barre, nous construisîmes un foyer en rapprochant trois grosses pierres : puis, au-dessus d'une crépitante braise de myrte et de romarin, Lili installa, sur un carré de grillage qu'il avait apporté, mes côtelettes et trois saucisses. Elles pleurèrent de grésillantes larmes de graisse, dont la fumée lourde et nourrissante me fit saliver comme un jeune chien.

Ce déjeuner fut délicieux, et la conversation, coupée de longs silences masticatoires, fut cependant très instructive.

François taillait ses bouchées de pain avec son couteau, et il mangeait gravement, la joue gonflée, dans un silence presque solennel. Mais il remarqua soudain mon assiette de porcelaine, et se mit à rire, comme d'une surprenante plaisanterie. Au cours du déjeuner, il y revint plusieurs fois : il la montrait de la pointe de son couteau, et il riait de nouveau, sans bruit : ses épaules tressautaient sous ses oreilles.

Quand nous en fûmes aux bananes, il pela la sienne en disant : « Ça, j'en ai déjà mangé, à Marseille, au service militaire. »

Il la regarda ensuite, se mit à rire une fois de plus, et l'engloutit.

A ce moment, un très grand lézard vert traversa le champ sans se presser, non loin de nous.

François me le montra du doigt.

« Tu sais ce que c'est?

– Parfaitement. C'est un limbert. L'année passée, nous en avons pris une douzaine avec nos pièges, sans le faire exprès!

– Quand j'étais petit, dit-il, j'en ai mangé au moins cinquante. Mon père leur tirait la peau, il les vidait, et puis dix minutes sur la braise...

– C'était bon?

– Pas mauvais. Mais il faut avoir l'habitude. En tout cas, c'est meilleur que le serpent... »

Il se reprit, comme par un scrupule de gourmet, et ajouta :

« ... Moi, je te parle pour mon goût... C'est comme il y en a qui aiment le renard. Mais je trouve que ça a une odeur, et je préfère mieux le blaireau... »

Il se cura les dents avec la pointe de son couteau, le referma sur un claquement très sec, et poursuivit :

« ... L'écureuil non plus, ce n'est pas mauvais, si tu ne crains pas le goût de résine. Mais quand même, finalement, tout ça ne vaut pas l'hérisson. »

J'avais peine à croire qu'il suivît un aussi étrange régime et je demandai :

« Vous avez mangé de toutes ces bêtes?

– Bien sûr. »

Il se tourna vers Lili.

« Les gens de la ville, ça les étonne toujours que nous mangions les zérissons. Et pourtant, eux, ils mangent bien des oursins! »

Après cette réplique triomphale, il parut méditer un instant, et ajouta tout à coup :

« Et même, à ce qu'il paraît, qu'il y a des saligauds qui mangent des grenouilles! »

Il ouvrit largement sa bouche, et referma lentement les mâchoires, comme pour faire éclater un batracien entre ses dents.

« Oh! s'écria Lili avec une douloureuse grimace, ne parle pas de ça, tu me donnes mal au cœur! »

François se leva.

« Qu'est-ce que tu veux, dit-il sur un ton philosophique, on a bien raison de dire que tous les goûts sont dans la nature, et moi, mon goût, c'est l'hérisson. Allez, zou! Au travail! »

Il reprit sa faux, Lili le râteau; je fus chargé de glaner derrière eux, et de faire de petits bouquets d'une dizaine d'épis, qui serviraient plus tard à « engrener » les perdreaux.

Ces travaux rustiques durèrent jusqu'au coucher du soleil et ce fut une journée plaisante. Au retour, nous grimpâmes tout en haut des gerbes entassées sur la charrette, tandis que François conduisait le mulet par la bride.

Nous cheminions dans l'ombre fraîche du vallon. Là-haut, tout le long de la barre, les rayons du couchant doraient les pins penchés vers nous, et notre passage faisait fuir des volées de cigales.

A plat ventre sur la paille craquante, les confidences commencèrent.

Sans me regarder, Lili me dit à voix basse :

« Je me languissais de te voir.

– Moi aussi. »

Les cahots nous balançaient dans l'odeur fraîche du blé barbu. Il reprit :

« Demain matin, on ira aux pièges, mais il faudra rentrer de bonne heure.

– Pourquoi?

– Pour fouler ce blé sur l'aire. Et l'après-midi, il faudra battre les pois chiches qui sont à sécher dans le grenier. »

Il paraissait inquiet, et mélancolique.

Il poursuivit :

« Maintenant, mon père veut que je l'aide presque tous les jours, parce que j'ai des poils! »

Il allongea la jambe pour me montrer, sur son mollet, le duvet brun qui menaçait sa liberté.

« J'irai t'aider, dis-je.

– Ça ne m'avancera guère, parce qu'après les pois chiches, ça ne sera pas fini. A la campagne, en ce moment, il y a toujours quelque chose à faire. Mais ce n'est pas une raison pour que tu perdes tes vacances. Je te donnerai mes aludes : j'en ai des belles, des rousses, celles des arbres. Tu iras tendre tout seul jusqu'à l'ouverture de la chasse, parce qu'à partir du dix août, mon père m'a promis de me laisser libre le matin, et aussi après cinq heures du soir.

– Non, lui dis-je. Moi, tout seul, ça ne m'amuse pas. J'aime mieux venir travailler avec toi. »

Il me regarda un instant, ses yeux brillèrent, et il me sembla qu'il rougissait.

« Je me l'étais pensé, dit-il. Mais quand même, ça me fait plaisir. »

*

C'est ainsi que cette année-là, j'appris à fouler le blé noir sous l'antique rouleau de pierre creusé de rainures et traîné par le précieux mulet; puis, du bout de la fourche en bois d'alisier, je lançai dans le vent la paille fatiguée : le grain nu grêlait à mes pieds, la paille retombait plus loin, et la balle légère s'envolait en longues traînées blanches à travers les branches des oliviers. Je battis au fléau les pois chiches, enfermés dans des cosses sèches comme une bille dans un grelot. Ensuite, nous fabriquâmes des canisses, qui sont des claies de roseaux sur lesquelles on fait sécher les figues. Il fallut aussi, chaque soir, tirer l'eau du puits pour arroser les pommes d'amour (que les Français appellent platement « des tomates »), lier les salades, « faire de l'herbe » pour les lapins, et changer la litière du mulet. Nous essayâmes de tendre des pièges dans les champs voisins de nos travaux, sous les oliviers, ou dans les éteules. Mais nos captures furent misérables : des pies indignées, des moineaux trahis, ou des « bouscarles » si petites que le piège, par-dessus leur tête, les saisissait par le croupion.

Nous y renonçâmes bientôt, en attendant le retour de l'oncle Jules si longuement emperpignané.

Ce matin-là, mon père décida qu'il était grand temps de couper les boucles blondes du petit Paul, qui réclamait depuis longtemps ce sacrifice.

« A l'école, disait-il, il y en a qui m'appellent la fille, et moi ça ne me plaît pas. »

Il fut donc installé sur une chaise surmontée d'une petite caisse. On lui mit la serviette au cou, exactement comme chez le coiffeur. J'avais été chargé d'aller voler à la cuisine une casserole d'une taille convenable, et pour plus de sûreté, j'en avais pris deux.

Je lui mis la plus juste comme un chapeau, et j'en tins le manche : pendant ce temps, avec une paire de ciseaux, mon père trancha les boucles au ras du bord : ce fut fait avec une rapidité magique, mais le résultat ne fut pas très satisfaisant, car ôtée la casserole, la chevelure du patient apparut curieusement crénelée. Comme il réclamait le miroir, mon père s'écria : « Pas encore! »

Il tira alors de sa poche une tondeuse toute neuve, et dégagea la nuque fort habilement, comme pour un condamné à mort, sur la couverture en couleurs du *Petit Journal*. Puis, avec un peigne et des ciseaux, il tenta d'égaliser les cheveux sur les deux côtés de la tête. Il y réussit assez bien, mais après un si grand nombre de corrections qu'elles ramenèrent leur longueur à zéro. Paul se mira, et s'admira, quoiqu'il ne lui restât plus qu'une frange sur le front. Il s'appliqua à prendre une mine virile, pinçant les lèvres et fronçant le sourcil : et il est bien vrai qu'il me parut métamorphosé. Nous allâmes, triomphalement, le présenter à Augustine, qui fut très émue, mais déclara qu'il fallait bien se résigner à perdre un bébé pour avoir un petit garçon, et elle finit par dire que « ça lui allait très bien ». Bref, tout le monde fut content, et Paul se mit aussitôt à coudre ses boucles autour d'un rond de drap, pour en faire un scalp.

Par malheur, ce premier succès entraîna Joseph dans une aventure audacieuse.

Sa sœur aînée, la tante Marie, lui avait un jour conseillé de tondre à ras la petite sœur, afin d'épaissir ses tresses futures, et le coiffeur du quartier avait confirmé l'excellence du procédé. Il en avait donc parlé à la maison, mais sans se prononcer tout de suite sur la valeur de ce conseil : dès le premier regard d'Augustine, et sans lui laisser le temps de protester, il déclara qu'il serait barbare de raser de si jolies boucles, et conclut en disant que « la petite avait bien assez de cheveux comme ça ».

Mais il avait une tondeuse neuve dans la poche : on sait bien que les beaux outils attirent la main et qu'ils veulent agir parce qu'ils savent que la rouille les guette. Joseph n'y résista pas, et sa vanité d'apprenti coiffeur lui persuada qu'il avait le devoir d'appliquer le traitement conseillé par un professionnel, et qu'une sensiblerie absurde, très voisine du fétichisme, ne devait pas empêcher un père d'assurer l'avenir capillaire de son enfant.

Il fit donc son coup en cachette, non pas avec l'espoir de supprimer les réactions d'Augustine, mais avec la certitude de les rendre inopérantes, parce qu'elles ne viendraient qu'après l'irréversible action.

Elles vinrent, en effet, et dans le moment même où il regrettait déjà d'avoir acheté cette tondeuse. La vue directe de ce crâne enfantin qui paraissait énorme, nu et fragile comme un œuf, était vraiment inquiétante : on voyait battre la fontanelle, comme si un poussin allait en sortir.

La réaction de ma mère fut très vive, car elle arracha la tondeuse des mains de Joseph, et courut jusqu'au puits de Boucan, où elle lança l'outil malfaisant. Mon père riait, mais sans joie. Paul était ravi, et chantait :

> *Tondu, rabattu,*
> *La cigale l'a mordu!*

Pour moi, j'étais assez ému, mais je me demandais en quoi la noyade de la tondeuse pouvait aider à la reconstitution de la chevelure sacrifiée.

Cependant, la victime elle-même, ses boucles à la main, était montée toute seule sur une chaise, devant la cheminée, et elle regardait dans le miroir cette pastèque rose qui ouvrait de grands yeux noirs. Quand elle eut compris que c'était bien elle, son menton trembla tout à coup, et elle commença un long cri de terreur et de désespoir. Ma mère, de retour du puits, marchait d'un pas de somnambule, le regard fixe, et les mâchoires serrées. Sans mot dire, elle prit ces hurlements sous son bras, et les porta dans sa chambre. Mon père la suivit, la moustache tombante, avec le sourire confus d'un coupable, et les bras écartés du repentir.

Paul, rigolard, me dit : « Heureusement qu'elle a jeté la tondeuse, autrement tu y passais, et maman aussi! »

***

La petite sœur ressortit de la chambre sous une vieille toque de fourrure que ma mère avait ajustée à sa tête, pour la préserver, nous dit-on, des coups de soleil et des courants d'air.

Elle remonta sur sa chaise, se regarda de nouveau dans le miroir, et comme elle était déjà sensible aux accessoires, elle parut tout à fait contente.

Cependant, ma mère, mélancolique, roulait dans un papier de soie une mèche brune, qui alla rejoindre, dans le coffret de laque, une boucle blonde du petit Paul.

***

C'est tout justement ce jour-là, vers les quatre heures, que l'oncle Jules et la tante Rose arrivèrent sans crier gare, dans une jardinière qu'ils avaient louée à un maraîcher de Saint-Marcel.

La petite sœur – avec sa toque – courut à leur rencontre. L'oncle déposa ses deux valises, et la prit dans ses bras. Alors, pour le remercier, et pour témoigner sa joie, elle chanta joyeusement, d'une voix suraiguë, une chanson composée par un agent électoral pour les élections municipales.

> *A bas Chanot*
> *Ce mendigot*
> *Sans plus attendre*
> *Il faut le pendre...*

Comme ce pendable Chanot était le maire catholique de Marseille, l'oncle Jules fronça le sourcil, déposa la petite sœur, reprit une valise dans chaque main et, s'avançant vers Joseph, qui venait tout souriant à sa rencontre, il lui reprocha, sur un ton sarcastique, d'avoir commencé d'un peu trop bonne heure l'éducation politique de cette enfant.

Mon père, enchanté de reprendre aussi vite leur agréable querelle, répliqua qu'il ne connaissait pas lui-même cette chanson – dont il approuvait d'ailleurs la rude franchise – et que c'était la petite sœur elle-même qui la lui avait apprise, ce qui était la vérité. Comme elle n'allait pas encore à l'école (source de toutes connaissances) jamais personne n'a pu savoir de qui elle la tenait.

Ce premier débat fut d'ailleurs arrêté par un cri étouffé de la tante Rose, car pour lui faire un grand salut la petite sœur venait d'enlever sa toque. La tante crut sans doute pendant une seconde que nous l'avions scalpée, ou qu'une fièvre typhoïde avait exigé ce sacrifice. Mais ma mère vint se jeter dans ses bras en riant, et elles montèrent toutes les deux dans les chambres pour y reprendre leurs conversations chuchotées, leurs éclats de rire malicieux, et leurs « oh! » mystérieusement indignés.

L'ONCLE Jules rapportait du Roussillon des raisins à l'eau-de-vie, des gâteaux mielleux qui collaient aux dents, un foie d'oie comme un cœur de veau, de la fine d'avant le déluge, et des *r* remis à neuf.

Le volume du cousin Pierre était devenu considérable; la famille en fut aussi heureuse que si nous avions dû le manger. La tante Rose elle-même avait un peu forci; ses nouvelles joues lui allaient très bien, et ça faisait de la place pour l'embrasser.

Ce fut une bien plaisante journée de retrouvailles, et dans chaque pièce de la maison, on entendait rire ou chanter.

Alors, la vie de l'année précédente recommença. Nous refîmes les cartouches, nous astiquâmes les fusils, et c'est moi qui eus l'honneur de fixer l'itinéraire de la chasse de l'Ouverture : ce fut un très grand succès, presque un triomphe. Les carniers gonflés de perdrix, Lili et moi nous tenions un lapin dans chaque main, tandis que l'oncle Jules, à la façon du berger qui porte l'agneau de la Pastorale, avait installé sur ses épaules ensanglantées un lièvre d'un blond pâle, qui était aussi grand qu'un chien. Il nous révéla que c'était un « migrateur », un lièvre d'Allemagne, qui n'aurait pas dû se trouver là au mois d'août, car ils arrivent en hiver, et repartent au milieu du printemps. Sa présence était donc inexplicable. Mais Joseph assimila son cas à celui d'un coiffeur berlinois, venu à Marseille pour trois jours, en mission syndicale, et qui n'en était jamais reparti.

Ce glorieux début annonçait que la saison de chasse serait brillante, et l'oncle Jules en calcula par avance les profits, qui selon lui paieraient le loyer, et peut-être un épagneul breton pour l'année suivante.

Cependant, je m'aperçus assez vite que ma passion avait perdu sa virulence, et il me sembla que les chasseurs eux-mêmes ne brûlaient plus de la même ardeur.

Certes, ce furent encore de belles journées : mais les exploits de l'oncle Jules – toujours infaillible – n'étaient que d'intéressantes redites, et ses rares échecs avaient maintenant plus d'importance que ses réussites.

De même, Joseph n'était que satisfait quand il avait ajusté la bécasse du crépuscule ou la queue blanche d'un civet. Pour moi, mon cœur ne battait plus aussi vite pendant la visite des pièges, et l'envol soudain d'une compagnie de perdrix ne me suggérait plus l'apparition d'un monstre, mais une panique dans un poulailler...

L'expérience, la « précieuse » expérience avait désenchanté mes collines et dépeuplé les noires pinèdes : plus de lion, plus d'ours grizzly, pas même un loup-cervier solitaire. Ils avaient tous réintégré les pages illustrées de mon *Histoire naturelle* et je savais bien qu'ils n'en sortiraient jamais plus.

Chaque jour, vers onze heures, nous quittions les chasseurs dans la colline : Lili descendait vers ses travaux agricoles. Quand mon aide pouvait en accélérer l'exécution, j'allais le retrouver après le déjeuner. Mais le plus souvent, je passais l'après-midi à la Bastide-Neuve.

Après quelques menus travaux domestiques (un

voyage au puits de Boucan, la préparation d'allumettes de « bois gras », la mise en ordre du cellier)
j'allais m'étendre à plat ventre sous un olivier, les
coudes plantés dans l'herbe sèche, et la tête entre mes
mains, au-dessus d'un livre de Jules Verne, que je
venais de découvrir; son imagination prodigieuse
suppléait à la défaillance de la mienne, et ses inven-
tions remplaçaient la féerie perdue de mes collines. Je
lisais et je relisais avec passion *Les Enfants du
capitaine Grant,* et surtout *L'Ile mystérieuse*, dont les
personnages avaient pour moi la même réalité que
mon père ou que l'oncle Jules.

Paul essayait souvent de réveiller mon âme de
Comanche, en me lançant de loin de farouches défis,
aggravés d'insultes pawnees : mais j'avais renié Gustave Aymard, et la hache de guerre était enterrée à
jamais... Je lui répondais parfois – sans même lever
la tête – par des malédictions (en comanche) et il
m'arrivait encore de le scalper, mais c'était vraiment
pour lui faire plaisir...

Assis au pied du « sycomore des ancêtres » (qui
n'était qu'un vieil amandier), sous un diadème de
plumes de perdrix, il fumait solitaire, entre deux
quintes de toux, le calumet de clématite. Sur ses
joues et son front, des arabesques de colle papetière
retenaient de la poudre de craie. A sa ceinture
pendait sa propre chevelure, à côté du scalp d'une
poupée morte de vieillesse.

De temps à autre, il interrompait sa méditation, et
tendait l'oreille à la brise. Il se levait d'un bond,
poussait le farouche cri de guerre à la vue de
l'invisible ennemi, lançait le « tomahawk » contre le
vent, et tirait vainement des flèches sans réponse...
Mais il avait beau faire, sa gloire était passée... Il
n'était plus le chef redouté d'une féroce tribu paw-
nee, et sa démarche trahissait plutôt la fatigue et la
mélancolie du dernier des Mohicans.

Cette vie agréable, et qui me semblait devoir durer des années, fut soudainement troublée par une tragi-comédie familiale, dont j'aurais pu tirer de très précieux enseignements, si je l'avais comprise. Mais j'étais encore bien jeune, et ce n'est qu'en la revoyant de très loin que j'ai pu la reconstituer.

UNE nuit, je fus brusquement réveillé par le hennissement d'un cheval, qui me sembla être devant la porte. Je me demandai un instant si ce long cri tremblé ne sortait pas d'un rêve. Mais comme je prêtais l'oreille, j'entendis dans la maison un remue-ménage que ses auteurs essayaient d'étouffer : pas prudents, chuchotements, murmures, portes refermées avec précaution.

Je me levai sans bruit, j'entrouvris le volet; le jour se levait, et dans la lumière encore douteuse, je vis un fiacre, oui, un fiacre, qui était arrêté près de la maison, sur la pente pierreuse. C'était là un événement extraordinaire, et sans doute le premier véhicule de cette espèce qui se fût hasardé jusque-là.

Il y avait sur le siège un cocher, qui bâilla longuement. Qui pouvait être venu nous réveiller à l'aube, et pourquoi?

J'ouvris tout doucement ma porte, et je sus tout de suite qui était là : ma tante Fifi, l'une des sœurs aînées de mon père. C'était une femme d'une grande autorité. Depuis sa vingt-cinquième année, elle était la directrice d'une école supérieure : elle y régnait en despote bien-aimée, et se donnait tout entière à sa mission qui était d'instruire, d'éduquer et de former de jeunes citoyennes vertueusement laïques. Comme l'inaction des jeudis lui paraissait un gaspillage criminel, elle avait fondé la Société du Gland, qui avait pour but le reboisement des collines de l'Estaque : une fois par semaine, elle entraînait donc à travers la garrigue un état-major de vieillardes virginales, que suivait un bataillon de jeunes filles consternées.

Déployées en tirailleurs, et s'arrêtant au commandement, ces prisonnières grattaient le gravier, et enterraient, sous une poignée de cailloux, un gland. C'est pourquoi les journaux parlaient de la tante, ce qui remplissait de fierté toute la famille. Comme elle s'occupait aussi de la Ligue contre le tabac, de l'Association pour le vote des femmes, et de la Croisade pour l'Allaitement au sein maternel, elle était souvent reçue par M. le maire, et même par M. le préfet : des gens bien informés disaient qu'elle finirait par avoir la Légion d'honneur, et nous attendions chaque année ce glorieux événement.

Bref, c'était une femme de bien, ce qui ne l'empêchait pas d'être belle, et de sentir bon.

A certains éclats, je reconnus le timbre de sa voix, mais je ne pus comprendre ce qu'elle disait : au bout d'une minute, cependant, je pus saisir le mot « papa ». Elle parlait donc de mon grand-père, et j'eus le pressentiment que cette visite presque nocturne venait annoncer un malheur.

Je l'aimais beaucoup, le vieux maître André, mais je savais qu'il pouvait mourir à chaque instant, puisqu'il avait quatre-vingt-six ans. Je considérais même qu'un âge aussi extraordinaire, un âge d'arbre, était en somme abusif et que chaque nouvelle journée vécue représentait un tour de force de sa part, et un cadeau pour la famille.

C'est pourquoi le chagrin que ne manquerait pas de me causer sa perte était déjà réparti sur plusieurs années de mon enfance, et par conséquent presque « amorti », comme un vieil immeuble.

Comme je commençais à liquider ce compte par

deux grosses larmes, j'entendis la voix de mon père qui disait sur un ton sérieux :

« Mais voyons, Fifi, tu plaisantes! »

Elle répondit à voix basse par un très grand nombre de mots, puis l'oncle Jules dit gravement :

« A cet âge-là, c'est peut-être plus sérieux que vous ne le croyez! »

La tante Rose fit une réponse inintelligible, qui se termina par un éclat de rire.

Je fus aussitôt rassuré : non, le grand-père n'était pas mort, puisqu'elle riait.

« En tout cas, dit soudain ma mère, puisqu'il veut nous voir, il faut y aller tout de suite.

— C'est surtout Marcel qu'il réclame! dit la tante Fifi.

— Je vais le réveiller », dit la voix de mon père.

Je me hâtai de refermer ma porte, je bondis dans mon lit, et je remontai le drap sur mon visage, puis, en réglant ma respiration sur celle de Paul, qui dormait profondément, je feignis le paisible sommeil de l'innocence.

Joseph entra sans bruit, portant une lumière dont la lueur perça le drap.

Il m'appela à voix basse : je répondis par un profond soupir, et je me tournai vers le mur. Alors, il posa sa main sur mon épaule. Je tressaillis, et j'ouvris brusquement des yeux énormes en prenant l'air égaré.

« Allons, dit-il, lève-toi, et mets ton costume de ville. »

Je frottai mes paupières à poings fermés, comme il est d'usage, et je dis – d'une voix ensommeillée :

« Qu'est-ce qu'il y a?

— Ton grand-père est malade, et il veut absolument nous voir. »

Avec une angoisse qui n'était qu'à demi feinte, je m'écriai :

« Il est mort?

– Mais non! dit mon père. Puisque je te dis qu'il veut nous voir!

– Moi aussi, il faut que j'y aille?

– Oui, toi aussi, il te réclame.

– Est-ce qu'il est très malade?

– Je ne crois pas, dit mon père. Je crois que c'est surtout moral. C'est pour ça qu'il faut aller le réconforter. Dépêche-toi. »

Ma tante Fifi me serra sur son cœur, c'est-à-dire contre les baleines de son corset, et me dit, avec une certaine solennité, que mon grand-père me faisait un grand honneur en m'appelant à son chevet comme l'aîné de ses petits-enfants, parce que c'était moi qui aurais la charge d'être le chef de la tribu, après la mort de mon propre père, dont elle parlait avec une sérénité glaciale, tout en remettant de longs gants café au lait. Cependant, l'oncle Jules et la tante Rose échangeaient des phrases mystérieuses, telles que : « C'est d'un comique navrant! », ou bien « De ma vie, de ma vie, je n'ai rien entendu de pareil! » Moi, je pensai que « de ma vie » je n'étais monté dans un fiacre, et je courus m'y installer sans plus de façons; les coussins en étaient moelleux, et je regrettais de n'avoir pas les fesses de l'oncle Jules pour en profiter plus largement.

Cet admirable véhicule avait des roues garnies de caoutchouc, et dès que nous fûmes sur une bonne route, on n'entendit plus que le trot des chevaux. Mon père et Fifi étaient assis en face de nous, et moi j'étais blotti contre ma mère, qui était chaude comme un oiseau. Personne ne parlait... Les yeux fermés, et sur le point de me rendormir, j'imaginais que j'étais à cheval, et je galopais, sans le savoir, vers le dénouement d'une aventure commencée quarante ans plus tôt.

EN 1870, pendant les cinq mois du siège, puis, aux jours terribles de la Commune, Paris fut longuement bombardé.

Certes, les obus que lançaient alors les canons n'avaient encore ni tête chercheuse, ni charge atomique : ils firent cependant de grands dégâts. Plusieurs rafales tombèrent sur l'hôtel de ville de Paris, dont les clochetons délicatement ciselés faisaient la gloire de nos tailleurs de pierre. Presque tous ces gracieux chefs-d'œuvre furent blessés ou mutilés, et quelques-uns s'effondrèrent en pièces sur le toit.

Lorsque la paix fut revenue, et que le pays eut repris des forces, la ville de Paris décida de restaurer le monument. C'était un travail difficile : le gouvernement fit donc appel à la corporation des tailleurs de pierre, qui demanda aux maîtres et compagnons de désigner dans chaque département le plus habile d'entre eux.

Par les Compagnons des Bouches-du-Rhône, c'est mon grand-père qui fut choisi : honneur suprême, dont je suis encore fier aujourd'hui.

*
**

A cette époque, Paris était bien plus loin de Marseille que ne l'est aujourd'hui Moscou.

Il y avait trois jours et trois nuits de voyage, une centaine d'arrêts dans les gares, et plus de cinquante tunnels, dont M. Thiers avait annoncé qu'il n'en pourrait sortir que des trains de cadavres enfumés.

Cependant, mon grand-père André ne songea pas une seconde à refuser une aussi glorieuse mission. Il embrassa donc sa chère femme, puis ses quatre enfants, bénit par avance le cinquième qui allait naître, et monta vers la gare, accompagné par la coterie qui portait en chantant deux lourdes caisses pleines de ses outils.

Par un joli matin d'été, la locomotive s'arrêta enfin dans une gare immense, d'où il était visible qu'elle ne pourrait plus sortir qu'à reculons, et maître André, les yeux rouges et mourant de faim, comprit qu'il était arrivé dans la « moderne Babylone ».

Avec un vrai soulagement, il vit, sous la pendule de la gare, trois compagnons à cocardes qui l'attendaient : ils lui donnèrent l'accolade, et le conduisirent – sur un chariot enrubanné – à l'Auberge des Compagnons du Bâtiment : il devait y rester plus d'une année, avec d'autres appareilleurs, des maçons et des charpentiers.

Comme il était alors d'usage, c'est une mère des compagnons qui gouvernait toute la maison.

Celle-là était la jeune veuve d'un ferronnier, qui était tombé d'un clocher dont il venait de poser la croix.

Le grand-père avait quarante ans. La mère des compagnons en avait trente.

Le grand-père était Provençal. Il chantait bellement des Noëls, et plus souvent des sérénades. Il riait volontiers, et le soir, pendant la courte veillée au coin du feu, il savait raconter des histoires d'amour.

La mère des compagnons venait de Roubaix. Elle

était grande, toute dorée, et d'une bonne vertu moyenne : mais elle n'avait jamais vu des yeux si noirs, on ne lui avait jamais roucoulé Magali, et ce qui devait arriver arriva.

*
**

Le grand-père fut donc grandement nourri, soigneusement vêtu, tendrement dorloté, et il se félicitait tous les jours que l'hôtel de ville eût tant de clochetons, car il était heureux comme un pape – je veux dire un pape Borgia.

Mais un jour, un compagnon de passage – c'était, comme on va le voir, un mauvais compagnon –, un maçon, évidemment, eut la sottise de s'irriter quand il vit les meilleurs morceaux passer directement de la marmite dans l'assiette de maître André, qui siégeait au bout de la table.

Il n'osa pas en faire la remarque, mais il en conçut une rancune qui grandissait peu à peu chaque soir, et surtout le dimanche à midi.

Il couchait dans la chambre voisine de celle du grand-père : la cloison n'était faite que de « crottes de trois », qui sont des briques creuses et fort minces, ce qui la rendait transparente au moindre soupir. Ce n'était pas, en l'occurrence, un grand défaut, car le maçon s'endormait de bonne heure, et ne s'entendait même pas ronfler.

Cependant, une nuit, ce glouton affamé fut réveillé par le souvenir douloureux d'une gelinotte qu'il avait vue disparaître entre les mâchoires de maître André : il entendit alors de si profonds gémissements qu'il crut qu'on assassinait une femme, et courut au secours de la malheureuse : la mère des compagnons lui répondit à travers la porte « qu'on n'avait pas besoin de lui », et lui demanda, en termes assez crus, s'il était vierge. A quoi le grand-père ajouta un conseil d'une exécution facile, et qui aurait pu le calmer à peu de frais. Le benêt, qui ne comprenait pas la plaisanterie, en fut horriblement vexé, et il résolut de se venger.

A la fin de la semaine, il partit pour Marseille, où l'on construisait de nouveaux docks – et un beau dimanche matin, il alla faire visite à la grand-mère, sous prétexte de lui apporter des nouvelles de son mari.

Il lui en donna en effet, et des plus précises, car dès que les enfants furent sortis, il lui raconta toute l'affaire : comme elle était encore fraîche et dodue, il lui offrit sa collaboration pour une vengeance immédiate.

La grand-mère lui répondit par un habile coup de genou, et tandis que le traître se ramassait péniblement, elle lui reprocha sa bassesse, lui prédit qu'il mourrait cocu, et le poussa gaillardement jusque dans la rue.

Elle ne crut pas tout à fait à la trahison de son André, mais le doute commença à la torturer.

Dans ses lettres – qu'elle dictait à sa fille aînée – elle ne fit pas la moindre allusion à la visite du dénonciateur : mais elle disait la tristesse de la maison, les dangers qui guettent les demoiselles dont le père n'est pas là, l'insolence des voisins, et la fonte désolante de ses appas devenus inutiles.

Le grand-père fut aussitôt rongé par le remords : mais comme le devoir doit passer avant le sentiment, il fignola les derniers clochetons, ce qui exigea un bon trimestre.

Puis, il redescendit trois fois du wagon, pour donner le dernier baiser à la mère des compagnons. Elle versa un torrent de larmes, comme il est d'usage dans Chateaubriand, qu'elle n'avait pourtant pas lu, et elle s'accrochait à son cou; mais la locomotive indignée siffla de toutes ses forces, et le grand-père André, essuyant une larme coupable, n'eut que le temps de bondir sur le marchepied qui s'en allait.

Il trouva sa femme fort embellie par le chagrin qui l'avait allégée, et assez exaltée par un an de veuvage. Ils furent amoureux comme au premier jour, et plus heureux que jamais.

Les enfants avaient grandi : les garçons étaient robustes, les filles belles et sages, et un architecte venait d'apporter les plans de cinq immeubles modernes que le grand-père allait construire autour d'un terrain vague qui s'appelait le « Cours du Chapitre ». Très occupé par son travail et par sa femme, il oublia la mère des compagnons.

Mais la grand-mère ne l'oublia pas.

Un dimanche matin, pendant qu'il se rasait, et qu'elle lui présentait tour à tour le bol plein de mousse et la serviette, elle lui raconta la visite du compagnon déloyal. Mais elle en fit le récit sur le ton de la plaisanterie, en disant, à la fin : « Celui-là, il m'a bien fait rire! »

Le grand-père ne prit pas la chose en riant : au contraire, il devint tout pâle et sa main trembla si fort qu'il se coupa trois fois au menton. Sur quoi, il renonça au contre-poil, enfila sa plus belle blouse, choisit sa canne la plus lourde, et dit :

« Celui-là, si je le trouve, il n'en restera pas de quoi faire une daube. »

La famille épouvantée attendit toute la journée. Il ne rentra que fort tard, mais sans rapporter sous son bras le moindre morceau du traître : ce misérable était parti pour la Bretagne. Mon grand-père, qui croyait que cette province nordique ressemblait au Groenland, se consola par l'idée que le climat polaire en viendrait à bout avant la fin de l'année. Il ne parla donc plus jamais de ce malheureux mort de froid. Mais la grand-mère commença une comédie qui devait durer quarante ans.

Le matin, vers les cinq heures, pendant qu'il buvait son café, ou le soir, sur l'oreiller, elle amenait tout doucement la conversation sur la ville de Paris (est-ce que c'est vrai qu'il pleut tous les jours?), sur les clochetons (quel genre de pierre c'était?), sur la beauté du compagnonnage (c'est vraiment une grande famille) – et le grand-père, tout surpris, se trouvait en train de parler de la mère des compagnons.

Alors la grand-mère faisait un sourire ironique; puis, les lèvres pincées, elle hochait la tête, et disait :

« André, je sais très bien que ce compagnon m'a menti. Mais ce qui m'étonne, c'est que tu ne peux pas t'empêcher de parler de cette femme! »

Et le grand-père rougissait si fort que ça se voyait à travers sa barbe.

Jusque-là, il n'avait répondu que par des haussements d'épaules, ou en levant les yeux au ciel, mais sans dire un mot, parce que son nom de compagnon, c'était « la Sincérité de Marseille ». Il comprit bientôt que dans l'intérêt même de sa chère femme, il avait le devoir de mentir une seule fois, et solennellement.

C'est pourquoi un dimanche matin, comme elle lui

demandait, d'un air naïf, s'il trouvait que son café était aussi bon que « celui de Paris », il déclara que cette histoire l'agaçait et qu'il valait mieux en parler « franchement » : c'est à l'abri de cet adverbe que la Sincérité de Marseille se précipita dans le mensonge.

Il commença par jurer sur son équerre – au risque de la fausser à jamais – qu'il n'avait pas eu de commerce coupable avec cette mère des compagnons; la grand-mère lui sauta au cou, et elle avait des larmes dans les yeux. Mais maître André, enivré par le succès du premier faux serment de sa vie, ajouta :

« D'ailleurs, elle avait presque la cinquantaine, et elle pesait au moins cent quatre-vingts livres. En plus, elle était un peu bigle, sous un chignon pas plus gros qu'une noix, et comme elle était née dans l'Extrême-Nord, elle parlait un langage inconnu. »

Ce fut l'irréparable erreur de la Sincérité de Marseille, car la grand-mère s'était renseignée.

D'autres compagnons, revenus depuis peu de Paris, lui avaient appris, en toute innocence, que la mère des compagnons était une très belle créature, et même un plâtrier de Saint-Barnabé avait déclaré que « si on en faisait un moulage, la *Vénus* de Milo pourrait aller se rhabiller ».

La grand-mère lui jeta au visage ces témoignages d'hommes honorables, qu'il était impossible de démentir, et la malheureuse Sincérité de Marseille s'enfonça plus avant dans l'imposture, en s'écriant :

« La mienne est donc morte, la pauvre femme! C'est vrai qu'elle avait une maladie de cœur... Quand on est si gros, on ne vit pas vieux... Tout de même, c'est bien dommage, parce que c'était ce qu'on appelle une grande cuisinière... »

Mais la grand-mère n'en crut pas un mot.

Alors, il fit venir un ami dévoué, ferronnier et faux témoin, qui confirma la triste nouvelle, et raconta même longuement les obsèques de cette gigantesque nordique, dont le transport au cimetière avait épuisé six croque-morts.

La grand-mère parut le croire, et sembla calmée pour quelques jours. Mais le soir, à table, elle se mit à donner des conseils à ses filles, qui étaient en âge de se marier.

« Surtout, méfiez-vous des rousses! Lorsque vous aurez un mari, n'en invitez jamais chez vous! C'est mou, c'est sale, et ça sent une odeur fade, un peu jaunâtre, comme le fromage de gruyère : mais il y a des hommes qui aiment ça! »

Elle exposait ensuite leur perfidie, leur passion de la luxure, leur paresse et leur gloutonnerie, tout en surveillant les réactions de maître André, qui affectait de ne pas entendre, et qui crayonnait sur la toile cirée des clefs de voûte ou des traits de Jupiter.

Un peu plus tard, elle changea de tactique, et se mit à tenir des propos débonnaires et généreux.

Par exemple, elle approuva le voisin Benjamin, qui avait commencé à courtiser sa bonne six semaines à peine après la mort de sa femme.

« Que voulez-vous, disait-elle à ses filles, un homme de quarante ans, s'il est en bonne santé, il ne peut pas vivre trois mois comme un prêtre! C'est la nature qui le veut, et il faudrait être bien bête pour ne pas le comprendre! »

Une autre fois, la bouchère, une forte commère, surprit son mari, dans l'arrière-boutique, s'occupant d'un tendron qui n'était pas de veau. Elle fit une scène terrible et il fallut lui arracher le couteau qu'elle voulait plonger entre ses propres côtelettes premières.

« Mon Dieu qu'elle est bête! déclara ma grand-mère. Qu'un homme trompe sa femme, ce n'est pas bien, mais enfin, ça n'a pas tant d'importance que ça! C'est une chose qu'on voit tous les jours, et il n'y a pas de quoi se tuer! »

Puis, en regardant le grand-père, qui feignait de ne rien entendre :

« Le plus grave, c'est qu'il lui mente, et qu'il lui cache ce que tout le monde sait. Mais le reste, c'est une bagatelle!

– Ça, dit mon grand-père, ce sont des paroles... Et si jamais je biscotais une autre femme...

– Bou Diou! s'écria la grand-mère, est-ce Dieu possible, mon pauvre André, que tu me connaisses si mal? Si jamais tu me trompais, au passage, avec une coquine, ça me vexerait, bien sûr. Tu n'aurais qu'à me le dire, et je te pardonnerais. Et si tu ne me le disais pas, je penserais que tu as eu une faiblesse, et je ne t'en parlerais JAMAIS. »

Mais elle ne parlait que de ça, même quand on croyait qu'elle n'en parlait pas, et l'interrogatoire, commencé en 1871, dura jusqu'en 1907.

Depuis plusieurs années, ils abritaient leur vieillesse dans une petite ferme, près de Roquevaire. Ils avaient de bons voisins, qui cultivaient des champs de fraisiers, des vergers de figuiers et de petites oliveraies.

Il avait 86 ans, elle n'avait que deux ans de moins.

Le grand-père, à la mode des compagnons, avait gardé ses longues boucles, et sa barbe carrée : ses poils frisés étaient aussi drus qu'aux temps lointains de sa jeunesse, mais ils étaient devenus blancs comme la neige, autour de son visage rapetissé.

La grand-mère avait « forci ». Elle était épaisse et lourde, sous un petit chignon jaunâtre. Mais son visage était resté frais, parce que la graisse tendait ses rides.

Ses gros yeux ronds riaient sans cesse. Elle n'avait plus qu'une dent, qui soulevait sa lèvre supérieure. Dent unique, mais remarquable par sa taille et son éclat : aussi grosse, aussi bombée, et aussi blanche qu'une amande pelée, elle faisait l'admiration de mon frère Paul, qui avait parfois la permission de la toucher du bout du doigt.

Ce soir-là, comme tous les soirs, ils étaient tous les deux assis devant le très petit feu de racines d'olivier car malgré la chaleur estivale, le grand-père trouvait que le soir « le fond de l'air devenait frais », et il attribuait cette sévérité nouvelle de la saison au passage de quelque invisible comète.

Ils parlaient de petites choses : la poule noire ne voulait plus faire d'œuf, et il était grand temps de la mettre au pot. Le seau du puits devenait bien lourd, mais Fifi avait promis d'en apporter un plus petit, avec une corde au lieu d'une chaîne.

Tout en parlant, ils buvaient tous deux, à petits coups, la tisane de thym, enrichie d'un petit trait de marc du pays.

Le grand-père, pendant toute sa vie, n'avait jamais touché une goutte d'alcool. Un litre de vin par jour, parce que pour un tailleur de pierre, qui travaille toujours en plein air, le vin est une nourriture : mais jamais d'apéritif, et il refusait toujours la goutte.

Lorsqu'il eut abandonné la massette, la grand-mère, qui le dorlotait, fit remarquer qu'il ne risquait plus de tomber d'un échafaudage, et affirma qu'un peu de marc, qui arrivait tout droit de la vigne, soutenait le cœur des vieillards, et ils prirent l'habitude de boire chaque soir, dans la tisane, une petite lumière d'alcool.

Ce jour-là, la grand-mère avait dépassé la dose, et maître André, à travers sa langue durcie, le comprit tout de suite.

« Eugénie, dit-il, tu en as trop mis.

– Allons donc! dit-elle. Tu es un peu enrhumé. Ça ne peut te faire que du bien! »

Il n'avait protesté que pour la forme, car il but avec plaisir la tisane renforcée, tout en parlant de cette poule noire, mystérieusement bouchée, et de cette corde pour le puits, qui serait plus légère que la chaîne, et qui ferait moins de bruit.

Cependant, émoustillé par le marc, il devenait peu à peu guilleret, et il déclara :

« Eugénie, l'alcool, c'est diabolique, et je m'aperçois que j'adore ça! Tu as de la chance que je ne l'aie pas su plus tôt!

– Ça oui, dit la grand-mère. Ça ne m'aurait guère plu d'aller te chercher tous les soirs au cabaret. Mais maintenant, ça n'a plus d'importance, et je vais te faire voir quelque chose qui est encore meilleur! »

Elle alla ouvrir l'antique buffet, et en tira une épaisse bouteille, qui paraissait noire, sous une étiquette dorée.

« Qu'est-ce que c'est que ça?

– Ça? Ça s'appelle du vin de Champagne.

– Tu veux encore boire?

– Oui, dit la grand-mère avec force. Et ça me fait de la peine que tu ne saches pas pourquoi! Ce vin, ça ne te rappelle rien?

– Oh! que si! Ça me rappelle que nous en avons bu pour notre mariage! Les compagnons nous en avaient apporté deux bouteilles! Il y avait le grand

Féraud, Cazenave, Remoulins, Ricard, et celui qu'on appelait Banaston. Tu te souviens de Banaston? Il avait une bouffigue poilue juste au milieu du front, et ses deux yeux n'étaient pas de la même couleur... Et alors...

– ... Et alors, dit la grand-mère, toi tu n'as pas oublié Banaston, mais tu as oublié qu'aujourd'hui ça fait soixante ans tout juste que nous sommes mariés! »

La gaieté du grand-père tomba d'un seul coup, et il ouvrit ses yeux tout grands.

« O ma belle Eugénie! Est-ce possible? C'est le 24 juillet aujourd'hui?

– Oui, dit-elle, depuis ce matin, et tu ne m'as encore rien dit!

– O ma chérie! Pardonne-moi! Là, je vois bien que je t'ai fait vraiment de la peine, mais ce n'est pas tout à fait de ma faute... Il faut tenir compte que depuis quelque temps – depuis que j'ai mangé ces moules des Martigues, qui n'étaient peut-être pas bien fraîches – j'oublie le nom des gens, et les dates...

– Va, va, je te pardonne! dit la grand-mère, mais à condition que tu trinques avec moi en souvenir du plus beau jour de notre vie... »

Il fut difficile d'ouvrir la bouteille, et le grand-père, inquiet, se boucha les oreilles par crainte de la détonation. Mais la grand-mère, qui était adroite et forte, en vint à bout.

Lorsque le vin doré pétilla dans un grand verre, le grand-père dit :

« Eugénie, il ne faudra pas te fâcher si je ne bois pas tout.

– Mais pourquoi? demanda Eugénie, en montrant un peu d'impatience. Tu as peur de devenir alcoolique? A quatre-vingt-six ans, tu ne le seras pas longtemps! Ce soir, on dirait que tu fais tout ton possible pour me contrarier!

— Eh bien, j'en avalerai la moitié, dit le grand-père, et si je tombe ivre mort, c'est toi qui auras la peine de me coucher! »

Il en but une bonne gorgée : le vin blond pétilla sur la langue, chatouilla ses narines, et la table des noces, éclairée par des bouquets de chandelles, s'allongea soudain devant lui.

Les compagnons battaient des bans en l'honneur de Rouqueyrol, un charpentier à barbe blonde, qui venait de chanter *Ah! que maudite soit la guerre!* et le tour du grand-père était venu.

Il se leva, et d'une voix un peu enrouée par l'émotion, par le champagne, et par tant d'années, il chanta la *Chanson des Blés d'or*.

A la fin du troisième couplet, il dut lever son verre à la santé de l'honorable société; ensuite, il trinqua avec la grand-mère, qui était aussi émue que lui, et le but d'un trait.

Puis, il enlaça la belle Eugénie, et sur ses vieilles jambes maigres, il voulut lui faire danser la polka.

Alors, elle sut qu'il était bien mûr : après quatre pas de danse, elle dit que « la tête lui tournait », le fit s'asseoir en face d'elle, et rapprocha les deux fauteuils.

« Mon bel André, lui dit-elle, ne faisons pas de folies. A nos âges, ce n'est guère prudent de sauter comme des jeunesses...

— Moi, dit le grand-père, la tête ne me tourne pas, et il me semble que j'ai vingt ans! »

Et ses pieds, sous le fauteuil, continuaient à danser cette polka du mariage.

« C'est vrai, dit-elle, que tu es extraordinaire pour ton âge; mais moi, mes vingt ans, ils sont bien loin, et souvent je me rends compte que je suis sur la porte du cimetière.

42

– Mais non, mais non! dit le grand-père guilleret.

– Mais si, mais si! dit la grand-mère. Un de ces
jours, je vais mourir, et c'est peut-être cette nuit,
parce que mon cœur est aussi fatigué que celui de la
vieille pendule; mais j'aime mieux partir la première :
qu'est-ce que je ferais sans toi?

– C'est vrai, dit le grand-père, que tu ne risquerais
guère de trouver un autre galant!

– Bou Diou! dit la grand-mère, pour ce que j'en
ferais! Moi, j'ai eu ma part; un bon mari, une bonne
santé, de belles cuisses, de beaux enfants, et beaucoup de lait : vois-tu, je partirais contente s'il ne
restait pas le moindre doute entre nous.

– Quel doute? demanda gaiement le grand-père.
Qu'est-ce que c'est que cette histoire de doute?

– André, je ne voulais pas te le dire, mais tu me
forces à t'en parler.

– Moi? Je te force?

– Oui, tu me forces, puisque tu ne me dis
rien! »

La Sincérité de Marseille ouvrit des yeux
stupéfaits.

« Et que veux-tu que je te dise?

– Tu le sais bien. Tu sais bien qu'au moment de
mourir, il y aura quelque chose qui me chiffonnera,
un petit doute qui va me gâter l'agonie : c'est cette
histoire de la mère des compagnons!

– Oh! merde! dit le grand-père. Encore?

– Eh oui, encore! Je sais bien, d'après ce que tu
m'as dit, qu'elle est morte depuis longtemps, et
qu'elle était laide à faire peur, et qu'elle pesait cent
kilos, et que ton ami le ferronnier, avec sa tête
d'hypocrite, avait pitié des croque-morts... Je sais
bien qu'elle ne te plaisait pas du tout, sauf que tu
aimais bien son mironton... Allons, André, ne me
prends pas pour une imbécile. La vérité, je la connais

depuis quarante ans, mais je voudrais que tu me la dises. »

Le grand-père la regardait, la tête penchée sur l'épaule droite, et de la main gauche il lissait sa barbe, mais il ne répondait pas. Elle reprit, sur le ton de la sagesse et de l'amitié :

« André, aujourd'hui, qu'est-ce que ça peut faire? Ce genre de choses, ça ne nous intéresse plus, et même ça nous paraît bête... Ce qui reste, c'est notre amitié. Et dans une amitié de quarante ans, si on laisse un petit mensonge, c'est comme une pierre pointue dans le soulier du facteur de la poste... André, dis-moi la vérité! »

Il la regarda encore un moment, puis il fit un petit sourire résigné.

« Pourquoi te la dire, puisque tu la sais? »

La grand-mère, toute pâle, devint pathétique.

« C'est malheureux tout de même que tu ne comprennes pas! Ce n'est pas la vérité que j'aime, c'est toi! Je veux que mon mari ne soit plus un menteur! André, si tu ne veux pas parler, tu m'auras volé quelque chose! »

Malgré la craquante arthrite, elle vint s'agenouiller devant lui, et posa sa vieille tête blanche sur ce cœur qui battait à peine, et qui ne poussait plus qu'un sang transparent le long de fragiles tuyaux de pipe.

Alors le grand-père, tout ému, caressa de la main les rudes mèches blanches. La chandelle venait de s'éteindre, mais les souches d'olivier lançaient de petites flammes bleues; il lui parla d'abord comme à son enfant.

« Mais bien sûr, dit-il, grosse bête. Bien sûr que j'ai fricoté avec elle. J'avais quarante ans, tu étais bien loin... Mais tu sais bien que je n'ai jamais aimé que toi, et que tu es la mère de mes enfants.

— Ah! dit la grand-mère souriante, tu m'enlèves un poids de dessus le cœur! Enfin, tu l'as dit! »

Elle poussa un grand soupir de soulagement, et elle reprit aussitôt :

« Et ça s'est passé comment! Pas le premier jour, j'espère?

– Oh! que non! dit le grand-père. Le premier jour, je n'avais même pas regardé sa figure. Je ne pensais qu'à toi. Et puis, tu me connais : j'avais tous ces clochetons dans la tête, et je me faisais du souci à cause de la pierre de Paris, qui n'est pas la même que la nôtre, et qui risquait de casser mes ciseaux... Alors, comme il y avait un compagnon de Nogent qui savait travailler cette pierre, c'est avec lui que je parlais tout le temps, pour qu'il me dise ses secrets... Imagine-toi qu'ils ont des outils moitié ciseau, moitié aiguille. C'est-à-dire que c'est un ciseau rond qui est aplati au bout, et le tranchant est dentelé comme une scie... Et je ne sais pas comment ils font, mais ils ne trempent que la pointe des dents, ce qui fait que le coup de marteau est adouci par le manche, qui est en acier coulé : et alors...

– Je suis sûre, dit la grand-mère, que c'est elle qui a commencé.

– Et tu as deviné, dit le grand-père. D'ailleurs ce n'est pas difficile : elle m'a fait ce que tu m'avais fait. »

Et il se mit à raconter l'histoire, qui a toujours été la même depuis qu'il y a des hommes et des femmes. Les premiers regards, puis les yeux baissés, puis les sourires fugitifs sur un visage qui devient tout rose.

Tout en parlant, il la revoyait, il revivait les heures éclatantes du soir brûlant de sa jeunesse.

Et la grand-mère posait toujours des questions. Alors, il raconta comment une nuit elle était venue dans sa chambre, et comment elle le mordait tout en lui griffant les épaules, et comment elle tombait du lit en riant, ses beaux pieds en l'air...

Nous arrivâmes à la ferme de Roquevaire au moment où le soleil surgissait de la colline.

Devant la maison basse, sous le grand figuier, au bord du puits, il y avait un groupe de paysans et de paysannes.

Quatre hommes retenaient la grand-mère, par les poignets et par les épaules, et plusieurs femmes formaient devant elle un barrage, les mains en avant. Elle s'élançait, entraînant les hommes, contre les femmes qui la repoussaient... Elle ouvrait des yeux de folle, elle était forte comme un forgeron.

Ma mère se mit devant moi, Fifi dit à mon père : « Va voir papa... »

Et elle courut vers sa mère, pendant que nous entrions dans la ferme.

Dans la grande cuisine provençale, il y avait, là aussi, plusieurs personnes. Au milieu du cercle, le grand-père était assis sur une chaise. Il avait le torse nu. Sur sa poitrine maigre, de longs poils blancs. Penché sur lui, un médecin à lunettes, armé d'une pince d'horloger, fouillait son épaule sanglante. Il recherchait la dent, la dent magnifique de ma grand-mère. Elle l'avait plantée dans l'épaule d'André, et le médecin, au bout de sa pince, nous la montra, blanche, bombée et lisse, avec une pointe sanglante.

Mon père me poussa en avant. Je pris à bras-le-corps le torse maigre, et je plongeai mon front dans la barbe blanche.

Le grand-père caressa ma nuque, et, parlant à moi seul, il dit :

« Ah! les femmes! Mon beau petit, méfie-toi des femmes! Les femmes, ça ne comprend pas. »

Moi non plus, je ne comprenais pas. Mais j'entendais au-dehors la grand-mère, qui hurlait comme une louve, et qui se lançait tête baissée, contre le cercle des voisins, qu'elle mordait de ses gencives, et qui la repoussaient doucement.

« Joseph, dit le grand-père, ferme la porte à clef... Dépêche-toi! Si elle revient, elle va me finir...

— Voyons, père, dit Joseph, vous ne croyez tout de même pas...

— Mais si! Mais si! Je te dis qu'elle veut me tuer! Si les voisins n'étaient pas venus à mon secours, elle m'aurait massacré! Tu ne te rends pas compte qu'elle est devenue folle! »

Ma mère, qui s'était assise auprès de lui, dit à voix basse : « Ne le croyez pas, père, elle n'est pas folle. »

Elle était mince, pâle, fragile, ses mains étaient croisées sur ses genoux. Elle souriait tristement.

On entendit un long cri de bête, un cri tremblant de rage et de désespoir.

« Ecoute! dit le grand-père, tu n'appelles pas ça de la folie furieuse?

— Non, dit ma mère, c'est ça l'amour. »

LORSQUE Joseph raconta l'histoire à l'oncle Jules, il oublia de parler de la dent, et réduisit toute l'affaire à une querelle puérile de vieillards retombés en enfance. Mais pour moi, c'était une tragédie, dans laquelle mon grand-père avait perdu son prestige, puisqu'il avait été mordu... Quant à la grand-mère, je pensais comme lui qu'elle était devenue folle, ce qui, étant donné son âge, ne me paraissait pas surprenant, mais je craignais que son cas ne fût encore pire. En effet, quand une personne en mord une autre, on doit tout de suite penser à la rage : c'est pourquoi j'estimais qu'il serait prudent de les envoyer tous les deux chez ce M. Pasteur, qui avait guéri le berger Jupille dans mon livre de *Leçons de Choses*; sinon leur vie risquerait de se terminer par une atroce bataille de vieillards enragés, dont on parlerait dans le journal; ce serait une catastrophe pour la famille, et surtout pour la tante Fifi, à cause de sa Légion d'honneur, qu'on ne peut pas donner à une personne qui appartient à une famille d'enragés. Je fis part de mes inquiétudes à mon père : il me répondit que la grand-mère avait déjà demandé pardon à genoux à son mari, et que la perte de sa dernière dent assurait désormais la tranquillité du ménage.

Je fus donc rassuré sur ce point, mais les dernières

paroles prononcées par ma mère me posaient un problème insoluble.

Elle avait dit : « C'est ça l'amour! », et elle ne l'avait pas dit pour rire. Je n'y comprenais rien. J'aurais trouvé tout naturel de mordre férocement un ennemi, mais mordre quelqu'un parce qu'on l'aime, c'était un acte tout à fait contraire au bon sens. Alors, qu'avait-elle voulu dire? Je n'osai pas le lui demander. Mais il me revint à l'esprit qu'une femme rousse, un matin, chantait dans la rue, au son d'une guitare, avec des yeux exorbités : « l'Amour est une folie », en faisant des gestes de folle, et les gens qui l'écoutaient n'avaient pas du tout l'air surpris.

Puis, il y avait eu cette histoire de la boulangère : elle avait à demi assommé son mari pendant qu'il dormait, et ma tante Rose avait dit – pour l'excuser – qu'il l'avait « trompée », et qu'elle en était « amoureuse folle ».

Il y avait donc un rapport entre l'amour et la folie. Mais était-ce l'amour qui rendait ces gens fous, ou la folie qui exaltait leurs amours?

Moi, j'aimais ma mère de toutes mes forces, et pourtant je n'étais pas fou, puisque j'avais été reçu second aux Bourses du lycée... Evidemment, si quelqu'un lui avait fait du mal, je serais devenu enragé, mais ce n'est pas elle que j'aurais mordu...

Je finis par conclure que l'amour qui rendait fou était une affaire de grandes personnes, et surtout de femmes.

J'étais assez peu renseigné sur les mœurs et coutumes du sexe faible. Je ne fréquentais que ma mère et ma tante, qui n'étaient pas des femmes, mais une mère et une tante. Evidemment, je voyais souvent dans la rue quelques-unes de ces créatures, sous des chapeaux chargés de choses inutiles, qui les auraient bien gênées s'il leur avait fallu se découvrir pour saluer. J'avais surtout remarqué qu'elles balançaient leur derrière en marchant, ce qui m'inspirait une sorte d'inquiétude. Il y avait même une amie de ma mère qui avait la figure tout enfarinée comme une sardine crue, avec la bouche peinte, et les paupières charbonneuses.

Elle m'embrassait très gentiment, et ça ne me déplaisait pas : mais quand elle était partie, il fallait me débarbouiller, et mon père ouvrait la fenêtre, parce que ça sentait plus fort que chez le coiffeur.

Un jour ma mère avait dit :

« Ce n'est pas de sa faute si elle a mal tourné... »

J'avais compris que la mauvaise tournure des affaires de cette dame n'était rien d'autre que sa manie de se peindre, afin de tromper les gens sur sa beauté, ce qui ne me paraissait pas honnête.

J'avais, cependant, une certaine expérience des filles; elle était fondée sur la vue quotidienne de la petite sœur, mes rencontres assez espacées avec une gentille cousine, et mes jeux du jeudi, dans la cour déserte de l'école, avec Clémentine, la fille de la concierge.

La petite sœur était un personnage plaisant, mais qui tenait, à mon avis, beaucoup plus de place que n'en méritait son faible volume. Elle criait quand on la coiffait, repoussait avec rage la bonne soupe, puis la réclamait en sanglotant, et soudain éclatait de rire. Elle prétendait se mêler à nos jeux mais fondait en larmes lorsque Paul, pour la distraire, montait sur la table, et faisait plonger sa poupée dans la lessiveuse, ou quand, pour jouer aux cachettes, on l'enfermait à clef dans un placard, entre les vêtements naphtalinés.

Un jour même, pour plaisanter, je lui criai à travers la porte que nous avions perdu la clef, et Paul ajouta, consolant, que le serrurier viendrait la délivrer le lendemain.

Elle poussa des cris si déchirants que j'ouvris aussitôt la porte, mais trop tard : ma mère accourue nous gifla en même temps des deux mains, comme ces boxeurs « qui frappent sous tous les angles ».

Tout en consolant la stupide mignonne, et tandis que Paul frottait sa joue, elle nous dit très sérieusement que les filles étaient des êtres fragiles, qu'il ne fallait pas les bousculer, et qu'il était dangereux de les contrarier, parce qu'elles étaient beaucoup plus nerveuses que les garçons, et qu'une crise de colère pouvait les rendre malades.

*
**

Ma cousine, qui avait deux ans de moins que moi, était fort jolie, avec de très larges yeux noirs, presque toujours baissés, car elle était assez sauvage, et ne parlait que pour répondre.

Quand elle sentait qu'on la regardait, elle devenait toute rouge, et quand on lui tirait les cheveux – même pour rire – elle pleurait sans faire de bruit.

Cependant, un jour que ses parents étaient venus déjeuner chez nous, je la surpris dans la chambre de ma mère, et si occupée qu'elle ne me vit pas.

Toute seule devant l'armoire à glace, elle se faisait des révérences, en tenant sa robe à pincées. Puis, penchant sa tête tantôt à droite, tantôt à gauche, elle échangeait avec son image des sourires malicieux, tous différents les uns des autres, comme si elle cherchait le meilleur.

Enfin, après quelques petites moues, elle s'approcha du miroir, et baisa trois fois de suite le reflet de ses propres lèvres!

Je refermai la porte sans bruit, convaincu que j'avais surpris le secret d'un dérangement cérébral et qu'il valait mieux n'en rien dire à personne. D'ailleurs, j'aurais eu honte d'en parler.

Une autre fois, à table, elle fut tout à coup incommodée par une arête de poisson, piquée dans sa gencive, juste au bord du gosier.

Elle toussait, gémissait, râlait, s'étouffait, tandis qu'on lui donnait de grandes tapes dans le dos.

Mon père, dans l'affolement général, lui disait : « Gratte ta gorge, et crache! »

Elle ne savait faire ni l'un ni l'autre, et quand l'arête fut enfin délogée, grâce à une boulette de mie de pain, sa mère ne craignit pas d'avouer : « Moi non plus, je n'ai jamais su cracher! »

Pour Clémentine, mon amie du jeudi, et parfois du dimanche, elle avait onze ans quand j'en avais neuf.

Son père était gardien au Jardin zoologique, et nous allions parfois l'admirer dans l'exercice de son héroïque métier : debout sur le toit d'une cage, au bord d'une trappe ouverte, il laissait tomber des quartiers de viande dans la gueule rugissante des lions.

Sa mère était la concierge de l'école.

Ils habitaient, près du portail de l'entrée, une loge mal éclairée, mais assez grande, et toujours embaumée par quelque mitonnant ragoût.

Les cheveux de Clémentine étaient longs, rouges et raides. Frangés de longs cils carotte, ses yeux bleus avaient un regard remarquable, et même troublant, parce qu'ils ne regardaient pas en même temps du même côté.

J'admirais son petit nez droit, mais ses joues blanches étaient piquetées de taches rousses : Mangiapan affirmait que dans sa petite enfance, elle avait dû s'endormir en plein soleil, à l'ombre d'une passoire. Cette explication, toute nouvelle pour moi, ne me parut qu'à demi scientifique, et je demandai à Mangiapan si ce n'était pas une plaisanterie; mais il m'affirma qu'il la tenait de sa mère, et qu'elle l'avait exprimée à propos d'une voisine pareillement tachetée, à qui le papa Mangiapan « faisait la cour ».

La cour, Clémentine la faisait aussi, avec un balai de bruyère coudé à angle droit, pour rassembler les feuilles mortes en quatre ou cinq petites meules, que j'incendiais tour à tour. Lorsque je pense à elle aujourd'hui, je vois des écharpes de fumée bleue, et je sens encore l'odeur rousse et douce des feux de feuilles de l'automne.

En hiver, je l'aidais à garnir de bois et de charbon les poêles des classes : en été, nous arrosions longuement la cour avec une lance à bec de cuivre dont le jet – souvent troublé par des borborygmes et des pétarades – portait assez loin pour franchir le mur, et inonder dans la rue quelque passant choisi par le sort, qui venait parfois récriminer.

Alors, la mère de Clémentine arrêtait le danger au passage : les poings sur les hanches, elle reprochait à l'intrus son mauvais caractère, et concluait en disant : « Il n'y a que ceux qui ne font rien qui ne se trompent pas. »

Quand ces travaux étaient terminés, Paul – qui

était toujours en retard – arrivait à son tour, et nous jouions à la marelle, ou aux billes ou à la balle.

Clémentine était très adroite, mais elle trichait impudemment, et refusait toujours d'admettre qu'elle avait perdu.

De plus, elle mentait sans cesse, pour rien, pour le plaisir.

Par exemple, venant à ma rencontre sur la pointe des pieds, elle m'annonçait à voix basse, avec des mines terrorisées, que M. le directeur était gravement malade, et que plusieurs médecins entouraient son lit. Cinq minutes plus tard, tandis que je songeais tristement aux funérailles grandioses de ce puissant chef, M. le directeur lui-même traversait la cour, tout guilleret, et la canne à la main.

Une autre fois, un superbe tirailleur sénégalais – un sergent – était venu, disait-elle, la demander en mariage à sa mère, « parce que dans son pays les filles se marient à douze ans ». Naturellement, sa mère avait refusé, « parce qu'en Afrique, il fait trop chaud, et puis là-bas, ce sont les femmes qui portent les paquets ».

« D'ailleurs, ajoutait-elle, je suis fiancée avec un prince américain. Il gagne tellement d'argent qu'il a de grandes caisses pour le mettre. Mais ça m'est défendu de vous dire son nom. »

Un soir, quand elle revenait des commissions, un homme énorme, avec une barbe noire, l'avait poursuivie dans la rue. Il faisait nuit, elle avait couru de toutes ses forces.

« S'il m'avait rattrapée, je ne sais pas ce qu'il m'aurait fait ! »

Paul était d'avis qu'il voulait la faire danser dans un cirque, ou peut-être la forcer à vendre des paniers dans un pays étranger, comme Toulon ou Avignon.

Alors, elle hocha la tête plusieurs fois et ricana

tout bas en me regardant de côté; puis elle dit : « C'est un enfant! Il ne comprend pas! »

Et moi non plus, je ne comprenais pas : je ne la comprenais jamais.

Souvent, au beau milieu d'une partie de dominos, elle éclatait de rire, la tête rejetée en arrière, et la bouche grande ouverte.

« Qu'est-ce que tu as? Pourquoi ris-tu? »

Mais au lieu de répondre, elle se levait d'un bond, courait prendre son balai, et elle dansait avec lui.

Un jour, dans un élan d'amitié, je lui avais dit : « Tu aurais de beaux yeux, s'ils étaient pareils. »

Sur quoi, cette idiote avait fondu en larmes, avec des sanglots et des hoquets déchirants.

Pour la calmer, je lui expliquai que c'était un compliment, et que je trouvais avantageux d'avoir deux œils au lieu de deux yeux. Avec la rapidité d'un chat, elle me griffa la joue sous l'oreille, à quoi je répondis par une gifle absolument réussie. Elle demeura un instant comme stupéfaite, puis elle courut jusqu'au platane et, le front sur son avant-bras, elle se mit à ululer si fort qu'il me parut prudent de rentrer chez moi au pas de course.

Quand elle atteignit sa douzième année, elle devint encore plus bizarre, et se mit à me faire des confidences mystérieuses.

Assise près de moi sur le banc, sous le préau, en face de la cour déserte, elle me dit un jour :

« J'ai un ami qui vient souvent jouer avec moi. Il est gentil, et il est très beau. Seulement, je trouve qu'il est bête.

– Pourquoi?

– Parce que moi je sais bien qu'il m'adore, mais, il a peur de me le dire, et il n'ose pas m'embrasser.

– Et toi, il te plaît? »

Elle renversa la tête en arrière, leva au plafond des yeux langoureux, et soupira :

« Oh oui!

– Comment s'appelle-t-il?

– Marcel, comme toi : et même il a les yeux marron, comme toi. Souvent, j'essaie de lui faire comprendre, mais ça ne réussit pas. »

Alors, je fus furieux qu'elle eût donné son cœur à cet individu, qui avait l'audace de me ressembler, et de porter mon prénom.

« Et où est-ce que tu vas jouer avec lui?

– Ici, à l'école. »

Je triomphai aussitôt.

« Eh bien, ma fille, tu es une belle menteuse! S'il venait ici, moi je le verrais, parce que je regarde souvent par la fenêtre de la cuisine! Tu inventes tout ça parce que tu crois que ça va me rendre jaloux. Mais moi je peux te dire que ça m'est bien égal, et même que je m'en fiche complètement. Et ce n'est plus la peine que tu m'en parles, parce que je ne t'écouterai même pas! »

Alors, elle se leva, les mains jointes, les yeux au ciel, elle cria d'une voix stridente :

« Qu'il est bête! Qu'il est bê-ête! »

Et elle s'enfuit.

A quelques jours de là – le jeudi suivant – comme je jouais tout seul aux cinq pierres dans un coin de la cour, elle s'avança vers moi à pas lents, d'un air grave.

« Il faut que je te dise quelque chose qui est très important.

– Et quoi?

– Eh bien voilà : maintenant, je peux encore continuer à jouer avec toi. Mais il faudra que tu fasses bien attention.

– Que je fasse attention à quoi?

– A ne pas me donner des coups dans la poitrine,

56

même un tout petit coup. Ça pourrait être TRÈS DANGEREUX. »

Je fus stupéfait.

« Pourquoi? Tu tousses? »

Elle se mit à rire.

« Oh! pas du tout! Mais il ne faut plus me toucher la poitrine, parce que maintenant j'en ai.

– De quoi?

– De la poitrine.

– Et alors?

– Mon Dieu qu'il est bête! Regarde! »

Elle plaça ses mains sur ses hanches, serra sa taille, respira profondément pour bomber le torse.

« Ça commence! dit-elle. Ma mère a dit que bientôt il faudra me mettre un corset! »

Je regardais ces deux petites bosses (gonflées à grand effort) et je ressentis une sorte de malaise, en même temps qu'une surprise d'autant plus profonde qu'elle paraissait fière de cette nouvelle infirmité, qui allait lui imposer le port d'un corset.

Elle me fit un regard de côté, et dit :

« Tu voudrais bien les toucher, peut-être. Mais je t'apprendrai que ça ne se fait pas. C'est défendu. »

J'en fus heureux.

« Mais tout de même, dit-elle, ils ne sont pas en sucre, et si tu veux, je te fais une partie de lutte.

– Pas aujourd'hui, dis-je. Je n'ai pas le temps, parce que ma mère m'a déjà appelé tout à l'heure... »

Et je pris ma course vers la maison, un peu écœuré par l'idée que la partie de lutte qu'elle me proposait imprudemment risquait de se terminer dans une mare de lait.

A partir de ce jour, elle commença à s'habiller en dame, à tordre ses tresses en un chignon ridicule, et à faire tant de mines et de grimaces que je ne la reconnaissais plus. En quelques semaines elle prit cinq ans de plus que moi, et son père partait chaque soir à sa recherche, car en sortant de son école, elle allait jouer avec des gamins des rues sur les bords du Jarret.

Elle me dit un jour avec fierté :

– Moi, maintenant, je « fréquente ».

Comme je demandais à ma mère le sens de ce verbe sans complément, elle me répondit obscurément que « ça pourrait la mener loin », et mon père déclara que « la pauvre petite » deviendrait sans aucun doute « une traînée », ce qui me fit penser à la reine Brunehaut. Sur quoi, ils furent d'accord pour me défendre de lui parler. Cette interdiction fut facilement respectée, car je ne l'intéressais plus, et elle me faisait peur.

*
**

Ainsi, mes observations personnelles sur le comportement des filles ne m'avaient pas encore permis de formuler un jugement définitif, lorsqu'un jour mon père employa une expression qui me livra tout le secret.

En parlant de la nièce de M. Besson, qui s'était cassé un bras en tombant d'un arbre, il avait dit : « Cette petite est un garçon manqué! »

Je compris cette phrase à ma façon, qui n'était sans doute pas la bonne : mais ce n'était pas la première fois qu'une grande découverte était née d'une erreur d'interprétation.

Pour moi, ces mots « garçon manqué » signifiaient que les filles n'étaient qu'un faux pas de la nature, le résultat d'une erreur au cours de la création d'un garçon.

Voilà pourquoi elles rougissaient sans motif, riaient d'un rien, pleuraient pour moins encore, et vous griffaient pour un compliment : voilà pourquoi, ne sachant ni siffler ni cracher, elles tombaient des arbres, inventaient d'inutiles mensonges et se livraient en cachette à des manigances devant les miroirs...

C'étaient des « garçons manqués »...

Moi, garçon réussi, je ne rougissais jamais, je ne riais pas sans motif, et personne (sauf ma mère) n'aurait pu dire qu'on m'avait vu pleurer. Moi, j'étais fort, et Clémentine m'appelait quand il fallait porter un seau plein d'eau; je savais siffler comme un oiseau, et même en repliant ma langue sous deux doigts. Quant à cracher – je le dis sans modestie – j'égalais presque Mangiapan, qui, dans ses bons jours, lançait des étoiles de salive jusqu'à des cinq ou six mètres – et je n'étais jamais tombé d'un arbre, comme le fragile « garçon manqué. »

Cependant, tout le monde s'intéressait aux filles, et sans que je pusse comprendre pourquoi, il me fallait bien reconnaître qu'elles me plaisaient.

C'est au cours d'une méditation, le soir dans mon lit, que je découvris plusieurs raisons qui justifiaient leur existence.

Tout d'abord leurs défauts faisaient valoir mes qualités, et permettaient d'en mesurer l'étendue... Auprès de mon père, ou de Napoléon, je n'étais pas grand-chose, tandis que la seule existence de Clémentine me rapprochait de ces grands hommes, ce qui méritait bien quelque reconnaissance.

Et d'autre part, j'admettais loyalement que Dame Nature, comme pour déguiser son échec, avait soigné leur apparence : grands yeux, longs cils, mains délicates, cheveux de soie, gestes gracieux, et petites voix musicales. Elles étaient souvent très agréables à regarder, mais tout compte fait, dans la vie quotidienne, elles ne pouvaient servir que d'admiratrices, ou de confidentes, dont il fallait d'ailleurs se méfier.

C'est pendant ces vacances que j'allais avoir l'occasion de les connaître mieux, et de découvrir le visage enfantin de l'Amour.

Un matin, je vis arriver Lili au pas de course. Deux musettes croisaient leurs bretelles sur sa poitrine, et il portait sur son épaule le cou d'un sac qui pendait dans son dos. Il me parut assez excité : Mond des Parpaillouns venait de lui annoncer un extraordinaire passage de migrateurs.

« Il a vu, me dit-il, des culs-blancs, des merles de Corse, et des vols de darnagas. Ils sont sur les pentes de la Tête-Rouge, mais ils n'y resteront pas long-temps. Filons vite! »

Il portait dans ses bagages les huit douzaines de pièges qui constituaient tout notre armement, plus deux douzaines empruntées à son frère Baptistin, et six « vertoulets » (qui sont des pièges à filet pour prendre les oiseaux vivants) prêtés par Mond des Parpaillouns.

Nous fîmes une grande tendue, qui nous occupa jusqu'à la tombée de la nuit.

En redescendant, Lili me dit :

« Le plus malheureux, c'est que demain matin je ne pourrai pas faire la tournée avec toi.

– Pourquoi?

– Parce que mon père s'est mis dans l'idée de curer le puits du Four-Neuf. Lui, il va descendre au fond, et moi il faudra que j'aide Baptistin à tirer les seaux. Ça fait que je ne viendrai qu'à cinq heures.

Mais il faut pas laisser tant de pièges tout seuls jusqu'à demain soir, autrement nous aurons travaillé pour le renard, les rats, et les fourmis. Sans compter le boiteux d'Allauch. Lui, il a peur des gendarmes, parce qu'il ne peut pas courir. Alors, il fait la tournée des pièges des autres. Vas-y sans faute demain matin. Pas trop tôt, pour ne pas déranger les oiseaux. Pourvu que tu y sois à dix heures, ça suffira. Et puis, nous y retournerons ensemble à cinq ou six heures, et je te promets qu'on reviendra chargés! »

Le lendemain matin, après un délicieux café au lait, je m'étais installé sur la terrasse, dans une chaise longue, pour attendre neuf heures et demie, et le départ pour la tournée de la grande tendue. Je lisais pour la troisième fois *L'Ile mystérieuse* et pour la troisième fois j'étais grandement et heureusement surpris par la torpille inattendue qui venait de faire sauter, sous mes yeux, le navire des pirates, au moment même où je nous croyais perdus.

Paul n'avait pas encore commencé sa dure journée de guerrier sans ennemi : accroupi près du figuier, il surveillait une petite cage, dans laquelle grouillaient une douzaine de cigales. Sur la foi du bon La Fontaine, il leur avait préparé un festin de « petits morceaux de mouche ou de vermisseau », auquel il avait ajouté, de sa propre initiative, la moitié d'une figue sèche et une croûte de fromage. Il prétendait, en effet, que la très faible longévité de ces bestioles était due au manque de nourriture, et il avait résolu de leur apprendre à manger.

Cependant, ma mère parut sur la porte, nous regarda un instant, et me dit :

« Le thym qui me reste tombe en poussière. Tu devrais aller m'en chercher quelques plantes fraîches, s'il en reste encore.

– Je sais où il y en a, dis-je. Mais ce n'est pas loin. C'est au fond du vallon de Rapon. J'irai tout à l'heure, en faisant la tournée des pièges, quand j'aurai fini mon chapitre.

– Tu le finiras après. C'est pressé, le civet est pour midi. »

Il m'était pénible d'abandonner Pencroft, Herbert, et Cyrus Smith en pleine bagarre, et il me parut juste de monnayer mon sacrifice.

« Bon, dis-je. Je vais y aller tout de suite. Mais alors, donne-moi deux biscuits. »

Elle ne discuta pas mon prix, et m'apporta deux galettes, mais elle eut la faiblesse d'en donner deux autres au Cigalier accroupi, qui ne faisait jamais rien d'utile, et qui les méritait d'autant moins qu'il les prit du bout des doigts, et sans même lever la tête, tant il était occupé.

Tandis que j'enfilais ma main dans la lanière de cuir de mon bâton de berger, elle me dit encore :

« Tâche aussi de trouver des fenouils, mais moins gros que ceux de la dernière fois. Ils étaient durs comme des roseaux, et secs comme une canne à pêche. Ils m'ont servi à allumer le feu! »

Je m'abstins de répondre que c'était Joseph lui-même qui les avait choisis, et je partis, croquant mes galettes, vers les solitudes de Rapon.

La matinée était déjà très chaude : les cigales grésillaient éperdument, et une large buse rousse planait là-haut, au milieu d'une gloire dorée.

Je courais à flanc de coteau, dans l'herbe sèche de l'été, précédé par un feu d'artifice de sauterelles rouges et bleues qui fusaient en éventail.

Rapon, c'était un vallon des collines : il montait entre deux pentes boisées, qui finissaient par se rejoindre là-haut, juste au bord du ciel.

Le fond était un petit lac de terre – une « planette » – où les rudes paysans d'autrefois avaient cultivé la vigne, le blé noir, et les pois chiches. Mais depuis la triste invention du service militaire obligatoire, leurs fils, libérés des casernes, étaient restés prisonniers des villes, où ils avaient fondé des dynasties de gardes-barrière, de cantonniers, et de facteurs : si bien qu'au jour même de la mort des vieux, la colline, qui n'attendait que ça, avait lancé sur les champs abandonnés des vagues concentriques de thym, puis de fenouils, puis de cistes et d'aubépines.

Il restait cependant, tout juste au milieu du vallon, entre deux haies qui étaient devenues des halliers, une vigne assez maigriotte, mais dont quelques ceps donnaient encore, par surprise, des grappes énormes, comme ces petites femmes maladives qui mettent parfois au monde un pilier de mêlée ou un champion de catch. C'est que son propriétaire, le vieux Niéni, venait de temps à autre la défendre à coups de serpe contre les envahisseurs, et lui apporter quelques bouchées de crottins, sur le dos même de son âne qui en était le fabricant.

J'avais donc résolu, tout en trottant derrière mon attelage de sauterelles volantes, d'aller chiper une ou deux grappes, si du moins j'en trouvais de mûres.

Sans descendre jusqu'au fond du vallon, je suivis sur la gauche le pied de la barre, et je vis bientôt ce que je cherchais : une longue bande de thym, qui fleurissait très avant l'été, à l'ombre de la roche fraîche.

J'en arrachai sans peine quelques belles touffes, et je les liai l'une après l'autre le long d'une ficelle, dont je nouai ensuite les deux bouts, pour m'en faire un baudrier.

Ainsi équipé, je descendis vers la « planette », et je plongeai sous les ombelles à grains d'or d'une forêt de fenouils. Ils étaient bien plus grands que moi, je ne voyais pas à un mètre. Je me mis donc à quatre pattes, et j'imaginai, pendant un moment, que j'étais une fourmi dans un pré, afin de me faire une idée des sentiments – et peut-être de la philosophie – de ces mystérieux insectes.

Puis, avec mon couteau de berger, je tranchai à ras de terre les plus tendres pousses; je fus aussitôt entouré par une délicieuse odeur verte, celle des berlingots à l'anis. Je liai ces tiges d'une autre ficelle; puis, ma botte de fenouils sous le bras, ma guirlande de thym en bandoulière, et mon précieux bâton à la main, je sortis de l'odorante forêt, pour rendre visite à la vigne solitaire.

Mais comme je débouchais sur le sentier, je m'arrêtai net, la bouche entrouverte : sur une grosse pierre blanche, à l'ombre des basses branches d'un pin, une étrange créature était assise.

C'ÉTAIT une fille de mon âge, mais qui ne ressemblait en rien à celles que j'avais connues.

Sur de longues boucles d'un noir brillant, elle portait une couronne de coquelicots, et elle serrait sur son cœur une brassée de blanches clématites, mêlées d'iris des collines et de longues digitales roses.

Immobile et silencieuse, elle me regardait toute pâle; ses yeux étaient immenses, et violets comme ses iris.

Elle ne paraissait ni effrayée ni surprise, mais elle ne souriait pas, et elle ne disait rien, aussi mystérieuse qu'une fée dans un tableau.

Je fis un pas vers elle : elle sauta légèrement sur le tapis de thym.

Elle n'était pas plus grande que moi, et je vis que ce n'était pas une fée, car elle avait aux pieds des sandales blanches et bleues comme les miennes.

Sérieuse, et le menton levé, elle me demanda :

« Quel est le chemin qui mène aux Bellons? »

Elle avait une jolie voix, toute claire, une espèce d'accent pointu, comme les vendeuses des Nouvelles Galeries, et ses larges yeux étaient rigoureusement pareils.

Je répondis aussitôt :

« Tu t'es perdue? »

Elle fit un pas en arrière, en me regardant à travers ses fleurs.

« Oui, dit-elle, je me suis perdue, mais ce n'est pas une raison pour me tutoyer. Je ne suis pas une paysanne. »

Je la trouvai bien prétentieuse, et j'en conclus qu'elle était riche, ce qui me parut confirmé par la propreté et l'éclat de ses vêtements. Ses chaussettes blanches étaient bien tirées, sa robe bleue brillait comme du satin, et je vis, à travers ses fleurs, qu'elle portait autour du cou une petite chaîne d'or qui soutenait une médaille.

« Eh bien, dit-elle, de quel côté? »

Je lui montrai de la main, au bout du vallon, la patte d'oie de trois sentiers, et je dis :

« C'est celui de droite.

– Merci. »

Je la regardai s'éloigner : elle avait de jolis mollets ronds (comme les riches) et ses iris dépassaient sa tête.

Je montai vers la vigne de Niéni. Les raisins n'étaient pas encore mûrs, mais après quelques recherches, je découvris trois grappes presque noires.

Je commençai à picorer voluptueusement, malgré l'acidité des grains, qui éclataient sous la dent.

Je me demandais qui était cette fille, que je n'avais jamais vue dans le pays. Elle avait parlé des Bellons, c'était le hameau dont faisait partie la Bastide-Neuve, mais les quelques maisons qui le composaient étaient assez éloignées les unes des autres, et la nôtre était perdue dans l'oliveraie, au bord de la pinède. Je pensai alors qu'elle devait habiter de l'autre côté du hameau, près de la maison de Félix. Ou c'était peut-être une fille qui était venue de la ville faire une excursion avec ses parents?

J'en étais à la moitié de ma première grappe

lorsqu'à travers la haie, je vis le bouquet qui revenait vers moi.

Délibérément, je lui tournai le dos, et je continuai ma picorée.

Je l'entendis traverser la haie, puis elle appela.

« Psstt... »

Je ne bougeai pas.

Elle recommença.

« Psstt! Psstt! »

Je me retournai.

« C'est vous qui faites ce bruit?

— Je vous appelle! dit-elle, sur un ton assez vif.

— Vous n'avez pas trouvé le chemin? »

Elle me répondit, indignée :

« Vous savez bien qu'il est barré par d'énormes toiles d'araignée! Il y en a au moins quatre ou cinq, et la plus grosse a voulu me sauter à la figure!

— Vous n'avez qu'à contourner les toiles. Le vallon est assez large pour ça!

— Oui, mais il faudrait marcher dans ces hautes herbes (elle désignait les fenouils) et ça serait encore plus dangereux! J'ai vu courir un animal énorme, qui était long et vert! »

Elle me regardait d'un air plein de reproches comme si j'étais le responsable de la sécurité de ces territoires. Je compris qu'elle avait vu un limbert, mais parce qu'elle m'agaçait, je dis, d'un air tout à fait naturel :

« Ce doit être un serpent. Ici, c'est le vallon des serpents. Ils se nourrissent de rats; et comme il y a beaucoup de rats, ça fait qu'il y a beaucoup de serpents. »

D'un air soupçonneux, elle conclut :

« Ce n'est pas vrai! Vous dites ça pour m'effrayer! »

Mais elle regardait dans l'herbe de tous côtés. Je repris :

« Il n'y a pas de quoi avoir peur, parce que ce sont des couleuvres. C'est froid, mais ça n'a pas de poison. Il n'y a qu'à faire du bruit, et elles auront plus peur que vous. »

Sans bouger d'un pas, je feignis d'examiner de très près ma grappe de raisin, comme si je considérais que la conversation était terminée. Après un long silence, elle dit sur un ton sarcastique :

« Quand un garçon est galant, il n'abandonne pas une demoiselle dans un endroit aussi dangereux. »

Je croquai les derniers grains, et je ne répondis rien. Je réfléchissais. Il devait être plus de dix heures, il me fallait rapporter le thym à la maison, et partir pour la Tête-Rouge. Lili m'avait laissé l'entière responsabilité de notre plus importante expédition de chasse, pour laquelle on nous avait même prêté des pièges, ce qui ne se fait jamais. Mais il m'avait recommandé de ne pas y aller avant dix heures et demie : la destruction de ces araignées ne m'obligeait pas à un grand détour.

Elle avait dû réfléchir de son côté, car elle reprit :

« Pour en finir, je vous autorise à me tutoyer deux ou trois fois si vous venez chasser les araignées. »

Elle parlait toujours sur le ton d'une princesse, mais je vis la peur dans ses yeux. Je compris que pour éviter ces bestioles, elle était capable de prendre le chemin de Passe-Temps, et de se perdre pour tout de bon.

« Allons-y, dis-je. Mais je n'ai pas besoin de vous tutoyer pour ça. »

Je lançai la grappe vide dans la haie (car si Niéni l'avait trouvée, ça lui aurait fait de la peine). Je ramassai ma botte de fenouil, et je brandis mon bâton.

« Il vaut mieux que je marche le premier. »

Je la précédai d'un pas décidé.

Lorsque des buissons de myrte s'avançaient sur le chemin, je me retournais vers la fille, et je levais la main : elle s'arrêtait, derrière ses fleurs.

Alors, je frappais les arbustes avec mon bâton, je poussais des cris féroces; puis quand j'étais sûr que la broussaille était inhabitée (car je craignais d'y rencontrer les serpents que je venais d'inventer), j'y pénétrais à grand bruit.

J'atteignis bientôt les lieux du danger.

Une grande toile, en forme de cerf-volant hexagonal, barrait le sentier. Au centre, habillée de velours noir à raies jaunes, brillait la tenancière de cette exploitation. Elle était aussi grosse qu'une noix.

Je m'arrêtai; je fis signe au bouquet d'approcher, et du bout de mon bâton, je touchai légèrement la bestiole : elle se mit à secouer furieusement sa toile, qui se creusait en arrière, puis se bombait en avant, avec une amplitude croissante, comme pour prendre son élan avant de s'élancer sur moi; mais je savais que c'était de la comédie, et qu'elle n'en ferait rien : je demeurai donc impassible. Cependant, le bouquet recula pas à pas, avec de petits cris de terreur...

Après une minute de ce jeu héroïque, je levai mon bâton pour l'estocade finale, et d'un seul coup, je coupai en deux le fragile filet de soie; l'araignée tomba dans l'herbe : je l'écrasai sous mon talon, et je continuai ma route, sans daigner me retourner.

La fille franchit en courant le lieu de cette victoire, tandis que je marchais en battant les buissons à gauche et à droite, comme un chef d'orchestre.

A la patte d'oie, je l'attendis.

« Voilà votre chemin; là-bas, au tournant, vous verrez les Bellons.

— J'ai bien peur, dit-elle, de me perdre encore une fois. Je vous autorise à m'accompagner. »

ÇA, ce n'était pas possible. D'abord ma mère attendait le thym. Ensuite, il y avait là-haut, sous Tête-Rouge, le renard, les rats et les fourmis qui dévoraient peut-être les innombrables captures de nos pièges, ou le perfide boiteux d'Allauch, que j'imaginai faisant la tournée à ma place.

« Si c'était un autre jour, dis-je, peut-être. Mais aujourd'hui je ne peux pas.

– Bien. »

Puis, sur un ton de dépit :

« Merci quand même. »

Elle jeta ses fleurs dans l'herbe, et alla s'asseoir au bord du chemin, ses mains croisées serrant ses genoux.

Elle était vraiment très jolie. Ses paupières bistrées, qui battaient rapidement de temps à autre, comme si elle le faisait exprès, étaient bordées de cils épais, gracieusement recourbés vers son front.

Je m'approchai.

« Vous allez rester là?

– Evidemment, dit-elle. J'attendrai que quelqu'un passe.

– Ici, il ne passe personne.

– Eh bien, quand ma mère verra que je ne rentre pas, elle avertira des paysans, et ils viendront me chercher. Puisque vous êtes si pressé, allez-vous-en. »

J'eus un instant l'idée de lui parler de mes pièges, et de ma responsabilité envers Lili. Mais les pièges, c'est un secret. Ça ne se dit pas.

« Vous comprenez, lui dis-je, ma mère m'attend! Si je suis trop en retard, elle va me gronder.

– Si vous lui expliquez que vous avez sauvé une jeune fille perdue, elle n'en aura pas le droit. Ce n'est pas tous les jours qu'on a l'occasion de sauver quelqu'un! »

Je fis un mensonge sacrilège.

« Ce que vous ne savez pas, c'est qu'elle est très sévère. »

Avec un petit rire ironique elle s'écria :

« Alors, je ne vous conseille pas de lui dire que vous avez abandonné une jeune fille au milieu des serpents et des araignées! »

Je réfléchis encore une fois. L'ombre des pins se ramassait autour de leurs pieds, et sur chaque pierre blanche, une colonne d'air dansait, comme une fumée transparente. Il était sans doute plus d'onze heures. Pour le thym, mon retard ne serait pas très grand. Et puis, le récit de cette rencontre, convenablement aménagé, me fournirait une justification romanesque. Quant aux pièges, si j'y allais tout de suite après le déjeuner? Je n'aurais pas besoin de dire à Lili à quelle heure j'aurais fait ma tournée.

Comme je me grattais la tête, elle me fit un sourire triste puis une petite grimace, comme si elle allait pleurer...

« Venez, dis-je. Allons-y. »

Elle se leva, et ramassa ses fleurs en silence.

Je me mis en route. Le sentier s'était élargi en chemin muletier. Elle marchait à côté de moi. Je pris alors la seconde grappe, que j'avais accrochée au

baudrier de thym, et je la lui tendis, un peu gauche-
ment.

« Vous aimez les raisins?

— Je les adore, dit-elle, mais (elle hocha la tête
d'un air grave) je suis trop bien élevée pour manger
des raisins volés. »

Elle recommençait à faire des mines.

« Eh bien, moi, dis-je cyniquement, je les trouve
meilleurs!

— Ho! ho! je crois que vous avez tort, parce que
ça finira par vous mener en prison. Vous serez
beaucoup moins fier quand on vous enfermera dans
un cachot, et que votre famille sera déshonorée. Ces
choses-là, on les imprime dans les journaux. Je peux
vous le garantir, parce que mon père est dans un
journal qui s'appelle *Le Petit Marseillais*.

— Justement, mon oncle le lit tous les jours, à
cause de la politique.

— Oh! dit-elle — un peu méprisante — la politique,
mon père ne s'en occupe pas! Il est bien plus que
ça!

— C'est le directeur?

— Oh! bien plus! C'est lui qui corrige les articles
de tous les autres! Mais oui! Et, de plus, il fait des
poésies, qui sont imprimées dans des revues à
Paris.

— Des poésies avec des rimes?

— Oui, monsieur, parfaitement. Des rimes, il en a
trouvé des milliers. Il les cherche dans le tramway. »

J'avais appris des poésies, à l'école, et j'avais
toujours été surpris par la rime, qui arrive à l'impro-
viste au bout d'une ligne; je pensais que les poètes,
capables d'un pareil tour de force, étaient extraordi-
nairement rares, et qu'ils figuraient tous, sans excep-
tion, dans mon livre de classe. Je lui demandai
donc :

« Comment s'appelle-t-il? »

Elle me répondit fièrement :

« Loïs de Montmajour.

– Comment? »

Elle répéta en articulant nettement :

« Lohisse de Montmajour! »

Non, il n'était pas dans mon livre.

Je connaissais Victor Hugo, Louis Ratisbonne, François Coppée, Maurice Bouchor, Eugène Manuel, La Fontaine, Clovis Hugues, mais ce nom-là ne s'y trouvait pas.

Je n'osai pas le lui dire, et je fus saisi de respect à la pensée qu'elle était noble, puisque devant son nom, il y avait « de »; c'était peut-être la fille d'un comte, ou même d'un marquis : voilà pourquoi il ne fallait pas la tutoyer.

« Et vous, votre père, que fait-il?

– Il est professeur.

– Professeur de quoi?

– De tout. Il est à l'école du chemin des Chartreux.

– Une école communale?

– Bien sûr. C'est la plus grande de tout Marseille! »

J'attendis l'effet de cette révélation. Il fut désastreux.

Elle fit une jolie petite moue, et prit un air supérieur pour dire :

« Alors, je vous apprendrai qu'il n'est pas professeur. Il est maître d'école. C'est très bien, mais c'est moins qu'un professeur. »

Frappé au cœur, je voulus alors écraser sa vanité pour satisfaire la mienne, et lui présenter Joseph dans toute sa gloire, en lui racontant l'histoire des bartavelles.

Habilement, je pris un biais pour aborder mon sujet.

74

« Est-ce que votre père va à la chasse? »

Je souriais malgré moi, car j'étais sûr de mon coup. Elle ouvrit ses yeux tout grands, prit un air horrifié, et s'écria :

« Mon père! Oh non! Pour rien au monde, il ne voudrait tuer un petit oiseau! Et même il dit qu'il aimerait mieux tirer sur un chasseur que sur un lapin! »

Cette déclaration me cloua sur place. Tirer sur un chasseur! Cet homme était certainement fou, et il fallait prévenir tout de suite Joseph et l'oncle Jules. Mais elle poursuivit :

« Naturellement, il n'a jamais essayé. Mais quand il voit dans le journal qu'un chasseur s'est blessé avec son fusil, il dit que c'est bien fait. »

Comme si le sujet était épuisé, elle enchaîna aussitôt :

« Vous allez à l'école en ville?

— Oui. J'entre au lycée au mois d'octobre. En sixième. Je vais apprendre le latin.

— Moi, je suis au lycée depuis bien longtemps. Et je passe en cinquième cette année. Quel âge avez-vous?

— Bientôt onze ans.

— Eh bien, moi, j'ai onze ans et demi, et je suis en avance sur vous d'un an. Et justement, le latin, c'est mon plus grand succès. J'ai été première en version, et seconde en thème. »

Elle me regarda un instant, puis ajouta, sur un ton désinvolte :

« D'ailleurs, pour moi, ça n'a pas d'importance, parce que l'année prochaine, je vais me présenter au Conservatoire de musique, pour le piano. Ma mère est professeur de piano, et elle me fait travailler au moins deux heures tous les jours.

— Et vous savez en jouer?

— Assez bien, dit-elle, d'un air satisfait. Et même

très bien pour mon âge. Seulement, mes mains sont encore trop petites. J'arrive tout juste à l'octave. »

Devant ce terme technique, je me sentis de nouveau en état d'infériorité, et je changeai de sujet de conversation.

« Alors, ici, vous êtes en vacances?

– Oui, dit-elle. Mais je vous rappelle que je vous ai permis de me tutoyer jusqu'aux Bellons. Je me demande pourquoi vous n'en profitez pas! »

J'essayai de reprendre l'avantage.

« Parce que maintenant, c'est trop tard, et puis, les gens de la noblesse, on ne les tutoie jamais. »

Elle me fit un long regard de côté, un petit rire, et déclara :

« C'est plutôt parce que je vous impressionne.

– Moi? Oh! pas du tout!

– Mais si, mais si. Ce n'est pas moi qui vous intimide : c'est ma beauté. C'est comme ça avec tous les garçons : je les fais rougir quand je veux! »

Je fus piqué au vif, car ce sont les garçons qui font rougir les filles.

« Eh bien, moi, il faudrait bien plus que ça!

– Vous croyez? »

Elle me barra la route, se planta devant moi, et de tout près elle me regarda dans les yeux, en penchant lentement sa tête en arrière. Sa bouche était à peine entrouverte, et ses narines frémissaient.

Je sentis avec rage que je rougissais, et je fis un effort pour rire.

« Et voilà! cria-t-elle sur un ton de triomphe, il a rougi! Il a rougi! »

Elle levait un bras au ciel, et dansait avec son bouquet, en prenant à témoin un très vieil olivier de mes amis.

« C'est vos grimaces qui me font rougir, dis-je.

– Allons, allons, dit-elle, n'aie pas honte. Un jour, j'ai entendu mon père qui disait à ma mère : « A

76

vingt ans, elle fera des ravages! » Oui, mon cher,
« des ravages ». Et mon père s'y connaît parce qu'il
fréquente des poétesses. Moi, il m'appelle « la princesse ». Mais naturellement, ce n'est pas mon nom.
Mon nom, c'est Isabelle. Je te le dis, et tu ne
l'oublieras jamais. Et toi?

– Moi, je m'appelle Marcel. »

Elle fit une petite moue.

« Ce n'est pas mal, mais c'est moins joli qu'Isabelle. Enfin, ce n'est pas de ta faute. »

Elle se mit de nouveau devant moi, laissa tomber
ses fleurs dans l'herbe, et dit brusquement :

« Donne-moi des raisins!

– Vous n'avez plus peur de manger des raisins
volés?

– Tout à l'heure, je n'en voulais pas. Mais maintenant j'en veux. Donne-les-moi l'un après l'autre! »

Elle croisa ses bras derrière son dos, et entrouvrit
la bouche. Ses petites dents, parfaitement régulières,
brillaient comme de la nacre, avec un léger reflet
bleu, et ses lèvres charnues étaient finement des-
sinées, comme un arc à deux courbes égales. Je
déposai mes aromates sur le sol, et du bout des
doigts, je mis le premier grain dans cette bouche
enfantine, dont la moue s'avançait vers moi.

Elle le croqua avec des mines de ravissement, et
murmura :

« C'est délicieux! Ça pique autant que du vinai-
gre! Encore! Encore! »

Dix fois je lui donnai la becquée et toujours avec
le même succès. Mais elle ouvrit soudain des yeux
horrifiés, et poussa un cri d'effroi.

« Oh! Ces mains! Tu oses me faire manger des
raisins avec des mains aussi sales? On dirait les

77

mains d'un mendiant! Maintenant, je vais peut-être avoir quelque vilaine maladie!

— Mais non, dis-je (tout honteux, car mes mains étaient vraiment bien noires), c'est propre : c'est de la terre... C'est parce que j'ai arraché des plantes de thym!

— Tu as tout de même du toupet d'approcher des mains pareilles de la bouche d'une jeune fille, et je ne vous en fais pas mon compliment! »

Elle me tourna le dos et s'éloigna très droite, et posant un pied exactement devant l'autre, comme si elle marchait sur un fil de fer tendu. Je ramassai mes aromates, et j'allais la planter là, lorsqu'à dix mètres elle s'arrêta, pivota sur la pointe des pieds, et cria, sur un ton de mauvaise humeur :

« Alors, viens-tu? Il faut que je te présente à ma mère! Puisque tu as voulu m'accompagner, c'est obligatoire! »

J'accourus.

Le petit hameau des Bellons se dressait au détour du sentier.

Je demandai :

« Vous habitez dans quelle maison? »

Elle me regarda avec pitié :

« La plus grande, bien sûr! »

ELLE s'arrêta derrière la bâtisse, qui était longue et basse comme les anciens « mas » de Provence, sans la moindre ouverture dans son dos.

Elle tourna le premier coin de mur, mais avant d'arriver au second, elle m'arrêta du geste :

« Attends ici. Je t'appellerai. »

Elle disparut.

J'entendis alors une voix de femme, une voix grave et musicale, qui disait :

« Enfin, vous voilà, Babette ? Je commençais à me demander si le loup ne vous avait pas mangée ! »

Je pensai :

« Ça doit être une domestique, puisqu'elle lui dit *vous*. »

Mais la jeune voix répondit :

« Ma chère maman, il s'en est fallu d'un RIEN ! »

C'était donc sa mère qui lui disait « vous » ! Toujours la noblesse !

Elle continua :

« Figurez-vous que d'une fleur à l'autre, je me suis perdue ! Et quand je m'en suis aperçue, j'étais au milieu d'une espèce de vallon, tout plein de broussailles piquantes qui m'ont griffé les mollets. Ensuite, j'ai vu des araignées aussi grandes que ma main.

Noires, avec des raies jaunes, et il y en avait une qui frisait ses moustaches avec ses pattes!

– J'ai vu faire ça par un capitaine de hussards! dit la mère.

– Maman, ne riez pas! Ces bêtes étaient horribles, et j'étais glacée de peur! De plus, j'étais entourée de serpents!

– Vous en avez vu?

– Non, mais j'en ai entendu qui sifflaient sous les broussailles. D'ailleurs il paraît que ce vallon est tout plein de serpents. C'est bien connu!

– Qui vous l'a dit?

– Un jeune garçon, qui m'a sauvée, et qui m'a raccompagnée jusqu'ici. Me permettez-vous de vous le présenter?

– Avec plaisir! »

Elle vint en courant, me prit par la main, et me conduisit sur la terrasse que je connaissais déjà, pour y être passé avec Lili, quand la maison était inhabitée.

C'était, devant la longue bâtisse, une esplanade ombragée, en haut d'une côte plongeante, et d'où l'on découvrait un vaste paysage de collines plus basses, sur lesquelles des champs s'étendaient entre des pinèdes. Un chemin de campagne, bordé d'oliviers, descendait vers le village dont on ne voyait que le clocher au-dessus de quelques toits.

Isabelle m'entraîna vers une belle femme blonde qui se balançait dans un hamac, un livre ouvert à la main.

J'avais vu des hamacs dans les illustrations de Jules Verne; ils étaient faits de toile rude, et suspendus sous le pont d'un navire par des crochets de fer. J'avais compris que l'inventeur de ces lits, mollement balancés par la houle, avait eu pour but de bercer les petits matelots, pour faire entrer leur mère dans leurs rêves.

Le hamac que j'avais sous les yeux était digne d'un amiral. C'était un vaste filet de soie mordorée, accroché à deux baguettes en bois de meuble, et garni de coussins d'un rouge brillant. Il était tendu entre deux acacias, dans une ombre bleue grêlée de grains de soleil que la brise faisait bouger.

Dans cette couche aérienne, la dame était vêtue d'un peignoir bleu brodé de fils d'or, et elle laissait pendre gracieusement un pied nu, qui retenait à peine, du bout de l'orteil, une babouche de cuir rouge ornée d'arabesques d'or.

Nous avançâmes sur cette terrasse, et Isabelle dit avec un geste large pour me désigner :

« Voilà mon sauveur. Ses mains sont bien sales, mais il est très courageux. Il n'avait qu'un bâton, et pourtant il est entré dans les buissons : il a chassé au moins dix serpents!

– Jeune homme, dit la dame, approchez-vous. Je vous félicite de votre courage, et de votre galanterie. »

Je m'inclinai, assez glorieux. Mais elle ajouta brusquement :

« C'est vrai qu'il a les mains sales, et même très très sales! Cependant, Babette, ce n'était pas à vous de me le faire remarquer. »

Je rougis de nouveau, et je cachai mes mains derrière mon dos. Puis, en souriant piteusement, je répétai mon excuse :

« C'est parce que je suis allé chercher du thym pour ma mère... Alors, en arrachant les plantes...

– Eh bien, dit la dame – qui sauta légèrement à terre – voilà un garçon charmant, qui va cueillir du thym pour sa mère, et qui en profite pour sauver une demoiselle perdue! Babette, allez chercher le sirop de

81

grenadine, trois grands verres, de l'eau, et des pailles. Vous trouverez tout cela dans le « livigroub », sur les étagères! »

Je n'avais jamais entendu ce mot étrange, mais je supposai qu'il s'agissait d'un placard, ou plutôt d'un buffet, dans le genre arabe comme ses pantoufles.

« Venez m'aider, dit Isabelle, parce que c'est lourd! »

Je la suivis.

Derrière le rideau de perles provençal, qui est censé arrêter les mouches, un étroit couloir sombre; une petite porte, à droite, donnait sur une assez grande salle. Nous y entrâmes, et je fus confondu d'admiration.

Je vis d'abord un piano, qui brillait, tout noir, près de la fenêtre. Près de la cheminée, un fauteuil extraordinaire, car son dossier formait une très haute niche. On aurait dit une guérite de grand luxe. La carcasse en était dorée, et tendue d'une étoffe rose. Contre le mur de gauche, une grande commode vernie, absolument neuve, qui avait un gros ventre rond; sur chaque tiroir, deux larges poignées en or.

Au-dessus de ce monument, un vaste miroir dans un énorme cadre tout ajouré par des sculptures qui représentaient une sorte de lierre.

Dans l'âtre de la haute cheminée, il y avait de grands chenets, dorés eux aussi, et sur le manteau une pendule en corne transparente, aussi grande que la petite sœur, et tout incrustée d'or. Pendant que j'admirais ce luxe, je m'aperçus que je marchais sur un tapis très épais, dix fois plus grand que ma descente de lit, et qui allait jusque sous les meubles!

Isabelle ouvrit une très grande armoire, que je n'avais pas encore remarquée, parce qu'elle était derrière moi. Dans les portes sculptées, il y avait des vitres, et je pouvais voir des régiments de verres et de tasses, commandés par des carafes vertes et bleues, des cafetières en argent, et des bouteilles qui n'avaient pas des formes de bouteilles.

Je compris que ce meuble était le « livigroub ».

Elle en sortit un grand plateau noir et brillant, plein de Chinois dorés imprimés en relief. Elle le mit entre mes mains et le chargea de trois verres, d'un flacon de sirop entouré d'un treillis d'argent (même le bouchon était en verre, et taillé comme un diamant), et d'un siphon bleu comme on en voit à la terrasse des cafés.

Nous allâmes nous asseoir devant une table peinte en vert, sous l'acacia, et je frottai vigoureusement mes mains sur ma culotte, pour les éclaircir.

Nous bûmes, avec des pailles, de grands verres de fraîche grenadine. L'eau du siphon piquait comme une limonade. Ça ne m'étonna pas car Mangiapan me l'avait dit.

Isabelle, assise à côté de moi, le menton levé, les yeux mi-clos, les mains serrées entre les genoux, paraissait rêver, pendant que sa mère me posait des questions.

Elle voulait savoir où nous habitions.

« A la Bastide-Neuve », lui dis-je.

Je vis avec stupeur qu'elle en ignorait l'existence et qu'il fallait en préciser la position.

Elle n'était pourtant qu'à deux cents mètres du hameau; mais il est vrai que les oliviers et les figuiers qui l'entouraient en dérobaient la vue aux passants qui ne prenaient pas le chemin des collines.

« Avez-vous une sœur?

— Oui, dis-je, mais elle est très petite. Elle a trois ans et demi.

— C'est dommage. Elle aurait pu venir jouer avec Isabelle et peut-être l'empêcher de se perdre!

— Je ne me perdrai plus! s'écria Isabelle. Et puis, si

cela m'arrive encore, vous n'aurez qu'à le prévenir, et il me retrouvera tout de suite! »

La dame parut hésiter, puis elle dit :

« Je l'inviterais bien à venir jouer avec vous ici, si j'étais sûre qu'il ne dise pas de gros mots.

— Maman, il n'en a pas dit un seul! Il a les mains sales, oui, mais il ne dit pas de gros mots.

— Est-ce bien certain? » dit la dame en me regardant.

Je pris un air dégoûté, tout en cachant mes mains sous la table, et je déclarai :

« Moi, des gros mots, j'en sais quelques-uns, mais je n'en dis jamais!

— Jamais? » dit la dame d'un air de doute.

Je fis une concession.

« Peut-être à l'école, ou alors quand je me pince les doigts avec un piège...

— Un piège! s'écria la dame. Vous tendez des pièges? »

Ce n'était pas une chose à dire chez un chasseur de chasseurs.

Mais je rattrapai aussitôt cette parole imprudente, en spécifiant :

« A rats! Des pièges à rats, parce qu'il y en a à la maison! »

Puis, je compris instantanément que cet aveu d'une maison pleine de rats allait discréditer la famille, et j'ajoutai précipitamment :

« Dans la cave! Il y a des rats qui viennent des fois dans la cave! »

Enfin, je réduisis le nombre des rats :

« Ils ne sont que deux, mais ils sont assez gros, et ils mangent les provisions! Alors, quand je me pince les doigts dans un piège... »

Elle parut soulagée.

« Ce n'est pas bien grave, remarqua Isabelle, de dire un gros mot tout seul dans une cave... »

Elle ajouta, comme une excuse supplémentaire :

« Dans une cave, il n'y a personne, et puis il fait nuit!

— Eh bien, nous allons tout de même essayer. Vous avez l'air d'un gentil garçon, et il y a sans doute des jours où vous avez les mains propres?...

— Oh! oui! dis-je, souvent!

— Eh bien, ces jours-là, je vous autorise à venir jouer avec Isabelle. »

Je pensai que dans cette famille on parlait souvent d'autorisations, mais qu'il n'y avait pas besoin de les demander pour les obtenir.

J'entendis au loin sonner l'angélus et je me levai aussitôt.

« Je vous demande pardon, madame. Je crois que c'est midi, et ma mère m'attend...

— Ne vous mettez donc pas en retard, et merci encore une fois pour votre courageuse intervention! Babette, raccompagnez donc votre ami jusqu'au chemin! A bientôt! »

Quand nous fûmes derrière la bâtisse, elle me dit :

« Est-ce que tu viendras cet après-midi?

— Si je peux, parce que j'ai du travail à la maison. Mais dès que je serai libre, je viendrai.

— Je t'offrirai à goûter, dit-elle. J'ai des confitures d'abricots, et des langues de chat. Et puis, je te montrerai mes jouets. J'en ai des tas. Je t'autorise à me baiser la main. »

Elle me tendit le dos de sa main brune; il y avait une petite fossette rose au commencement de chaque doigt. Je la pris, et je la portai à mes lèvres.

« J'en étais sûre! s'écria-t-elle. Ce n'est pas comme ça du tout que l'on fait!

— Et comment alors?

— Tu ne dois pas soulever ma main : c'est toi qui

dois baisser la tête, comme pour me saluer. Recommence! »

Je recommençai, un peu gêné par le baudrier de thym et la botte de fenouil.

« Ce n'est pas mal, dit-elle, mais ce n'est pas encore ça. Enfin, je t'apprendrai cet après-midi! »

JE revins au trot à la Bastide-Neuve : je vis de loin que toute la famille était à table sur la terrasse.

Dès qu'il m'aperçut, Paul se leva et courut à ma rencontre pour m'annoncer que les chasseurs avaient « détérioré » un blaireau, c'est-à-dire qu'ils avaient passé la matinée à extraire cet animal de son terrier.

Ce trophée était suspendu à la basse branche du figuier par les pattes de derrière : c'était une sorte de petit cochon cousu dans une peau d'ours. Il était laid et puait horriblement.

Je l'admirai un instant à haute voix, afin d'obtenir l'indulgence des chasseurs pour mon retard. L'oncle Jules m'annonça, avec une fierté joviale, qu'il l'avait « séché sur place » avec une charge de chevrotines dans la nuque.

La tante Rose, au lieu de le féliciter, déclara qu'il était urgent d'enterrer ce cadavre qui attirait déjà les mouches bleues, et qui ne pouvait servir à rien. J'affirmai alors que François le mangerait de grand appétit, et ce meurtre inutile fut aussitôt justifié, à la grande satisfaction de l'oncle Jules.

Ma mère loua le thym que je lui rapportais, mais dit ensuite :

« Si je t'avais attendu pour le civet... »

En m'asseyant devant la table, je répondis :

« A Rapon, j'ai trouvé une fille sur une grosse pierre. »

L'oncle prit une mine terrifiée, et demanda :

« Morte?

– Oh non! C'était une fille perdue.

– Rencontre encore plus dangereuse! dit l'oncle.

– Au contraire! Elle avait peur des araignées, et j'ai été obligé de la ramener chez elle, autrement, elle voulait se laisser mourir sur place!

– En somme, dit mon père, tu lui as sauvé la vie!

– Peut-être.

– Quel âge a-t-elle? demanda ma mère.

– Douze ans. Elle est grande comme moi.

– Et où habite-t-elle?

– A la longue maison des Bellons. J'ai vu sa mère : elle est superbe.

– Voyez-vous ça! dit l'oncle.

– Et la fille? demanda Paul.

– Elle est très jolie. Seulement, elle parle en faisant la bouche pointue, et puis des tas de manières. Elle a de beaux mollets tout ronds.

– Tu as remarqué ça? demanda mon père.

– Ça se voit beaucoup parce qu'elle a une petite figure. Ses yeux tiennent toute la place.

– Alors, elle te plaît? dit la tante Rose.

– Comme ci, comme ça. Elle dit « vous » à sa mère.

– Alors, c'est pas sa mère! dit Paul, dogmatique.

– Mais oui c'est sa mère, puisqu'elle l'appelle « maman ». Tu n'y étais pas, et moi j'y étais. Et en plus sa mère lui dit « vous » à elle! »

A cette annonce, Paul fut saisi d'un accès de rire en trois quintes si violentes qu'elles dévièrent une bouchée de sardines à la tomate, et je crus qu'il allait périr sous nos yeux; mais quelques tapes dans le dos lui permirent de retrouver sa respiration.

« Je parie, dit l'oncle, que cette petite fille est très brune.

– Oh! oui! Comme un merle. Et sa mère est toute blonde, dans un hamac, avec une pantoufle rouge pendue au bout du pied!

– Où as-tu vu ça? dit mon père.

– Là-bas, sur la terrasse, sous l'acacia.

– Alors, je les connais, dit l'oncle. Je les ai vues à la messe du village, avec le mari que je rencontre quelquefois dans le tramway... Le curé m'a dit qu'il travaille au *Petit Marseillais*.

– C'est la vérité, dis-je. Et même il est plus que le directeur : c'est lui qui corrige les fautes de tous les autres.

– C'est-à-dire, reprit l'oncle en s'adressant à mon père, qu'il est correcteur à l'imprimerie du journal.

– Ce qui signifie, dit Joseph, qu'il corrige les fautes des imprimeurs, et non pas celles des rédacteurs. »

Il me sembla que c'était encore plus difficile et en tout cas plus glorieux, et pour faire valoir la famille de ma nouvelle amie, j'ajoutai :

« Et en plus, il fait des poésies superbes, et à Paris, tout le monde le connaît!

– Paris est loin, dit l'oncle. Ici, on n'en a pas encore entendu parler! »

Je ripostai :

« En tout cas, c'est un noble. Il s'appelle Loïs de Montmajour.

– Peste! s'écria l'oncle. C'est la petite qui t'a dit ça?

– Bien sûr. Loïs de Montmajour. C'est pour ça que dans la famille, ils se disent « vous ». Parce que ce sont des nobles. »

L'oncle sourit, et dit :

« C'est évidemment un nom de guerre! »

Je compris que ce nom avait été donné à cette

famille à cause des exploits guerriers d'un ancêtre, et je répliquai :

« Ça ne m'étonnerait pas! »

L'oncle poursuivit :

« Ces poètes ne sont jamais bien modestes, mais finalement, ça ne fait de mal à personne!

— Après tout, dit mon père (qui craignait toujours de mésestimer les inconnus), ne faisons pas de jugement téméraire. C'est peut-être un grand poète!

— Ce n'est pas impossible, dit l'oncle, car il s'est trompé deux fois de tramway.

— Moi, dit ma mère, je n'aurais pas confiance dans un homme comme ça... Les poètes, ça vit dans un rêve, et ça finit par mourir de faim.

— Pas tous, dit la tante Rose. Ceux qui font des chansons se débrouillent très bien. Le mari de Lucienne, le postier, fait des chansons pour l'Alcazar, et on lui donne pas mal d'argent. Et pourtant, c'est tout plein de grossièretés. Seulement, ça rime.

— Tu as d'étranges idées sur la poésie, dit l'oncle Jules.

— Eh bien, m'écriai-je avec feu, moi je peux vous dire que son père a beaucoup d'argent! Je suis entré dans la maison, et j'ai vu des meubles comme au musée Longchamp. Et un piano!

— Un piano? demanda la tante Rose. Ça serait bien la première fois qu'on en verrait un dans ces collines.

— Eh bien, moi je l'ai vu! Et tout ça c'est dans une salle à manger où il y a un tapis par terre qui est immense. Et puis, il y a une armoire formidable, qui s'appelle un « livigroub »!

— Comment? demanda Joseph, surpris.

— Un « livigroub ».

— Qui t'a dit ça? demanda ma mère.

— La dame. Elle a dit : « Les verres sont « dans le livigroub »... Et ils y étaient. »

Mon père, les sourcils froncés, essayait de comprendre. Ma mère, qui ne savait pas grand-chose, mais qui devinait tout, dit timidement :

« C'est peut-être un mot anglais.

– J'y suis, s'écria Joseph. Un living-room! Ce n'était pas l'armoire, mais la salle où se trouvait l'armoire!

– C'est sûrement ça, dit l'oncle Jules, et c'est bien dommage. Parce qu'un « livigroub », ça m'intriguait, c'était poétique. Tandis qu'un living-room, ça prouve que cette dabe doit avoir un rhube de cerveau, et que ces gens sont un peu snobs. »

Comme je ne comprenais pas ce dernier mot, je fis une concession :

« Ça, dis-je, c'est possible. Et surtout, il doit avoir mauvais caractère, parce que sa fille m'a dit qu'il aime mieux tirer sur les chasseurs que sur les oiseaux!

– Je comprends ça, dit l'oncle sur un ton grave, je comprends ça : c'est plus facile. Parce qu'un chasseur c'est plus gros, et puis ça ne vole pas.

– Non, mon oncle, ne plaisante pas; je t'assure que c'est très sérieux. C'est Isabelle qui me l'a dit.

– Eh bien, dit Paul, en secouant la tête d'un air inquiet.

– Est-ce qu'il a déjà tué beaucoup de chasseurs? » demanda mon père.

Comme je vis qu'ils se moquaient de moi, je haussai les épaules.

« Bien sûr que non. En tout cas, il l'a dit, et ça prouve qu'il a mauvais caractère.

– Oh! dit Paul, philosophe, moi des fois, je dis des choses, et après je ne les fais pas! Peut-être que s'il voit papa et l'oncle Jules dans la colline, et...

– S'il nous rencontre, interrompit l'oncle Jules avec une véritable férocité, ce sera tant pis pour lui, car nous l'aurons vu les premiers, et tu le trouveras suspendu à la place de ce blaireau...

– Un peu plus haut, dit mon père, parce qu'il doit être plus grand! »

Mais je n'écoutais plus leurs plaisanteries et je dévorais ma côtelette en pensant à cette surprenante Isabelle qui m'avait donné sa main à baiser, et qui m'attendait.

Après le déjeuner, tout le monde fit la sieste, sur les chaises longues ou dans les chambres, sauf Paul, qui avait volé des ciseaux à broder, afin de couper les poils du blaireau : il prétendait en faire des brosses pour les dames, et des pinceaux à barbe pour les messieurs.

Je décidai alors qu'il était temps d'aller visiter nos pièges. Je pouvais faire la tournée – au trot – en moins d'une heure et demie. Lili n'arriverait à la Bastide que vers cinq heures. Je pourrais donc, si j'en avais envie, aller jouer avec Isabelle de trois à cinq.

Il était évidemment un peu ridicule d'aller passer deux heures avec une fille. Pour jouer à quoi? Peut-être à la poupée, ou à sauter à la corde? Mais puisqu'elle m'avait invité, je ne pouvais pas refuser sans être grossier. La politesse avant tout, surtout avec des nobles.

J'allai dans la cuisine, et je fis tremper mes mains dans l'eau pendant au moins dix minutes. Puis je les savonnai trois fois de suite, jusqu'à les rendre méconnaissables : la pulpe de l'extrémité des doigts en fut ramollie et fripée, comme il arrive aux mains des lavandières. Puis, avec une allumette taillée en pointe, je réussis à extraire les petits croissants sombres logés sous mes ongles. Enfin, je découvris sur une étagère, dans un pot de porcelaine, une pommade verte à l'odeur aromatique qui était de la vaseline mentholée, pour les rhumes de cerveau, mais que je pris pour un cosmétique. J'en enduisis mes cheveux, que je lissai longuement à la brosse, avec l'espoir de rabattre un épi, qui se redressait obstinément sur le sommet de mon crâne, comme on en voit sur certains perroquets. Mon entreprise ne réussit qu'à demi : j'enfonçai donc jusqu'à mes oreilles ma jolie casquette de toile bleue, pour aplatir ma chevelure curieusement rafraîchie. Enfin, j'allai dans ma chambre choisir un blouson de toile écrue, et je sortis tout pimpant.

Paul, étonné par cette propreté, me demanda :

« Où vas-tu ? »

Je répondis sincèrement :

« Voir mes pièges. »

Je montai donc vers les pinèdes. Mais en arrivant en haut de la côte du Petit-Œil, qui est juste audessous de Redounéou, je m'arrêtai pour souffler, et je vis, en me retournant, derrière le toit de la maison d'Isabelle, la cime des acacias qui me faisaient des signaux dans le vent.

J'eus tout à coup un sentiment de culpabilité d'une extrême délicatesse, mais qui me paraît fort suspect aujourd'hui.

« Je ne suis pas allé aux pièges ce matin parce que j'ai été obligé de sauver une fille. Ça, ce n'est pas ma faute. Mais maintenant à quoi ça sert que j'y aille, puisque nous y retournerons tout à l'heure ? Si les bêtes ont mangé les oiseaux, qu'est-ce que j'y pourrai ? Et si le boiteux est passé, les pièges n'y sont plus. Alors, j'y vais pour quoi ? Pour faire croire à Lili que j'y suis allé ce matin. Eh bien, je trouve que c'est hypocrite. Je n'ai qu'à lui dire la vérité, et nous ferons la tournée ensemble à cinq heures. Je ne

94

lui ai jamais menti : je ne vais pas commencer aujourd'hui. »

Rassuré par ce raisonnement sur ma propre loyauté, je rabattis ma course vers les Bellons.

En traversant un verger abandonné, je grimpai dans un vieil amandier, et je remplis mes poches d'amandes que l'on appelle « Princesses » parce que leur coque est très fine, et qu'on peut la casser entre le pouce et l'index. Puis, d'un pas de promeneur, et m'arrêtant de temps à autre comme pour admirer le paysage, je m'approchai de la maison des nobles.

Lorsque je parvins au coin de la longue bâtisse, je risquai un œil. Sur la terrasse, il n'y avait personne; mais j'entendis le son d'un piano.

Je pensai que sa mère lui donnait une leçon, et j'avançais sans bruit, en longeant le mur, vers cette musique.

La fenêtre était ouverte : encore un pas, et je vis le dos d'Isabelle. C'était elle qui jouait, et des deux mains en même temps! Je fus confondu de surprise et d'admiration. Les petits doigts bruns couraient sur les touches, un mince bracelet d'argent dansait autour de son poignet. Parfois, elle levait très haut une main qui restait suspendue en l'air une seconde, puis retombait, avec une vitesse incroyable, sur plusieurs notes à la fois, comme un épervier sur des hirondelles.

Je ne bougeais pas plus qu'une statue, je regardais la crispation des fragiles épaules, et la petite nuque pâle entre deux tresses de soie brillante, mais la musique s'arrêta soudain, et Isabelle tourna la tête vers moi; elle sourit et elle dit :

« Je vous ai vu arriver dans le vernis du piano. Ça te plaît cette musique?

– Oh oui!

– C'est un morceau difficile. Je ne le sais pas encore très bien, mais je l'étudie tous les jours. Je dois le jouer pour la fête de mon père, le mois prochain. Je vais le recommencer pour toi. Entre! Maman n'est pas là. Elle est allée à la rencontre du poète parce qu'il a congé cet après-midi. »

Je sautai sur le bord de la fenêtre, puis sur le beau tapis.

Elle tourna rapidement les pages d'un album de musique, puis, tout en massant ses doigts, elle dit :

« Approche-toi. »

A ma grande surprise, elle me fit asseoir sur le sol, tout contre le flanc du piano, et m'ordonna d'appliquer mon oreille sur la noire paroi d'ébène : ce que je fis docilement. J'attendis, déjà extasié.

A cette époque, le phonographe était encore un appareil magique, réservé aux seuls millionnaires, et la radio n'existait pas.

Pour écouter de la vraie musique, il fallait aller au concert ou à l'opéra, et le prix d'une place, en ces lieux sacrés, atteignait un demi-louis d'or.

Jusque-là, je n'avais donc entendu rien d'autre que la musique militaire du dimanche (dont le triomphe était *Poète et Paysan*), la guitare des chanteurs des rues, les gammes lointaines d'une voisine inconnue, et les sons charmants, mais filiformes, de la petite flûte de mon père.

Tout neuf et brûlant de curiosité, je fermai les yeux.

Soudain, j'entendis sonner puissamment des cloches de bronze. D'abord un peu espacées, comme les premières gouttes d'une pluie d'été; puis elles se rapprochèrent et se réunirent en accords triples et quadruples, qui tombaient en cascades les uns sur les autres, puis ruisselaient et s'élargissaient en nappes sonores, trouées tout à coup par une rebondissante grêle de notes rapides, tandis que le tonnerre grondait au loin dans de sombres basses qui résonnaient jusqu'au fond de ma poitrine.

Une tendre mélodie errait sous cet orage : elle s'élançait par moments vers le ciel, et grimpant jusqu'en haut du clavier, elle faisait trembler dans la nuit de blanches étincelles de musique.

Je fus d'abord abasourdi, puis bouleversé, puis enivré. La tête vibrante et le cœur battant, je volais, les bras écartés, au-dessus des eaux vertes d'un lac mystérieux : je tombais dans des trous de silence, d'où je remontais soudain sur le souffle de larges harmonies qui m'emportaient vers les rouges nuages du couchant.

Je ne sais pas combien de temps dura cette magie. Enfin, sur le bord d'une falaise, quatre accords, l'un après l'autre, ouvrirent lentement leurs ailes, s'envolèrent et disparurent dans une brume dorée, tandis que les échos de l'ébène n'en finissaient plus de mourir...

ISABELLE me toucha du bout de son pied, et je m'éveillai dans un frisson.

« Et voilà! dit-elle. Ça te plaît? »

Je ne sus que répondre : je souriais d'un air gêné, je regardais ces mains si petites qui faisaient naître tant de musique, et je compris que c'était une fée, qui avait les clefs d'un autre monde.

Je n'osai pas regarder ses yeux.

Elle se leva soudain, redevenue petite fille, et dit en riant :

« Réveille-toi, et viens! On va jouer à la marelle! »

Je ne fus pas fâché de cette proposition, car nous revenions dans mon domaine. A l'école, je ne jouais plus à la marelle, faute d'adversaires dignes de moi : mais à cause de la musique, je décidai de lui laisser gagner la première partie.

J'eus une très grande surprise. Je m'aperçus que je sautillais à pied plat, comme un ours en poussant le galet du bout de ma semelle, avec une laborieuse adresse. Quand vint son tour, elle se mit à danser, comme une bergeronnette; le galet la précédait, ensorcelé, et glissait devant elle jusqu'au milieu de la case suivante.

Je perdis quatre parties, et j'étais rouge de dépit. Cependant, elle ne se moqua pas de moi : après la dernière pirouette, qui fit tourner sa jupe en rond et me laissa voir ses belles jambes, elle s'écria :

« Maintenant, je suis fatiguée. On va jouer à autre chose, sans courir! Est-ce que tu connais *La Petite Marchande d'allumettes*? »

Je fus un peu interloqué, et je répondis :

« Celle du bureau de tabac? »

Elle éclata de rire, puis elle mit sa main sur sa bouche, fit un « oh » prolongé, tout en me regardant avec une surprise indignée.

Je fus vexé, et je demandai :

« Qu'est-ce qu'il y a?

— Il y a que c'est la plus belle histoire du monde, mais ce n'est pas dans la vie, c'est un conte! Et même, tu as de la chance de ne pas la connaître, parce que je vais te la lire tout de suite! »

Elle courut vers la maison.

Je n'avais pas très bonne conscience. Que dirait Lili, s'il me voyait là, tout pourri de musique, et battu à la marelle par une fille? Je me levai brusquement, mais je restai sur place, car elle revenait déjà, un livre à la main.

« Mets-toi dans le hamac, dit-elle, et ne bouge plus. »

Je n'avais encore jamais eu l'occasion de m'installer dans cette luxueuse balançoire : à ma première tentative, le perfide filet se déroba sous moi, et je tombai lourdement sur le dos.

Elle éclata de rire, tandis que dans ma confusion je pensais au « garçon manqué » qui était tombé d'un arbre.

« Allons, dit-elle gentiment, lève-toi; je vais t'aider. »

Elle tint à deux mains le bord du hamac, et je réussis à m'installer, la tête mollement soutenue par un coussin de soie parfumée.

Isabelle s'assit sur le bord de la table, les jambes

pendantes. Elle ouvrit son livre, et me lut la pathétique tragédie de cette petite Nordique.

Je n'aimais pas beaucoup les histoires tristes, et je
me défendais contre l'émotion en me disant, d'abord,
que « tout ça n'était pas vrai », puis en affaiblissant
la puissance de la poésie par des considérations
d'ordre pratique qui, en faisant intervenir la raison,
me donnaient le temps de maîtriser ma sensibilité...

Dès la première ligne du récit, il faisait froid, il
faisait nuit, la neige tombait. Ces dures conditions
atmosphériques ne me concernaient nullement, puisque je me balançais dans l'ombre tiède d'un acacia,
au bord de la garrigue ensoleillée.

A la cinquième ligne, la malheureuse enfant, qui
était déjà tête nue, perdit bêtement ses savates, et il
lui fallut « *marcher dans la neige, sur ses petits pieds
nus, qui étaient rouges et bleus de froid* ».

Je pensai d'abord qu'elle ne savait pas se débrouil-
ler, que ses parents étaient des criminels de la laisser
sortir seule sous la neige, et que celui qui avait
raconté cette histoire essayait par tous les moyens de
me faire de la peine; je refusai donc d'avoir froid aux
pieds avec elle : mais Isabelle prenait la chose très au
sérieux, et elle lisait avec une conviction profonde,
comme si c'était dans le journal. On aurait dit qu'elle
avait plusieurs voix. Tantôt froide et monotone
comme la neige qui tombait, puis gourmande et
voluptueuse pour dire : « *Il y avait dans toute la rue
le fumet délicieux des rôtis qui se préparaient* », puis
vibrante d'indignation lorsque l'affreux gamin volait
la seconde savate de l'innocente... Elle était sûrement
première aux compositions de récitation, car elle
lisait aussi bien que M. Besson, et peut-être même
encore mieux. Comme le piano magique avait déjà
ébranlé ma sensibilité, la voix d'Isabelle, aussi
pathétique que l'histoire, pénétrait peu à peu mes
défenses, et je sentis que son émotion me gagnait.

Cela commença lorsque la petite fille essaya de réchauffer « *ses pauvres mains mortes de froid* » en brûlant « *ses allumettes l'une après l'autre* »; je fus forcé de m'apitoyer sur l'inefficacité certaine d'un aussi médiocre moyen de chauffage, et comme je la voyais pâlir et bleuir, je conçus de grandes inquiétudes sur la suite des événements.

La féerie provoquée par la flamme « éblouissante » de ces allumettes (certainement suédoises) me consola un moment, grâce à la gaieté soudaine de la voix d'Isabelle, qui décrivait triomphalement ces visions merveilleuses, et l'apparition de la grand-mère me rassura, quoiqu'elle me parût inexplicable. Enfin, quand elles arrivèrent toutes les deux chez le Bon Dieu, je fus bien content qu'il existât, pour leur donner le bonheur qu'elles méritaient. Mais ce n'était pas fini!

Le cruel conteur apportait une affreuse révélation dans les dernières lignes. Isabelle les lut lentement, une tremblante émotion lui serrait la voix, et quand elle eut dit : « *morte, morte de froid le dernier soir de l'année* », elle ne put plus dire un mot, et de grosses larmes coulèrent sur ses joues pâles.

Il me fut difficile de contenir un sanglot. Enfin, elle retrouva la parole :

« Le Jour de l'an se leva sur le petit cadavre assis par terre, au milieu de ses allumettes brûlées!... »

Alors, il me sembla que la petite morte c'était elle, je la vis toute blanche dans la neige, et je sautai du hamac pour courir à son secours.

Elle me repoussa doucement, en disant d'une voix étouffée :

« Attends! »

Elle lut les dernières lignes : « *Personne ne savait les belles choses qu'elle avait vues, ni dans quelles*

splendeurs elle était entrée avec sa vieille grand-mère
pour la joyeuse nouvelle année. »

Ces splendeurs ne me consolèrent pas. Elle était morte de froid, et voilà tout. Le reste était une tricherie, et comme je voyais Isabelle s'élever dans les airs, portée par la force ascensionnelle d'une vieille dame à cheveux blancs, de grosses larmes coulèrent sur mes joues, et je la serrai sur mon cœur pour la garder sur terre.

Toute pleurante, elle se mit à rire.

« Gros nigaud! dit-elle. Ce n'est qu'une histoire, et tout ça, ce n'est pas vrai. Tu devrais avoir honte de pleurer comme ça!

– Mais vous aussi, vous pleurez?

– Moi je suis une fille. Et puis, ça me plaît de pleurer quand c'est pour rire! Tandis qu'un garçon... »

Elle s'interrompit soudain, et dit :

« Voilà mon père! »

Elle tira de sa poche un petit carré de dentelles, et s'essuya les yeux, pendant que je soufflais dans mon mouchoir à carreaux.

Ses parents montaient la côte qui aboutissait à l'esplanade où nous étions. Je les regardais avec curiosité, et surtout le noble poète, le dangereux chasseur de chasseurs.

Il n'était pas grand, et assez vieux. Au moins quarante ans, comme l'oncle Jules. Il portait un large chapeau de feutre noir, une jaquette noire, et une cravate noire à ganses. Il s'appuyait au bras de sa femme, et tenait de l'autre main une mince canne d'ébène, qui lui servait à faire des gestes en marchant.

Ses souliers étaient blancs de poussière et il paraissait fatigué. Quand il fut plus près de moi, je vis qu'il ressemblait à sa fille, mais en beaucoup moins joli, parce que ses joues étaient creuses, et qu'on voyait mille points bleus sur son menton, et surtout sous son nez.

Isabelle s'avança vers eux, s'arrêta à quatre pas, et fit une jolie révérence. Le poète, à son tour, ôta son chapeau pour un gracieux salut.

Alors Isabelle s'approcha, et son père, tête nue, la baisa au front. Puis, il se tourna vers moi, et dit sur un ton lyrique :

Voici le chevalier qui traque la vipère
Et pourfend l'araignée au fond de son repaire.

Isabelle me regarda avec fierté, et j'ouvris des yeux émerveillés : évidemment, c'était un vrai poète. Sans prendre le temps de réfléchir, il ajouta :

Pages de mon castel, sonnez de l'olifant,
En l'honneur du héros qui sauva mon enfant.

Isabelle triomphait, sa mère souriait, et j'admirais :

« C'est vrai, dit Isabelle, qu'il a été très courageux; mais pourtant, il a pleuré quand je lui ai lu l'histoire de *La Petite Marchande d'allumettes*!

– Vraiment? » demanda le poète en me regardant.

Je baissai la tête, plein de confusion, et Isabelle, moqueuse, insista :

« Oui, il a pleuré, et maintenant il rougit!

– J'en suis charmé, dit gravement le poète, et je l'en félicite! Vous avez tort d'en rire, Isabelle. S'il vous arrivait un jour de vouloir prendre pour mari un homme qui ne ressentirait aucune émotion à la lecture de ce chef-d'œuvre, je refuserais sans aucun doute mon consentement! »

Ce refus anticipé d'un rival possible me parut délicieux, car j'en conclus qu'il me trouvait digne de devenir son gendre, et quoique mes projets matrimoniaux ne fussent pas encore bien précis, c'était un grand pas de fait.

Je regardais donc Isabelle avec l'air satisfait d'un prétendant agréé, lorsqu'il remit sa canne à sa femme, et posa une main sur mon épaule, l'autre sur celle de sa fille, comme s'il allait nous pousser dans les bras l'un de l'autre. Mais il n'en fit rien, et dit solennellement :

Enfants, pour le poète il faudra sans retard
De l'absinthe aux yeux verts préparer le nectar...

Je ne compris pas très bien ce qu'il voulait dire, mais l'enchantement des rimes me suffisait, et sa main lourdement appuyée me poussait en avant.

Je m'aperçus cependant que la longue route l'avait épuisé, car même avec le soutien de nos deux épaules, sa démarche était un peu incertaine, et les mouvements parfois divergents de ses pieds me firent penser aux yeux de Clémentine.

Il nous poussa ainsi jusqu'à la table verte, lâcha nos épaules, et s'installa dans le fauteuil d'osier.

Isabelle courut vers la maison, et disparut.

Le poète fit alors un sourire à sa femme, et dit, sans tenir le moindre compte de ma présence :

« Infante, je suis heureux de vous annoncer que la princesse Mélusine a donné sa foi au chevalier, en présence des druides, et de l'enchanteur Merlin, sous les ombrages de Brocéliande. »

Infante – je crus que c'était son prénom – parut très émue, car elle vint s'agenouiller devant lui, et la face levée, elle demanda timidement :

« Quand pourrai-je l'entendre? »

Il réfléchit un moment, et hocha la tête plusieurs fois, comme s'il s'agissait d'un très grave problème : enfin, le regard perdu au lointain, il rendit à mi-voix son arrêt.

« Peut-être ce soir, dit-il. Peut-être demain...

– O Loïs! dit-elle, je serais si heureuse...

– Je sais, mon Infante, je sais. Trente-deux vers, sans doute les plus beaux de mon œuvre... »

Elle le regardait, tout illuminée, comme si elle allait pleurer de joie, et elle lui baisa la main.

Je ne comprenais pas grand-chose à cette scène, et j'attendais le retour d'Isabelle.

Elle parut portant un plateau chargé de verres et de bouteilles, qui me sembla bien lourd pour elle, et je courus à sa rencontre; mais comme je tendais les bras, elle me regarda sévèrement, et passa devant moi lentement, le menton levé.

L'œil du poète brilla tout à coup.

Alors, dans un profond silence, commença une sorte de cérémonie.

Il installa devant lui le verre, qui était fort grand, après en avoir vérifié la propreté. Il prit ensuite la bouteille, la déboucha, la flaira, et versa un liquide ambré à reflets verts, dont il parut mesurer la dose avec une attention soupçonneuse, car, après examen, et réflexion, il en ajouta quelques gouttes.

Il prit alors sur le plateau une sorte de petite pelle en argent, qui était étroite et longue, et percée de découpures en forme d'arabesques.

Il posa cet appareil, comme un pont, sur les bords du verre, et le chargea de deux morceaux de sucre.

Alors, il se tourna vers sa femme : elle tenait déjà par son anse une « gargoulette », c'est-à-dire une cruche en terre poreuse qui avait la forme d'un coq, et il dit :

« A vous, mon Infante! »

Une main posée sur la hanche, au bout de son bras gracieusement arrondi l'Infante souleva la cruche assez haut, puis, avec une adresse infaillible, elle fit tomber un très mince filet d'eau fraîche – qui sortait du bec de la volaille – sur les morceaux de sucre, qui commencèrent à se désagréger lentement.

Le poète, dont le menton touchait presque la table, entre ses deux mains posées à plat, surveillait de très près cette opération. L'Infante verseuse était aussi immobile qu'une fontaine, et Isabelle ne respirait plus.

106

Dans le liquide, dont le niveau montait lentement, je vis se former une sorte de brume laiteuse, en torsades tournantes qui finirent par se rejoindre, tandis qu'une odeur pénétrante d'anis rafraîchissait délicieusement mes narines.

Deux fois, le maître d'œuvre interrompit en levant la main la chute du liquide, qu'il jugeait sans doute trop brutale ou trop abondante : après avoir examiné le breuvage d'un air inquiet, puis rassuré, il donna par un simple regard, le signal de la reprise de l'opération.

Soudain, il tressaillit, et d'un geste impérieux, il arrêta définitivement le filet d'eau, comme si une seule goutte de plus eût pu dégrader instantanément ce breuvage sacré.

L'Infante quitta la pose et la cruche; alors le poète saisit délicatement le verre, le porta à ses lèvres, puis renversant la tête en arrière, il en but la moitié, sans la moindre pause, tandis que son gosier montait et descendait sous la peau bleuâtre de son cou.

Enfin, il reposa le verre sur la table, et poussa, la bouche ouverte, un long soupir de volupté.

Je ressentais pourtant une assez vive inquiétude, car cette boisson, par sa couleur et son odeur, me rappelait étrangement le terrible Pernod qui avait réduit notre cher Bouzigue, pendant quelques heures, à l'état d'un guignol hagard et bégayant des insanités. Mais la parfaite tranquillité d'Isabelle et de sa mère me rassurait; et puis, ce n'était certainement pas la première fois que le poète buvait cette liqueur, que d'ailleurs il avait nommée « apsinte », puis « nectar ». Ce n'était donc pas du Pernod, mais sans doute un breuvage de poète. D'ailleurs, il ne donnait aucun signe de désarroi et paraissait au contraire parfaitement heureux.

Je le vis déguster, à petites gorgées, le reste de son nectar, sous les yeux émerveillés de l'Infante satisfaite. Il dit ensuite, à mi-voix, et d'un air soucieux :

« Je cherche depuis quatre jours à remplacer une rime qui ne me satisfait pas. Pardonnez-moi de vous l'avoir caché. C'est une tache brune sur une statue d'albâtre, c'est un chardon sur un rosier. Pourtant le mot n'est pas loin. Il voltige autour de ma lyre. Si j'ai une heure de parfait silence, je suis sûr de le capturer. »

En prononçant ces dernières paroles, il prit un air farouche et fit un geste rapide, comme pour attraper une mouche.

Enfin, il planta son coude sur la table, posa son front dans sa main ouverte, et ne bougea plus.

Alors l'Infante, un doigt sur la bouche, s'avança vers moi sur la pointe des pieds, me prit à son tour l'épaule, et m'entraîna vers la maison. Isabelle nous accompagnait.

Quand nous fûmes assez loin du poète, elle me dit à voix basse :

« Il compose. Le moindre bruit peut arrêter net l'inspiration; donc, les jeux sont finis pour aujourd'hui. Isabelle va travailler dans sa chambre à ses devoirs de vacances, mais vous pourrez revenir demain matin vers dix heures... »

Je leur dis au revoir en chuchotant et, sur le chemin du retour, je cherchai le ton des explications qu'il faudrait donner à Lili.

DERRIÈRE la Bastide-Neuve, sur les terrasses herbeuses de l'oliveraie abandonnée, il jouait avec Paul.

Lili tenait à la main une grosse cigale dans l'arrière de laquelle ils avaient planté, par un tortillon pointu, un petit éventail de papier. Cependant, Paul grattait sur une pierre une allumette soufrée.

Ils avaient évidemment l'intention de mettre le feu à ce gouvernail avant de lancer la bestiole dans les airs.

Paul m'expliqua que ce serait joli de voir voler une flamme.

Lili, moins poétique, espérait que la vitesse de la cigale serait grandement accrue par les terribles nouvelles qu'elle recevrait de son derrière, et peut-être aussi par la puissance propre du feu. Cet espoir, quoique assez vaguement formulé, était en somme une modeste préfiguration de la fusée intersidérale.

Malgré l'intérêt de cette expérience, je m'opposai fermement à sa réalisation. Non point par une sensiblerie déplacée, car comment un insecte tout sec, qui ne contenait pas une goutte de sang et qui n'avait ni père ni mère eût-il pu souffrir? Ce n'était qu'une petite mécanique, une boîte à musique réduite à deux notes, une sorte de jouet mis par la nature à notre disposition pendant les vacances.

109

Je n'invoquai donc pas les souffrances de la combustible chanteuse, mais je fis valoir que la chute finale d'une bestiole enflammée mettrait le feu aux herbes sèches, qui incendieraient les oliviers, puis la pinède, et finalement la maison. Quand les expérimentateurs se virent cernés par les flammes, ils renoncèrent à leur projet, et Lili déboucha la cigale, qui s'enfuit vers les pinèdes sur une longue protestation...

Paul tira de sa poche son pain et son chocolat, qu'il n'avait pas encore eu le temps de manger. Lili, les mains dans les poches, me regardait sans mot dire, et je n'étais pas très à mon aise : je pris donc l'affaire en main, et je me mis à lui poser des questions. (Les juges, qui ne sont pas bêtes, l'ont toujours interdit aux accusés.)

« Pourquoi n'es-tu pas venu ce matin?

– J'ai trié les pommes de terre.

– Et cet après-midi?

– J'ai brossé le mulet, et puis j'ai nettoyé le poulailler, et puis je suis venu ici. Et toi? »

Cette question si courte me déconcerta, et je fis un faux éclat de rire, en disant :

« Eh bien, moi, mon vieux, il m'est arrivé une drôle d'histoire!

– Je sais, Paul me l'a dit.

– Il t'a dit quoi?

– Que tu es allé t'amuser avec une fille. Une idiote qui avait peur des araignées. »

Je protestai.

« Ce n'est pas une idiote. C'est vrai qu'elle avait peur des araignées – mais pour une fille, c'est naturel – ma tante Rose aussi en a peur – et ma mère aussi.

– Oui, si tu veux... Mais cette fille, elle s'en croit trop.

– Tu la connais?

– Je l'ai vue.

– Où?

– Elle est venue deux fois chez nous, avec sa mère, pour acheter des œufs.

– Pourquoi tu ne m'en as pas parlé?

– Parce que ça ne valait pas la peine.

– Tu trouves qu'elle n'est pas jolie?

– Oh! dit Lili, elle est comme les autres filles. A part que quand elle marche, on dirait le maçon sur le toit, qui a peur de casser des tuiles! »

Paul éclata de rire : son pain dans une main, son chocolat dans l'autre, il se mit à marcher lentement, les bras écartés, et posant avec précaution un pied devant l'autre.

« C'est bien comme ça, dit Lili, mais elle n'écarte pas les bras. Et puis, elle parpelège tout le temps. »

Il se mit à battre des paupières, et me fit un regard en coulisse.

J'étais vexé, mais je ne voulus pas le montrer, et je dis simplement :

« Je voudrais que tu l'entendes jouer du piano!

– Elle sait jouer? demanda Paul émerveillé.

– Oh! dit Lili, pour tourner une manivelle, ce n'est pas difficile. Au cercle, souvent, c'est moi qui le remonte! »

Je triomphai.

« Quelle manivelle? C'est un vrai piano, un piano sans manivelle! Oui, monsieur. C'est elle qui joue avec ses doigts, et tous les doigts des deux mains. Elle m'a joué une musique formidable, pendant une heure, sans s'arrêter! Et puis sa mère, c'est un *professeur* de piano!

– Celle-là, dit Lili, c'est un caramentran (il voulait dire un mannequin de carnaval). Elle se peint la bouche en rouge, et les yeux en noir. Et quand elle parle, ma mère la comprend pas.

– Parce que ta mère ne sait pas bien le français! »

Il me regarda un instant, et je vis que je lui avais fait de la peine. Il dit brusquement :

« En tout cas, je parie que tu n'es pas allé aux pièges ce matin.

– Eh non, je n'y suis pas allé. Je pouvais pas laisser une fille seule perdue dans la colline! »

Il secoua la tête, consterné.

« Eh bien! Ils ont dû se régaler! »

Je compris qu'il parlait du renard, des rats, des fourmis, et du boiteux.

Je dis à mon tour :

« Allez zou! Dépêchons-nous! »

Comme Paul refusait de nous accompagner, je confisquai ses allumettes : la vigueur de ses protestations prouva la sagesse de cette décision.

Nous montâmes rapidement vers la Tête-Rouge car il était déjà plus de six heures.

Lili marchait devant moi, pensif, les mains dans les poches. Je lui demandai :

« Qu'est-ce que tu dois faire, demain matin?

– Les dernières amandes, dit-il. C'est sous le Four-Neuf, au bord de la Carrièrade!

– J'irai t'aider. A quelle heure tu commences? »

Il s'arrêta brusquement, se retourna, et dit avec force :

« D'abord, son père, c'est un soulot!

– De qui parles-tu?

– Tu le sais très bien.

– Qui te l'a dit, que c'est un soulot?

– Tout le monde le sait, au village. Il achète tout le temps des bouteilles d'apéritif.

– Qu'est-ce que ça prouve? Tu sais bien qu'au village, ils disent toujours du mal des gens de la ville!

– Et puis moi je le sais, parce que la semaine dernière, en revenant de Saint-Marcel avec la charrette, Baptistin est arrivé en retard de plus d'une heure. Et moi je vais te dire pourquoi, c'est parce qu'il avait trouvé ce monsieur qui marchait à quatre pattes sur la route, et il ne savait plus ce qu'il disait. Alors, il l'a chargé sur la charrette, et il l'a ramené jusqu'aux Bellons! »

Je fus d'abord écrasé par cette révélation et je répondis :

« Si c'est vrai, alors c'est qu'il était bien malade, parce que c'est un monsieur très riche, et très savant, et même c'est un noble! Ça peut arriver à tout le monde d'être malade.

– Tu penses! Baptistin a dit qu'il avait vomi un litre de Pernod! C'est une drôle de maladie! »

La mention du Pernod me troubla mais je refusai d'admettre cette horrible calomnie.

« La vérité, dis-je, c'est que ton frère est un menteur. C'est lui peut-être, qui est allé boire au café, et c'est pour ça qu'il était en retard. Et alors, pour s'excuser, il a inventé n'importe quoi. »

J'avais parlé avec feu. Lili haussa légèrement les épaules, et sortit du chemin pour aller voir un piège.

« Nous avions pris un geai, dit-il. Il n'en reste que les plumes. »

Elles étaient étalées en cercles, bleues, jaunes, beiges, noires, autour d'un bec sanglant. Les rats étaient passés par là... Plus haut, une grande alouette, prise sans doute la veille, était déjà à demi enterrée par de petits insectes noirs qui creusaient fébrilement la terre sous sa dépouille. Ils avaient déjà pondu leurs œufs sous les plumes du cadavre, et ils le mettaient en conserve pour assurer la nourriture de leurs petits, qui naîtraient orphelins au printemps...

Nous continuâmes la tournée, qui nous réservait quelques autres déceptions. Deux pièges avaient disparu, et de trois darnagas, il ne restait que le bec et les pattes. Lili accepta sans mot dire, mais en secouant la tête; nous récoltâmes néanmoins quelques grives, et un gros merle de roche, qu'on appelle en Provence « un Passe-Solitaire », car c'est un migrateur qui voyage toujours seul.

Le dernier piège était tendu sous la barre terminale. Là, nous nous reposâmes un instant sous le pin oblique qui ouvrait en éventail sa ramure plate.

Par-dessus la chaîne d'Allauch, nous pouvions voir la mer lointaine. Elle brillait comme une plaque d'argent, sous un immense coucher de soleil qui faisait comme d'habitude un grand tintamarre de rouge et d'or.

« Demain, dit Lili, il fera beau. Si tu arrives de bonne heure, nous aurons fini les amandes avant midi, et nous viendrons manger ici. Si mon père ne veut pas, je m'échapperai quand même! »

Pour matérialiser ce projet, il prépara un foyer entre trois belles pierres plates, qu'il planta dans le sol, et qu'il ajusta soigneusement. Puis, il construisit deux sièges, après avoir repéré l'endroit où tomberait, vers midi, l'ombre de ce pin. Enfin, je l'aidai à préparer un petit tas de bois mort.

Comme le soleil se posait sur la mer, nous redescendîmes au trot.

En bas sur la gauche, je voyais la maison d'Isabelle. Les acacias n'étaient pas plus gros que des plantes de sauge, et les oliviers qui l'encerclaient étaient pareils à des touffes de thym...

Lili courait devant moi, mais il s'arrêta soudain, et quitta le sentier d'un bond, pour faire un petit détour dans la garrigue : alors, il se retourna vers moi, et d'un air terrorisé, il cria :

« Attention!... »

Je m'arrêtai.

« Qu'est-ce qu'il y a? »

Il me montra du doigt une toile qui barrait le passage, et hurla :

« UNE ARAIGNÉE! Moi j'ai peur des ARAIGNÉES! Au secours! »

Et il prit la fuite en ricanant...

LE soir, à table, la conversation fut assez gênante. Paul commença par me montrer du doigt, en disant avec force :

« C'est un menteur! Un vrai menteur!

– Pourquoi? demanda ma mère.

– Parce qu'il a dit qu'il allait voir les pièges, et puis ce n'est pas vrai. Il est allé voir la fille!

– Ho! ho! dit l'oncle. Celle de ce matin?

– Voui! dit Paul. Celle des araignées! Et puis il était beau tout propre, parce que cette fille c'est sa fiancée!

– Si c'est vrai, dit mon père en me regardant, je trouve que tu vas un peu vite... Qu'en pensez-vous, mon cher Jules?

– Je suis tout à fait d'accord avec vous. Moi, avant de fixer la date de mes fiançailles avec Rose, je lui ai fait ma cour pendant plus de sept mois!

– Sept mois et vingt et un jours! » s'écria la tante Rose.

Puis elle rougit brusquement et baissa les yeux, comme si elle avait dit un gros mot.

L'oncle Jules, inexplicablement, rougit à son tour, posa sa grosse main sur celle de sa femme, et il enchaîna aussitôt en me regardant :

« D'ailleurs, tu sais mieux que personne que nos

conversations du parc Borély durèrent au moins trois saisons.

– C'est la vérité, m'écriai-je, moi j'y étais! »

Puis, regardant Paul bien en face, j'ajoutai avec feu :

« Et moi, je n'ai jamais rien dit à personne; tandis que toi, il faut que tu parles, même quand tu ne sais rien!

– Si c'est une chose sérieuse, dit ma mère, un attachement durable, il faudrait tout de même nous la présenter!

– Ce jour-là, dit l'oncle Jules, nous cacherons nos fusils, car elle viendra sans doute avec le futur beau-père! Est-ce que tu l'as vu?

– Oui, dis-je. Il a l'air de réfléchir beaucoup, mais je ne crois pas du tout qu'il tirerait sur un chasseur. Il a dû dire ça pour rire, et Isabelle l'a cru.

– Elle s'appelle donc Isabelle? demanda ma mère.

– Oui, mais sa mère l'appelle Babette.

– Babette, dit la tante Rose, c'est Elisabeth.

– Oui, dit ma mère. Isabelle, d'habitude, c'est Bébelle. »

L'oncle déclara qu'il préférait Babette.

« Moi aussi, dis-je. Et ça lui va très bien. Et c'est vrai ce qu'elle m'avait dit que son père est un poète. Quand il parle, ça fait des rimes!

– Il t'a récité des vers? demanda ma mère.

– Non, non, pas récité. Il les a inventés. Et même il en a fait pour dire qu'il voulait boire de l'apsinte!

– Quoi? dit mon père. Il en a bu?

– Bien sûr, dis-je. Un grand verre plein jusqu'au bord! Mais fais bien attention. Ce n'était pas du Pernod : c'était de l'apsinte.

– C'est encore pire! dit Joseph. L'absinthe est le plus violent des poisons.

– C'est sans doute, dit l'oncle, parce qu'il veut imiter Verlaine ou Alfred de Musset! »

L'idée que d'autres écrivains en avaient bu avant lui me réconforta. Mais Joseph répliqua sur un ton sarcastique :

« Nous savons comment ça leur a réussi! Les malheureux! »

Ce dernier mot me fit comprendre que leur affaire avait mal tourné.

« En tout cas, dis-je, il n'avait pas l'air de se faire du mauvais sang, et ça sentait rudement bon! Et en plus j'ai compris que ça le fait réfléchir, que c'est pour son travail; après, il n'a plus dit un seul mot, parce qu'il réfléchissait.

– S'il est encore capable de la moindre réflexion, il devrait bien comprendre que cette drogue va ruiner son intelligence, réduire son foie aux dimensions d'un citron, et qu'il écrira ses derniers vers dans un cabanon capitonné!

– Il ne faut rien exagérer, dit l'oncle Jules (qui défendait parfois les apéritifs afin de protéger son vin). Boire un peu d'absinthe un soir, à la campagne, en été, après une journée de travail...

– Une habitude est vite prise, car l'habitude commence à la première fois. Car enfin, si la première fois ne comptait pas, la seconde fois serait à son tour la première qui ne compterait pas non plus, et ainsi de suite, si bien que le mot « habitude » n'aurait plus aucun sens! Je vous affirme, mon cher Jules... »

Mais je n'écoutai plus leur conversation, cent fois entendue, car le souvenir d'Isabelle, perdue dans les fenouils sous une couronne de coquelicots, occupa soudain toute ma pensée. Je mangeais distraitement, et j'entendais l'immense musique à travers laquelle la voix de mon père prononçait des mots mystérieux et menaçants : délirion, poplexi, sirose, idropisi...

Dès que j'eus avalé la dernière bouchée de mon

dessert, je déclarai que je devais me lever le lendemain de très bonne heure pour aider Lili, et je montai me coucher. En réalité, je courais à mon rendez-vous de chaque soir avec mes souvenirs de la journée.

Je constatai d'abord que cette rencontre était un événement d'une grande importance, qui pourtant ne modifia pas mon opinion sur les filles en général, car il me parut évident que celle-là n'était pas comme les autres, si bien que mon admiration pour elle ne profita point à Clémentine, dont le souvenir fut au contraire ridiculisé, car il y a une grande différence entre un piano et un balai; quant au regard biscornu qui m'avait parfois troublé, il ne m'inspira plus qu'une généreuse pitié.

Je revécus ensuite toute cette journée, heure par heure, et je m'endormis peu à peu, tout en faisant des rêves délicieux.

J'étais étendu sur le divan, dans le livigroub : j'étais vêtu d'une robe de soie dorée, et une babouche rouge pendait au bout de mon pied nu.

Isabelle jouait du piano; elle portait une longue robe de velours noir, qui cachait le tabouret, et dont la traîne allait se perdre sous la table. Sur sa tête brillait une couronne de princesse – en or, naturellement – et au bout de chaque pointe il y avait une grosse perle ronde. Des milliers de notes dorées sortaient du piano comme une fumée d'abeilles. De temps à autre, elle tournait son visage vers moi : elle me souriait tendrement, et elle me disait : « Je te permets de me tutoyer lorsque ma mère n'est pas là. »

Mais tout à coup, je me trouvai dans une rue où se pressait une grande foule, devant une très belle maison. Tous les gens regardaient en l'air. Je fis comme eux, et je vis sortir du toit de longues écharpes de fumée, puis des flammes crépitantes.

Toutes les fenêtres de la façade s'ouvrirent en même temps, et des gens parurent, affolés. Plusieurs étaient en chemise, d'autres portaient des chapeaux gibus, et ils criaient désespérément : « Allez chercher les pompiers! »

Mais au premier rang de la foule, je reconnus la nuque de l'oncle Jules. Il leur répondait à tue-tête : « Tant que nous aurons une mairie socialiste, il n'y aura pas de pompiers! Je l'ai dit cent fois à Joseph! »

Et c'était vrai, car il l'avait dit un jour sur la terrasse, en lisant son journal.

Alors, les malheureux qui paraissaient aux fenêtres, désespérés par cette opinion de l'oncle Jules, se mirent à plonger dans la rue... En frappant le trottoir, leur tête explosait, et j'entendais une petite détonation, comme quand on fait éclater un sac en papier. D'autres, là-haut, couraient au bord du toit, à travers les flammes. C'est à ce moment-là que la fenêtre fermée du dernier étage, juste au milieu de la façade, s'ouvrit toute seule, et qu'Isabelle parut. Elle était tout en blanc, comme une mariée. Derrière elle, l'incendie rougeoyait. Elle tenait une gerbe de fleurs dans ses bras. Elle ne montrait aucune crainte. Au contraire, elle souriait : elle savait que j'étais là.

Je m'élançai à travers la foule. Je courus vers la porte embrasée.

Des gens criaient :

« C'est un fou! Retenez-le! »

La voix de l'oncle Jules dominait toutes les autres :

« Pense à ton père! Pense à ta mère! »

Mais rien ne pouvait maîtriser mon indomptable résolution. En quelques bonds prodigieux, j'atteignis le haut de l'escalier qui s'effondrait au passage sous mes semelles brûlantes. Je pris Isabelle dans mes bras, à travers les flammes qu'elle ne voyait pas (car c'est moi qu'elle regardait), je l'emportai, légère comme une plume; d'un coup de pied, j'enfonçai une porte secrète, qui donnait dans une église.

Quand nous arrivâmes sur le parvis, nous vîmes une autre foule qui nous attendait : ces milliers de gens criaient leur enthousiasme, mais ils s'écartaient respectueusement « pour laisser un passage au héros, portant son précieux fardeau ».

C'était la première fois que je sauvais une jeune fille, et que je l'emportais dans mes bras, aux applaudissements de la foule : c'est pourquoi je ne compris pas le sens de ce rêve héroïque. Je me suis aperçu par la suite que les sauvetages nocturnes de reconnaissantes demoiselles m'annonçaient la naissance d'une grande passion.

Jusqu'à mon baccalauréat, j'en ai sauvé une bonne douzaine. J'en ai arraché à de cruels ravisseurs, à de furieuses tempêtes marines, à des éruptions volcaniques, et même à des tremblements de terre. Ces exploits imaginaires prouvaient la virile générosité de mes sentiments; cependant, leurs fréquents changements d'objet semblent prouver que mes passions n'étaient ni éternelles, ni funestes, puisque l'héroïque sauveteur se réfugiait assez vite dans le sauvetage suivant...

Mais tout cela, je l'ignorais encore; c'est pourquoi le lendemain matin, tout en trempant mes tartines dans un café au lait parfumé par les herbes des collines, je revivais ce premier rêve glorieux, et je me demandais si, par hasard, Isabelle n'avait pas eu le même.

Puis, je m'éveillai tout à fait, et je me souvins que Lili m'attendait.

JE pris donc le chemin du Collet, qui allait me conduire jusqu'à lui.

Il devait être déjà très occupé à battre le feuillage des amandiers, sous une grêle d'amandes sèches qui rebondissaient sur sa tête. Mais au croisement du chemin des Bellons, au lieu de marcher tout droit vers mon but, je tournai à gauche, et je montai à pas rapides vers la maison d'Isabelle. Ce n'était pas un bien grand détour, et je n'avais nullement l'intention de m'arrêter. Je passerais au large de la maison, et si je la voyais sur la terrasse, je lui ferais, de loin, un petit bonjour avec la main.

Le hamac était vide, et sous les acacias, il n'y avait personne.

Je refusai d'admettre que j'étais déçu, et je pensai :

« Ils ont dû descendre au village pour les provisions. Je vais probablement les rencontrer... »

Je continuai ma route, sur le chemin plongeant du Four-Neuf, et je regardais au loin devant moi. Je me disais sévèrement :

« Tant mieux! Lili m'attend déjà depuis deux heures. Je n'ai pas le droit de perdre une minute, et après ce que j'ai fait hier, je n'aurais même pas dû passer par ici! »

Je pris ma course.

Mais tout à coup, une voix claire chanta comme un coucou, sur deux notes « OU... OU! »

Je regardai vers ma droite.

Au fond d'un petit champ d'herbes sèches, sous un très vieil olivier, je la vis installée sur une balançoire. Elle avait un grand chapeau de paille blanche, dont les ailes étaient ployées vers ses joues par un large ruban bleu.

Je lui fis, comme je me l'étais promis, un petit signe de la main, mais j'eus le tort de m'arrêter. Elle cria :

« Où vas-tu? »

Je mis mes mains en porte-voix :

« Je vais travailler avec un ami! »

Elle ne répondait pas, j'ajoutai :

« Il faut que je l'aide à cueillir des amandes! »

Comme si elle n'avait rien entendu, elle cria :

« Viens me pousser! »

J'hésitai une seconde, puis il me sembla que deux minutes de plus ou de moins n'avaient pas une grande importance, et qu'en somme, puisque je l'avais sauvée des flammes, je pouvais bien pousser trois ou quatre fois sa balançoire. Et puis, je pourrais lui exposer – brièvement – la situation.

Je fis un pas en avant, mais je m'arrêtai brusquement : je vis Lili, tout seul, sous la pluie d'amandes, et qui de temps à autre regardait le chemin vide...

Alors, de toutes ses forces, elle cria de nouveau :

« Viens me pousser! »

J'y allai.

C'est ainsi que mon ami m'attendit en vain, près de la gaule supplémentaire qu'il avait apportée pour moi, et qui resta couchée dans l'herbe, pendant que, les deux mains en avant, je repoussais les épaules tièdes d'Isabelle, qui criait de peur en riant quand le vent de sa course aérienne soulevait sa robe, et la plaquait sur son visage...

C'est ainsi qu'elles séparent les meilleurs amis, en riant sur des balançoires qui s'arrêtent en deux minutes quand le mâle ne les pousse plus.

JE passai désormais toutes mes journées avec Isabelle, et Lili ne revint plus à la maison. Il m'arrivait
parfois de penser à mon ami, mais c'était tant pis
pour lui... En effet, quand je revoyais son visage,
j'étais blessé par le remords, et honteux de ma
trahison : mais c'est à lui que j'en voulais de cette
honorable souffrance. Je me disais, et parfois à haute
voix :

« Moi, je l'aime beaucoup, et je suis son ami.
Mais un ami, ce n'est pas un esclave. Et puis
pourquoi ne vient-il plus me voir? Il est fâché parce
que je ne fais pas son travail. Mais lui, est-ce qu'il
m'aide à faire mes devoirs? Après tout, je suis en
vacances, et j'ai bien le droit de voir qui je veux! »

Et quoiqu'il ne m'eût jamais rien demandé, je le
trouvais trop exigeant, et je lui reprochais le chagrin
que lui causait sans doute mon absence...

Le poète me prit en amitié, parce que je le
regardais avec une admiration visible, et dès le
troisième jour, il me pria de conduire la famille en
pèlerinage sur les lieux où j'avais arraché aux serpents la vie de sa fille.

Je battis de nouveau les broussailles, tandis que la

famille restait en arrière, et je tranchai les toiles d'araignée avec une furieuse audace. Je m'aperçus qu'il était aussi naïf qu'Isabelle, car il nous apprit que les araignées jaunes et noires pouvaient sauter au visage des passants, et que leur piqûre était souvent mortelle, ce qu'il avait sans doute lu dans des rapports d'explorateurs brésiliens. Quant aux serpents, il en vit plusieurs, et l'Infante épouvantée serrait autour de ses chevilles sa robe à falbalas, qui traînait des guirlandes de ronces mortes.

Isabelle, qui marchait sur mes talons, m'encourageait et m'admirait.

Au fond du vallon, sur la pierre que le poète appela « Pierre de la Rencontre », eut lieu la cérémonie de l'absinthe. Il avait en effet apporté dans une musette une fiole de ce poison (*dixerat pater*), une bouteille d'eau, et tout le nécessaire.

Avant de boire, il versa sur la pierre quelques gouttes de breuvage, en nous informant que c'était une « libation de reconnaissance aux Dieux Sylvestres », puis il me demanda s'il y avait des loups dans ces pinèdes. Je lui répondis froidement qu'ils n'y venaient qu'en hiver, mais que j'y avais plusieurs fois rencontré des sangliers.

Il me regarda avec admiration, et me dit :

« Tu n'as pas eu peur? »

Je répondis avec une assurance qui m'étonna moi-même :

« Après tout, un sanglier, ce n'est qu'un cochon. »

Alors, il dit gravement à sa femme :

« Cet enfant a quelque chose de Bélérofon, et peut-être de Parsifalle! »

Je ne connaissais pas ces noms, mais je compris que c'étaient des héros célèbres, et mon cabotinage en fut renforcé. Isabelle me regardait, et je vis bien qu'elle était fière de son ami.

Nous allâmes ensuite voler ensemble les raisins de Nieni.

« Mangez-en sans remords, dit le poète en souriant, car je l'indemniserai de sa perte! »

Pendant que nous cherchions gaiement les grappes mûres, je vis qu'il écrivait quelque chose sur une feuille de papier, en levant de temps à autre les yeux au ciel. Enfin, il attacha la feuille à un sarment, avec un fil tiré de la doublure de son veston, et il déclara :

« Voilà ce pauvre homme payé au centuple, car je lui laisse quatre vers AUTOGRAPHES de Loïs de Montmajour, pour payer quatre grappes de raisin! »

Il souriait, généreux et bienveillant. L'Infante le regardait, adorante, et elle dit :

« Loïs, vous êtes trop bon! »

Il répliqua :

« On ne l'est jamais trop.

— Puis-je les lire? demanda-t-elle, en désignant le précieux papier.

— Non, dit-il gravement. Ils sont inédits, et ils appartiennent au vigneron. Le don du poète doit être entier. »

Elle ne dit plus rien, et je me promis d'avertir Nieni de la valeur de ce présent que son ignorance naïve aurait pu méconnaître.

Au retour, vers cinq heures, nous eûmes un goûter délicieux : confitures, brioches, et biscuits. J'y ajoutai deux poignées d'amandes princesses, qu'il m'était facile de fournir à leur prix de revient.

Isabelle mangeait fort délicatement, avec la grâce et la propreté d'une chatte. Pendant ce temps, une nouvelle cérémonie de l'absinthe avait lieu à la table voisine, puis le poète et l'Infante, tendrement appuyés l'un sur l'autre, entrèrent à pas lents dans la maison.

Comme nous descendions vers la balançoire, Isabelle saisit mon coude, et dit :

« Attends. »

Elle tendit l'oreille. J'entendis de faibles accords de piano, séparés par des silences.

« Viens! me dit-elle. Ne fais pas de bruit. »

Elle m'entraîna vers le coin de la maison, puis nous longeâmes furtivement la façade. J'entendis le murmure d'une voix, et des accords qui semblaient la suivre. Elle se glissa dans le vestibule, en me tirant par la main, et nous restâmes immobiles, plaqués contre le mur, près de la porte ouverte du « livigroub ».

Le poète lisait des vers, et l'Infante plaquait des accords assourdis.

Il s'agissait d'une espèce de femme épouvantable, qui avait des griffes, et qui s'appelait une strije. Elle volait dans une « sylve », et elle voulait labourer le cœur du chevalier.

La voix du lecteur était saccadée, les accords du piano durs et précipités. Le vaillant chevalier faisait tournoyer son épée, qui lançait des éclairs bleus; mais ça ne lui servait à rien, car chaque fois qu'il coupait en deux cette strije, les deux morceaux se recollaient tout de suite à cause d'un enchantement fait par un sorcier, qui s'appelait Merlin, et qui n'aimait pas ce chevalier. Tout d'un coup, la voix du poète devint frémissante et désespérée, car le généreux jeune homme était tombé sur la bruyère, et la strije se jetait sur lui pour lui faire son affaire. Isabelle, qui mordillait son mouchoir, serra ma main nerveusement. Mais le piano sonna soudain une fanfare, sur laquelle parut la fée Mélusine, qui était belle comme le jour, et la voix devint triomphale : la fée n'eut qu'à faire un sourire, et la strije éclata dans un nuage de soufre, en poussant un cri horrible qui fit trembler les vitres du livigroub. Alors, Mélusine prit la main du chevalier, et lui dit des paroles d'amour merveilleuses. Le chevalier les écoutait, tout pâle de bonheur, et le piano était aussi content que lui... Enfin, ils partirent tous les deux dans une barque magique, sur les eaux d'un étang bleu, tout couvert de nénuphars, et autour de la barque il y avait des cygnes « neigeux » qui les accompagnaient vers le bonheur.

Le piano fit trois accords prolongés, et s'arrêta au bord d'un grand silence. J'étais très ému, à cause de la voix résonnante du récitant, à cause de la musique, et surtout parce que la main d'Isabelle était toujours dans la mienne. Ce fut, vraiment, un moment sublime.

La voix de l'Infante – un peu enrouée – gémit soudain :

« O Loïs! Loïs! Vous n'avez jamais rien écrit de plus beau! »

Isabelle toute pâle lâcha ma main, et courut se jeter dans les bras de son père, dont le visage était couvert de larmes, et elle le serra sur son cœur en sanglotant, tandis que l'Infante, qui pleurait comme une fontaine, oscillait sur son tabouret, les yeux hagards et les épaules effondrées.

Pour moi, je restais sur la porte, n'osant pas entrer dans tout ce sublime, et je me demandais pourquoi ce grand poète consacrait son génie à composer des vers qui faisaient tant de peine à toute la famille.

Il me vit.

« Tu as entendu? »

Je fis un signe de la tête, en ouvrant les yeux tout grands, et Isabelle s'écria :

« Oui, père. Ça le faisait trembler. »

– C'est un grand cygne! dit-il en regardant sa femme. Un grand cygne! »

Je ne compris pas qu'il voulait dire « un grand signe »; mais comme je venais d'en voir une escadre voguer sur les nénuphars, je crus qu'il me comparait à ces nobles volatiles. J'en fus charmé, mais surpris.

A ce moment, l'Infante, avec une énergie soudaine, se leva, et s'écria :

« C'est la bombe! Oui, Loïs, cette fois-ci, c'est la BOMBE! »

Je ne compris rien à cette annonce. Loïs hocha la tête, pensif.

« N'allons pas si vite, dit-il. N'oubliez pas qu'il y a la coalition des éditeurs, et la barrière des vieux pompiers. »

Je compris que la présence des pompiers était rendue nécessaire par l'explosion de la bombe. Mais où, et quand? Comme je réfléchissais à cette question, il parla de nouveau, comme du fond d'un rêve.

« Non, je ne veux pas révéler *Belphégor* avant d'avoir terminé la *Sémiramis*. Il importe au contraire de garder le plus profond secret! »

Il se tourna vers moi.

– Tu vas me jurer de ne dire à personne que *Belphégor* est prêt à paraître. Lève ta main droite, et dis : « Je le jure. »

Je m'avançai, je levai la main, je jurai. Je fus tout fier d'avoir prêté serment dans une affaire aussi importante.

« Plus tard, dit encore le poète, plus tard, tu pourras affirmer : « J'étais présent à la première lecture privée des cent derniers vers de *Belphégor*. » Oui, tu pourras le dire. »

Il se tut un instant, essuya discrètement une larme à demi séchée.

« On ne te croira probablement pas. Je te donnerai donc tout à l'heure un certificat autographe. »

Je ne savais pas ce que c'était, mais ça me fit tout de même bien plaisir.

DANS les jours qui suivirent, je fus encore admis ou plutôt convoqué à deux autres lectures confidentielles.

Ces poèmes étaient tous du même genre. Il y avait des rois aveugles qui pleuraient aux pieds de reines folles, des nains boiteux qui sautillaient en ricanant sur les créneaux de la tour, des enchanteurs, des corbeaux, des crapauds, des poternes, et toujours – heureusement – des cygnes. Il y en avait bien plus qu'au jardin zoologique.

Isabelle m'avait expliqué la bombe, les éditeurs, et les pompiers, toujours sous le sceau du secret; et comme j'avais onze ans, que j'aimais Isabelle, et que j'admirais ses parents, j'entrai de plain-pied dans le monde irréel où ils vivaient eux-mêmes, royaume de mots mystérieux, de musiques vagues, et de rêves pathétiques que je retrouvais dans les miens.

Ces séances poétiques n'étaient d'ailleurs que des intermèdes, car nos journées étaient mieux occupées par toutes sortes de divertissements et de jeux, sur la grande terrasse ombreuse ou dans la pinède cigalière.

Isabelle possédait un petit manège de chevaux de plomb, mû par un mécanisme invisible enfermé dans une boîte : on appuyait sur une manette, et ils partaient tous en rond. On ne pouvait pas savoir lequel allait gagner : chacun choisissait à l'avance son cheval, mais nos enjeux n'étaient que psychologiques, le vainqueur était fier, le vaincu vexé. Elle avait aussi un jeu de l'oie, et un tric-trac. Je ne compris jamais rien ni à l'un ni à l'autre. Mais je regardais sa nuque et ses mains.

Elle me montra ensuite son adresse au diabolo. C'était une sorte de bobine creuse, qui avait la taille très fine. Au moyen d'un cordonnet relié à deux baguettes, elle la faisait tourner sur elle-même à une sifflante vitesse, puis, en écartant brusquement les bras, elle la lançait au ciel : et ce diabolo retombait exactement sur le cordonnet avec une précision parfaitement diabolique.

Elle voulut m'enseigner cet art; mais quand la ronflante bobine me fut tombée deux fois sur le front et une fois sur le nez, je préférai borner ma collaboration au rôle de spectateur et d'admirateur.

Cependant, les jeux qui exigent des accessoires, c'est-à-dire des objets plus ou moins compliqués que nous appelons des jouets, ne peuvent retenir bien longtemps l'attention. Quand cet objet n'est pas le prétexte à la satisfaction d'un instinct (comme une poupée ou un sabre), sa magie est bien vite percée à jour, ainsi d'ailleurs que le jouet lui-même, qui finit en pièces définitivement détachées; le diabolo et le trapéziste mécanique furent bientôt remplacés par un jeu qu'inventa Isabelle, et qui sortait tout droit des poèmes de son père : c'était le jeu du Chevalier de la Reine.

La reine, naturellement, c'était elle, et le chevalier, c'était moi. Nous commençâmes par la fabrication de nos costumes, car comme toutes les filles, elle adorait se guignoliser.

Avec un vieux rideau frangé d'or, elle se fit une robe à traîne, dont les trous furent masqués par des fleurs. Avec du carton, revêtu du papier doré qui protégeait le chocolat Menier, je réussis une couronne vraiment princière. Pour le sceptre, il fut fait d'un long roseau, serré dans la spirale d'un ruban rouge, et terminé par un bouchon de carafe qui avait dû être taillé par un diamantaire, car il jetait des feux insoutenables. Enfin, un emprunt au rideau de perles de la porte nous fournit un collier à triple tour.

Le costume du chevalier fut évidemment plus sommaire. Je dus me contenter d'un casque de pompier, d'ailleurs trop petit (car il provenait d'une vieille panoplie de Paul) mais grandement embelli par un plumet, qui avait été plumeau dans un ménage de poupée. Il fut complété par une cuirasse en zinc, découpée dans les restes d'un arrosoir, grâce aux ciseaux que j'avais empruntés – discrètement – dans la corbeille de la tante Rose. Vraiment, elle n'eut pas de chance, car au moment même où je réussissais à couper une dernière bavure (à la vérité un peu épaisse) j'entendis un tintement bizarre, et la moitié de l'une des deux lames, après un soubresaut, tomba par terre... Par bonheur, je n'avais plus besoin de ce trop fragile outil, et j'en fus quitte pour l'enterrer discrètement au pied d'un olivier.

Ces préparatifs, qui durèrent deux jours entiers, furent délicieux, et surtout le second jour.

Nous étions assis en face l'un de l'autre, séparés par une petite table, dans le « livigroub ». La pièce était sombre, car une pluie fine tombait patiemment sur les acacias, et l'odeur de la terre mouillée entrait par la fenêtre ouverte.

Isabelle cousait, attentive. Je collais du papier d'argent sur la lame d'un sabre de bois, et je la regardais de temps à autre. Elle était plus jolie que jamais, parce qu'elle ne faisait pas de « mines ». Ses tresses noires pendaient sur son ouvrage, le minuscule dé poussait la fine aiguille, parfois elle levait les yeux vers moi, et souriait.

Dans le silence humide et tiède, sous la lumière couleur d'étain, au chuchotement de la pluie, le battement confidentiel de la pendule fabriquait patiemment nos minutes communes, et je sentais profondément la douceur de nous taire ensemble. Puis, sans le moindre bruit, elle se levait, pour aller s'asseoir au piano, et ses doigts délivraient de petites musiques, qui ne voulaient pas sortir sous la pluie, et voltigeaient dans l'ombre, tout autour du plafond.

*
**

Le résultat de nos efforts fut une grande réussite. Lorsque je la vis paraître, la couronne en tête, le sceptre en main, ceinturée de glands d'or et suivie d'une traîne écarlate, je fus ébloui, et je crus vraiment à sa royauté : je lui jurai aussitôt sur mon glaive obéissance et fidélité, et je me déclarai prêt à mourir pour elle, ce qu'elle accepta sans façons.

Les premiers ordres qu'elle me donna mirent à l'épreuve ma force et mon courage.

Elle m'ordonna d'aller chercher un nid abandonné dans la plus haute fourche d'un acacia, garni d'épines acérées; puis, elle laissa tomber une rose dans le « puits » des Bellons (qui avait bien trois mètres de profondeur, et où personne n'avait jamais vu d'eau) et « m'autorisa » à descendre dans ce gouffre pour y conquérir cette fleur.

Je traversai une immense toile d'araignée (d'ailleurs vacante) et je remontai la précieuse rose, qu'elle m'autorisa à conserver. Un autre jour, elle me conduisit, sur la route du village, jusqu'à la ferme de Félix : c'était un « bastidon » au bord de la route, dont les volets étaient toujours fermés, parce que Félix, qui était maçon, ne rentrait pas avant le soir; mais en son absence, ses richesses étaient gardées par un chien immense, si maigre qu'on eût dit un squelette velu, et qui bondissait vers les passants en s'étranglant au bout d'une chaîne, dont l'épaisseur était fort heureusement proportionnée à la férocité de l'animal.

La reine me déclara que si j'allais le caresser, je serais nommé capitaine des Gardes du Palais.

Sans la moindre hésitation apparente, je m'avançai vers le fauve – en comptant sur le magnétisme bien connu du regard de l'homme d'une part, et d'autre part, sur la solidité de la chaîne.

Ma vue sembla surexciter l'animal : je m'arrêtai, prudemment, au bord du demi-cercle qu'avaient tracé ses allées et venues du fond de la niche, il bondit, mais d'un élan si prodigieux que la boucle du collier céda. Isabelle poussa un cri de terreur. J'esquissai un bond en arrière, trop tard! Les longues pattes agrippèrent mes épaules, je vis briller quatre canines, aussi grandes et aussi pointues que des breloques d'explorateur... De toutes mes forces, je repoussai le dur poitrail, mais une longue langue douce me lécha furieusement le visage, tandis que la bête féroce poussait de longs gémissements.

C'était un tendre méconnu, un solitaire pathétique, une brute enragée d'amour, qui s'aplatit ensuite à mes pieds pour lécher mes mollets en pleurant de joie... J'eus toutes les peines du monde à m'en débarrasser car il rampait sur mes pas, et m'eût suivi jusqu'au bout du monde. Isabelle avait pris la fuite; elle revint en courant, pendant que je rebouclais le collier du fauve. Elle me dit simplement – d'assez loin : « Chevalier, je suis contente de vous. » Il me sembla que c'était un peu froid, mais le soir même, en racontant cet épisode à son père, elle affirma que j'avais terrassé la bête féroce. Elle l'avait d'ailleurs peut-être cru, car pendant ma trop facile victoire, elle avait caché son visage dans ses mains. L'Infante me trouva « glorieusement imprudent », et le poète,

pointant son index vers moi, dit simplement :
« Bélérofon! »

Ainsi passèrent une dizaine de journées, si courtes
que j'arrivais toujours en retard à la maison, où je ne
venais que pour manger. J'admirais, je respectais,
j'adorais Isabelle, et je n'avais même plus le moindre
remords d'avoir abandonné Lili, car j'avais oublié
son existence.

J'avais trouvé dans l'herbe, sous la balançoire, un
ruban de satin vert, tombé des cheveux de la bien-
aimée; je possédais aussi un bouton de nacre de sa
robe, un glaïeul qu'elle m'avait donné, le noyau
d'une prune qu'elle avait mangée, une petite pomme
sauvage où l'on voyait la marque de ses dents, et la
moitié d'un petit peigne. Chaque soir, je plaçais ces
trésors sous mon oreiller; puis, le ruban vert noué
autour du cou, et serrant dans mon poing le fruit
divinisé par sa morsure, je revivais, les yeux fermés,
la miraculeuse journée, et je préparais les phrases qui
lui diraient – demain peut-être – l'éternité de mon
amour.

Cependant, la reine ne tarda guère à abuser de son
autorité. Je comprends aujourd'hui qu'après avoir
mesuré mon audace et ma vaillance, elle se plut à
humilier ces vertus viriles devant sa faiblesse de fille :
elles adorent le héros, dont la réduction en esclavage
est cent fois plus glorieuse que celle du fidèle comp-
table, et il arrive que la fragile jeune femme épouse
l'effrayant champion de catch pour le plaisir de lui
donner des gifles.

Elle commença par m'ordonner de porter sa
traîne; puis elle me fit remarquer que ce n'était pas là
le travail d'un chevalier, et m'ayant montré une
gravure coloriée sur laquelle la traîne royale était
portée par deux négrillons, elle me noircit le visage et
les mains avec un bouchon brûlé. Il fallut ensuite
l'éventer respectueusement avec le plumeau, pendant

qu'elle faisait semblant de dormir dans le hamac, puis à son réveil, pour la distraire, je dansais la « bamboula ». Après quoi, pour me récompenser, elle me disait : « Ouvre la bouche, et ferme les yeux! » et je devais croquer ce qu'elle déposait délicatement sur ma langue : ce fut d'abord un berlingot, puis une cerise, puis un colimaçon.

Heureux et fier de l'étonner, je me vautrais dans cette servitude, et je tremblais d'émotion lorsque, avant mon départ, elle nettoyait elle-même mon visage et mon cou avec un tampon de coton trempé d'eau de Cologne...

Ce délicieux parfum attira l'attention de Paul : comme je m'approchais de lui, il fronça soudain les narines, et courut vers la maison en criant :

« Il est allé chez le coiffeur! »

Ma mère sortit sur la porte, inquiète, craignant que Joseph n'eût repêché sa tondeuse. Voyant ma chevelure intacte, elle lui demanda :

« Pourquoi dis-tu ça?

– On lui a mis du sent-bon! Moi je l'ai reniflé!... »

Je m'approchai nonchalamment, et je dis :

« C'est la mère d'Isabelle qui m'en a donné, pour m'en passer sur la figure. Ça s'appelle l'eau de Cologne... »

Elle rentra dans la maison, un peu surprise, mais rassurée.

Ma transformation soudaine n'avait évidemment pas échappé à la perspicacité de toute la famille. Mon père me regardait parfois avec un sourire amusé, et il arrivait à l'oncle Jules, lisant son journal après le déjeuner, de déplorer la recrudescence des drames passionnels, et d'émettre des considérations un peu inquiétantes, quoique générales, sur la force des illusions qui aveuglent les amoureux. Mais on ne me posait pas de question. Au contraire : lorsque le petit Paul me demandait pourquoi je n'allais plus à la chasse avec Lili, ma mère répondait à ma place, en disant que Lili, pour le moment, n'était pas libre, mais qu'il reviendrait bientôt. Alors Paul insistait :

« Et pourquoi il ne veut pas m'emmener avec lui chez sa fiancée? »

La tante Rose décrétait :

« On ne va pas chez des gens qui ne vous ont pas invité!

– Et pourquoi elle ne vient pas ici, cette fille? A trois on s'amuse bien mieux. Elle ferait la femme indienne, elle porterait les paquets, et moi je ferais semblant de lui donner des coups de bâton, et elle ferait semblant de pleurer, et alors...

– Et alors, dit ma mère, mange ta soupe. Je suis sûre que ton jeu ne lui plairait pas; et puis, les petites filles ne vont pas chez des amis sans leur mère.

– Eh bien, sa mère n'a qu'à venir avec elle. Si tu l'invites, moi je te dis qu'elle viendra!

– Voilà une bonne idée! s'écria l'oncle Jules. Je pense que ces gens-là doivent être très intéressants, puisque Marcel y passe ses journées. Ils seraient très agréables à fréquenter. Dimanche à la messe, je parlerai au poète, et il viendra boire son apéritif ici! »

Je fus consterné.

Je sentais obscurément les causes de mon inquiétude : Isabelle ne connaissait pas le petit garçon que j'étais dans ma famille. Et le personnage que je jouais avec elle, je ne pouvais le montrer aux miens, qui ne l'auraient pas reconnu... Mais je trouvai aussitôt la solution de ce problème; si elle venait chez moi avec ses parents, je prétexterais un violent mal aux dents, et je resterais assis sur une chaise, sans dire un seul mot.

Cependant, la rencontre que je redoutais – celle de mes deux personnages qui ne coïncidaient en rien – eut lieu le soir même.

**
*

Cet après-midi-là, les exigences de la reine furent aussi nombreuses que variées : je fus le fidèle esclave noir porteur de traîne et d'éventail, puis danseur contorsionniste; frappé par une flèche empoisonnée, j'agonisai horriblement aux pieds de ma maîtresse, qui me disait des paroles de consolation et de regret. Je personnifiai ensuite le chien féroce, qui court en aboyant, l'écume aux babines, autour du palais de sa maîtresse, et j'en profitai pour lui lécher la main; enfin, encouragée par mon adoration béate, elle finit par me mettre dans la bouche une sauterelle vivante, que je croquai jusqu'au moment où je compris ce que c'était, et je la rejetai dans une nausée.

La reine voulut bien me pardonner de ne pas l'avoir avalée, et me débarbouilla longuement à l'eau de Cologne, puis, elle alla s'asseoir sur son trône qui était le tabouret du piano installé sous l'acacia – et m'accorda une audience.

Alors, tandis que je me tenais au garde-à-vous, elle m'annonça une stupéfiante nouvelle.

« Chevalier, me dit-elle, je suis contente de votre vaillance et de votre fidélité à mes ordres... Vous avez triomphé des épreuves que j'ai dû vous imposer. Vous allez avoir votre récompense. »

Elle me regardait dans les yeux, d'un air pensif.

« Une reine seule est toujours accablée par les soucis du royaume. J'ai donc décidé de vous associer à ma destinée. »

Je n'osai pas comprendre. Elle poursuivit :

« Sa Majesté la Reine Mère est en train de préparer pour vous un manteau royal. Notre mariage aura lieu demain, en présence de tous les princes chrétiens, et c'est elle qui jouera la *Marche nuptiale.* »

C'était une idée grandiose, et qui consacrait mon triomphe définitif : je devins tout rouge de fierté, et je m'inclinai respectueusement. Elle me donna sa main à baiser, puis elle dit :

« Maintenant, retirez-vous, car je vois s'avancer un poète célèbre; un poète est plus qu'un roi, et je dois aller le servir... »

En effet, Loïs venait de paraître, chancelant, la bouche tordue, et visiblement torturé par l'inspiration.

Je me retirai à reculons, en saluant à chaque pas, et je rentrai à la Bastide, en dansant le long du chemin.

*
**

Les chasseurs venaient d'arriver. L'oncle Jules, sans la moindre pudeur, buvait sous le nez de Joseph un grand verre de vin blanc pur, dans lequel flottait un glaçon. Mon père ramonait les canons de son fusil, et de temps à autre les portait à son œil comme pour examiner le ciel, qui était parfaitement pur, et la tante Rose tricotait, lançant en avant un index rapide. Une seule cigale, un peu enrouée, faisait sa petite musique sur la plus haute branche du figuier.

L'oncle, le verre en main, me regardait venir.

« Hoho! dit-il. Tu as l'air bien guilleret ce soir.

— Moi? Comme d'habitude! Est-ce que Lili est venu?

— Oui, dit mon père, tout en continuant ses exercices d'astronomie. Il est même venu d'assez bonne heure, et quand il a vu que tu n'étais pas là, il a emmené Paul avec lui. »

Cette nouvelle était plaisante : elle me délivrait de mes remords, puisque Paul pouvait me remplacer. C'était même une petite trahison, qui venait en déduction de la mienne, et je me sentis parfaitement justifié à mes propres yeux.

Je m'installai dans une chaise longue, pour grignoter une barre de chocolat. J'avais un livre ouvert sur mes genoux, et je faisais semblant de lire : en réalité, je pensais à ma chère Isabelle, et je considérais sa décision de m'épouser le lendemain comme une véritable déclaration d'amour. Je décidai qu'après la cérémonie, je lui proposerais de visiter Notre Royaume; je l'entraînerais alors dans la pinède, et là sous prétexte de consacrer notre mariage, je la serrerais sur mon cœur, et je l'embrasserais passionnément.

Comme je préparais le dialogue qui devait amener ce geste audacieux, mais décisif, Paul et Lili parurent. Ils s'arrêtèrent à cinquante pas; sous le vieil amandier tordu, ils se concertèrent à voix basse, puis ils s'avancèrent, lentement, en se dandinant, et en échangeant d'inexplicables grimaces.

Leur attitude, je ne sais pourquoi, me parut inquiétante.

« Eh bien, leur dit mon père, d'où venez-vous? »

Lili, qui suçait un brin de fenouil, leva la main gauche, et pointa en silence son index vers la maison invisible d'Isabelle.

« Nous avons fait un petit tour là-bas, dit Paul, et nous nous sommes cachés, pour un peu voir ce que tu faisais avec cette fille. Eh bien, nous avons tout vu! Tout! »

Je sentis aussitôt brûler mes joues, mais je ne dis pas un seul mot.

Mon père, vivement intéressé, demanda :

« Et vous avez vu quoi?

– Ils s'amusaient, dit Lili, évasif.

– A quels jeux jouaient-ils? »

Lili, qui paraissait un peu gêné, répondit :

« Ma foi, je n'ai pas très bien compris.

– Mais moi, j'ai compris! s'écria Paul. La fille l'a tout barbouillé en nègre, et puis il tenait la queue de sa robe, et après elle l'a fait courir à quatre pattes!

– En aboyant, murmura Lili, qui tenait toujours les yeux baissés.

– Voilà un jeu assez surprenant, dit l'oncle Jules.

– Et qui ne ressemble à rien, dit Joseph sur un ton catégorique. Jamais de ma vie une fille ne m'a fait courir à quatre pattes!

– Eh bien, moi non plus! s'écria Paul avec force. Jamais de ma vie!

– C'est un jeu que nous avons inventé! Le jeu du « Chevalier de la Reine »!

– En général, dit mon père, les chevaliers ne courent pas à quatre pattes!

– Et ils n'aboient jamais! » dit l'oncle.

Je vis bien qu'ils n'étaient pas contents. Je leur expliquai donc les règles du jeu, en insistant sur l'élégance des sentiments chevaleresques, et en disant que dans les vers du poète, « ça se passait toujours comme ça ». Mais Paul pointa vers moi un index accusateur.

« Et la sauterelle? cria-t-il. La sauterelle, tu n'en parles pas. Elle lui a fait fermer les yeux, et puis ouvrir la bouche, et puis elle lui a mis dedans une sauterelle!

– Vivante! » murmura Lili.

Comme je ne savais que dire, je haussai les épaules et j'éclatai de rire assez bêtement.

« Allons, allons, dit l'oncle Jules sur le ton de

l'incrédulité, comment avez-vous pu voir ce que c'était?

— Nous étions cachés dans les genêts, dit Lili à voix basse, et elle est venue l'attraper juste devant nous!

— Et il l'a croquée! s'écria Paul. Oui, tu l'as croquée! »

Furieux, je criai à mon tour :

« Ce n'est pas vrai! Je l'ai crachée! Parfaitement, je l'ai crachée!

— C'est la vérité, dit Lili. Ça, je l'ai vu!

— Crachée ou croquée, dit brusquement mon père, je trouve ce genre de plaisanterie tout à fait idiot et il est parfaitement clair que cette fille te prend pour un imbécile! »

Son déplaisir était visible, et je ne savais plus quelle attitude prendre, lorsque j'entendis la voix de ma mère. Elle était sur la porte, les mains enfarinées, et elle disait :

« Si les filles te font manger des sauterelles maintenant, je me demande ce qu'elles te feront manger plus tard! »

Je fus frappé au cœur, parce qu'elle avait parlé le plus sérieusement du monde. Mais Lili vint à mon secours. Il s'était éloigné, lentement, à reculons, et il s'écria tout à coup :

« Nous avons tout juste le temps d'aller aux pièges! J'en ai tendu trois douzaines au Petit-Œil! »

Je sautai sur l'occasion.

« Quand?

— Ce matin, à cinq heures, avant le travail. »

Je feignis aussitôt un grand intérêt.

« Tu ne les as pas visités?

— Eh non, pas encore! Je voulais y aller avec toi!

145

– Ça c'est bête, dis-je, parce qu'avec le petit mistralot de ce matin, les culs-blancs ont dû passer! Allons-y vite! »

Il n'y avait pas eu de « mistralot », et on n'avait jamais vu de cul-blanc au Petit-Œil, mais je disais n'importe quoi pour couvrir ma fuite; je m'élançai vers le chemin des collines, et je courais si vite que Lili avait peine à me suivre.

Je m'arrêtai, bientôt hors d'haleine, et je dus m'asseoir sur une pierre pour l'attendre.

« Tu sais, me dit-il, moi je ne voulais pas parler. C'est Paul.

– J'ai bien vu. Mais je trouve que ce n'est pas bien joli de se cacher comme des espions allemands pour voir ce que je fais. Moi, ce que je fais, ça ne vous regarde pas.

– Je sais bien, dit Lili. Je sais bien... Moi, je n'avais pas envie d'y aller. C'est Paul. Tu comprends, ça lui faisait peine que tu quittes tout le monde pour cette fille. Et puis, ça l'a vexé de te voir faire l'imbécile pour le plaisir d'une idiote. Qu'est-ce qu'elle se croit, celle-là, pour te commander? Elle te prend pour un chien? »

Je ne sus que répondre. Assis sur la grosse pierre, le dos de mes mains sous mes fesses, je balançais mes mollets, et mes talons frappaient sans bruit la roche polie.

Il me regarda un instant, d'un œil noir, et dit rudement :

« Et toi, tu te prends pour un chien? »

Je haussai les épaules, et je fis un faible sourire. Il enfonça ses mains dans ses poches, et fit quelques allées et venues en silence, les yeux baissés vers le thym qui cachait ses pieds. Son visage était dur et sombre. Enfin, il s'arrêta devant moi, me regarda bien en face, et dit avec force :

146

« A coups de pied dans le cul. Oui, à coups de pied dans le cul. »

Je m'efforçai de croire qu'il s'agissait du mien, et je sautai à bas de ma pierre, en disant :

« Si tu veux, mais pour le moment, il s'agit des pièges. Viens. »

Il me suivit.

LE soir, sous la lampe-tempête, je m'efforçai de prouver une parfaite tranquillité d'esprit en mangeant de grand appétit l'omelette au lard et les tomates farcies. Puis, comme personne ne parlait, et que ce silence devenait gênant – car je sentais qu'ils pensaient tous au « Chevalier de la Reine » –, je pris délibérément la parole, et j'exposai – comme s'il se fût agi d'un problème vital – la différence de tempérament des trois échos de Passe-Temps.

Le premier à répondre était celui de la Petite-Baume, mais il répliquait si vite qu'il vous coupait la parole, comme dans une dispute, et il recommençait avant d'avoir fini, si bien qu'il lui arrivait de bégayer. Après lui, l'écho du champ des Becfigues récitait la phrase tout entière, très poliment, mais comme s'il pensait à autre chose. Enfin le dernier (assez lointain, car il se cachait dans un lierre, sous la barre de La Garette) prenait le temps de réfléchir, et répétait les moindres nuances, d'une jolie voix un peu enrouée, mais toujours amicale, même quand on lui faisait dire des gros mots.

Ces intéressantes considérations n'obtinrent aucune réponse. Les regards pensifs de mon père, le sourire un peu narquois de l'oncle Jules, les clins d'yeux diaboliques de Paul ralentirent bientôt mon éloquence que je bâillonnai d'une grande bouchée de gâteau de riz.

Alors Joseph prit la parole.

« Je suis heureux, dit-il, de constater que tu t'intéresses encore aux échos, et par conséquent aux collines : ce qui nous prouve que tu vas revenir à la chasse avec nous et que tu vas reprendre tes courses avec Lili.

— Les courses sur deux pattes, dit l'oncle, sont en effet plus honorables que sur quatre...

— Et de plus, dit vivement ma mère, une fille de douze ans a autant d'esprit et de malice qu'un garçon de dix-sept ans. Si tu tiens absolument à une compagnie féminine, tu n'as qu'à jouer avec ta sœur, qui est certainement aussi dégourdie que toi. »

Je regardai la petite sœur, qui avait maintenant une chevelure de garçon; elle ne comprenait rien à la conversation, car elle était assommée par le sommeil quoiqu'elle frottât ses paupières avec le dos de ses deux mains. Aussi dégourdie que moi! Comment ma mère vénérée pouvait-elle proférer de pareilles extravagances?

Paul en riait impudemment, les yeux fermés et la bouche ouverte. J'allais lui dire son fait, lorsque mon père parla de nouveau, et sur un ton catégorique.

« Demain matin, tu iras aider Lili à cueillir des olives vertes, parce que ta mère veut préparer un pot d'olives cassées pour cet hiver. Tu en rapporteras cinq kilos. Et l'après-midi, je vous conseille d'aller tendre vos pièges au vallon du Jardinier; Mond des Parpaillouns nous a signalé un nouveau passage de loriots.

— Ça, c'est intéressant! dis-je. C'est beau, un loriot, on dirait des merles dorés!

— Le vent souffle tout justement du nord-est, dit l'oncle Jules, et c'est celui-là même qui nous a apporté ces passereaux. Il ne faut pas perdre de temps, car ils ne resteront qu'une huitaine de jours avec nous...

– Et où vont-ils ensuite? » demanda ma mère comme si cette migration était le premier de ses soucis.

L'oncle Jules commença une petite conférence sur les mœurs et coutumes de ces oiseaux, et mon père ajouta quelques renseignements personnels fraîchement extraits du *Dictionnaire Larousse*. Mais je compris que toute cette ornithologie n'avait d'autre raison que leur désir de ne pas prolonger mon humiliation, et de réduire l'affaire d'Isabelle aux proportions d'un incident un peu ridicule, mais définitivement réglé.

*
**

Lorsque l'infâme Paul se mit à ronfler sur son avant-bras replié (tandis que mon père terminait la description du loriot dentirostre) je le pris dans mes bras, je l'emportai dans notre chambre et je le mis dans son lit sans qu'il eût repris connaissance; puis je me déshabillai à mon tour.

Cependant, il me sembla que la conversation sous le figuier marchait bon train. J'ouvris tout doucement la fenêtre, et j'écoutai : mais ils parlaient à voix basse, et je ne pus saisir au passage que des lambeaux de phrase :

– « Bien vilaine mentalité... » « Déjà aussi bête qu'un homme... », « grimacière », « polichinelle », « istéric ».

Soudain, la voix claire de la tante Rose perça ces murmures.

« Je l'ai vue à la messe avec ses parents. Elle est assez mignonne, mais elle a l'air prétentieuse et sournoise!

– C'est bien possible, dit l'oncle Jules de sa voix

naturelle, mais ce n'est tout de même pas un drame!

– Bien sûr! répondit Joseph. Mais je refuse d'admettre que mon fils fasse le guignol pour amuser la fille d'un poivrot. »

Sur quoi, sans attendre la suite, je refermai sans bruit la fenêtre, je me glissai dans mes draps, et je fis mon bilan.

La situation était particulièrement grave, et surtout au point de vue moral : j'étais désespéré par l'hostilité soudaine de toute ma famille, et je me sentais aussi abandonné que Robinson. Pourtant, je n'en voulais à personne.

Paul et Lili m'avaient trahi : mais ils n'étaient inspirés que par la jalousie, c'est-à-dire par leur amour pour moi. C'était évidemment pardonnable.

Mon cher oncle Jules m'avait blâmé, avec une indulgence affectueuse, malheureusement gâtée par quelques railleries.

Ma tante Rose avait bien cruellement jugé Isabelle, mais elle n'avait rien dit contre moi.

Ma mère avait été injuste, et presque furieuse : c'était tout simplement par vanité maternelle. J'étais certain qu'elle eût ri de joie et de fierté si on lui avait dit que j'avais forcé Isabelle à croquer des araignées crues, ou des beignets de vers luisants.

Enfin, mon père avait soudain montré son austère visage des grandes circonstances, et il avait prononcé son arrêt, en toute ignorance de la vérité.

Car c'était là le grand point : leur erreur à tous c'était de n'avoir pas compris la force d'un sentiment unique au monde, et qu'ils n'avaient certainement jamais éprouvé puisqu'il n'y avait qu'une seule Isabelle, et qu'ils ne la connaissaient pas! Ils ne pouvaient donc pas savoir qu'elle ne ressemblait à personne. La tante Rose ne l'avait vue que de loin, et à la messe, où il est défendu de rire, et Lili, qui parlait d'elle si brutalement, n'était qu'un petit paysan. Si elle avait daigné lui dire un seul mot, il aurait, lui aussi, couru à quatre pattes en croquant des sauterelles, ou peut-être des cafards. Il se serait laissé noircir du haut en bas, et il aurait dormi en souriant, à cause d'un ruban vert autour de son cou...

Le ton des dernières paroles de Joseph ne me laissait aucun espoir : il avait décidé que je ne la verrais plus. Si j'y allais malgré lui, il viendrait m'y chercher, et il insulterait peut-être le poète, qu'il avait appelé poivrot! Que pouvais-je faire?

Evidemment, j'aurais dû leur dire que ce jeu n'était qu'une série « d'épreuves », que cette période était terminée, et que dès le lendemain je serais le prince, c'est-à-dire l'époux de la reine.

Devant l'assaut de toute la famille, je n'avais pas eu le courage de parler. Mais il était peut-être encore temps.

A force de réfléchir, je trouvai une solution grandiose : j'irais le lendemain, en secret, voir Isabelle. Puis, après la cérémonie du mariage, qui allait me transférer le pouvoir, je la conduirais à la Bastide-Neuve, la couronne en tête, le sceptre au poing, drapés dans le manteau royal, et la main dans la main, nous nous avancerions noblement à travers les marguerites, et la famille, émue et charmée, nous offrirait les présents des noces, et adopterait Isabelle.

Dans les demi-rêves qui précèdent le sommeil, tout paraît possible, et même facile... Je m'endormis, dans un si parfait bonheur que j'en avais les larmes aux yeux.

Lorsque je m'éveillai, il pleuvait! J'ouvris la fenêtre, et je regardai tomber la pluie, droite, mais transparente. Je levai la tête, pour voir dans quel sens couraient les nuages. Il n'y en avait qu'un seul, immobile, dont les bords reposaient sur le demi-cercle des collines. Le feuillage des oliviers ne bougeait pas plus que dans un tableau.

Je dis à mi-voix :

« Le mistral va se lever. Ça ne peut pas rester comme ça. Après la pluie, le beau temps! »

Sans même ouvrir les yeux, Paul me demanda :

« C'est à moi que tu parles? »

Je lui répondis sévèrement :

« Je ne parle pas aux espions. Je parle à la nature! »

En se retournant vers le mur, il murmura :

– Tu deviens « fada ».

Je ne daignai pas lui répondre.

*
**

Dans la cuisine, ma mère versait un filet d'eau bouillante sur le filtre terminal de la cafetière.

Tandis que je faisais ma toilette devant le robinet de cuivre, je demandai :

« Papa dort encore?

– Oh! non, dit-elle. Ils sont partis à la chasse de bonne heure.

– Il pleuvait déjà?

– Bien sûr; mais l'oncle Jules a dit que ça ne durerait pas. »

C'était inquiétant, car comme il appliquait à la météorologie provençale une science acquise dans le Roussillon, il se trompait assez souvent. Cependant,

153

comme mes projets exigeaient un soleil radieux, j'admis sans discussion son pronostic.

Je fis ma toilette avec beaucoup de soin; un vraie toilette de noces.

Cette application éveilla la méfiance de ma mère, qui me regarda soudain d'un air soupçonneux.

« Tu n'as pas oublié ce que ton père t'a dit hier au soir? Il t'a défendu de retourner là-bas.

— Je sais, dis-je. Je vais chez Lili.

— Tu feras plaisir à tout le monde, et surtout à lui. Quand il venait tous les soirs apporter le lait, et qu'il ne te trouvait pas, j'ai bien vu qu'il avait envie de pleurer. »

Ce discours ne me toucha pas le moins du monde. D'abord, pas de pitié pour les espions. Ensuite, puisqu'il jouait avec Paul, il n'avait plus besoin de moi. Enfin, puisque Isabelle allait prendre place dans notre vie, il ferait bientôt sa connaissance, elle viendrait dans la colline avec nous, et finalement nous serions tous très heureux.

Je mangeai longuement mes tartines beurrées, puis, sous le capuchon de ma pèlerine, je partis, par sauts et par bonds, pour éviter les flaques grises que la pluie picotait de mille petits ronds.

J'ÉTAIS impatient de voir le manteau royal réalisé par l'Infante devenue Reine Mère, et je préparais le petit discours que je lui ferais pour lui demander l'autorisation d'aller présenter la Reine à mes parents...

J'arrivai derrière la maison, je franchis le coin, j'écoutai : un grand silence, à peine frôlé par le léger crépitement de la pluie. Je risquai un œil : personne.

J'avançai sans bruit, le dos glissant contre le mur, pour échapper au ruissellement des tuiles sans gouttières. J'atteignis le rideau de perles : je le soulevai. La porte était ouverte. Personne dans l'étroit vestibule. J'entendis un pas au premier étage. Assez timidement, je frappai à la porte. La voix de l'Infante cria :

« Qu'est-ce que c'est? »

Puis la fenêtre s'ouvrit, et elle me vit :

« Entrez donc! me dit-elle. Isabelle est en bas. »

Il me sembla que l'expression de son visage ni sa voix n'étaient dignes d'une Reine Mère qui reçoit le prince prétendant. J'entrai.

J'avançais sur la pointe des pieds, afin de surprendre ma bien-aimée. Elle n'était pas dans le livigroub, où régnait un certain désordre. Je longeai sans bruit le couloir. De l'autre côté du plafond, la Reine Mère marchait à grands pas, ouvrant et fermant de plaintives portes d'armoires.

J'atteignis la cuisine : personne. Où donc était Isabelle? Sans doute dans sa chambre, occupée à coudre le manteau royal qu'elle m'avait promis? Comme je revenais sur mes pas, le long du couloir obscur, j'entendis soudain un bruit d'orage, et dans le mur bossu, une porte grise s'ouvrit : c'était la porte des cabinets.

*
**

Depuis ma plus tendre enfance, j'avais mal supporté les servitudes animales qui ridiculisent la condition humaine.

Lorsque je mangeais une côtelette, il m'arrivait de penser que je mastiquais une tranche d'une bête morte depuis plusieurs jours, et que j'imprégnais de gluante salive ce petit morceau de cadavre, et j'avais mal au cœur à l'idée que cette action répugnante n'était que le prélude d'un épouvantable dénouement.

La cérémonie familiale du pot, organisée par ma tante et ma mère en l'honneur du petit cousin, était toujours suivie d'un examen, d'où résultaient des propos de connaisseurs; propos parfois inquiets, mais le plus souvent flatteurs. Ecœuré, je quittais discrètement la place sans reprendre haleine.

C'est pourquoi lorsque je vis Isabelle sortir de ce réduit d'infamie, accompagnée par le puissant chuintement de la chasse d'eau purificatrice, je demeurai stupide, comme paralysé, et mon cœur dans ma poitrine fit une petite grimace.

Elle ne parut nullement gênée, et elle s'écria aussitôt :

« Tu arrives en pleine catastrophe! Viens! »

Elle partit vers le livigroub, et je la suivis, déjà désespéré. Tout en marchant, elle parlait.

« Et d'abord, j'ai pris froid, j'ai eu de la fièvre toute la nuit, et maintenant, je suis malade! Enfin, ça n'est pas le plus grave, parce que ça m'est déjà arrivé... Mais le comble... »

Elle venait d'entrer dans le livigroub, et elle s'interrompit brusquement pour flairer l'air :

« Tu ne sens rien? »

Mon nez s'enfla subitement d'une odeur abominable, qui infecta d'un seul coup toute ma tête.

Elle courut ouvrir la fenêtre, et dit :

« C'est encore ce vilain chat, celui de Félix! Il vient voler dans la cuisine, et il fait des horreurs dans les coins! »

Tandis que je me demandais si ce mystérieux félin était vraiment le responsable, elle avait pris la pelle de cuivre dans l'âtre, et elle se penchait profondément pour regarder sous chaque meuble, tout en me parlant.

« Et le comble, je vais te le dire... »

Hélas! Je le savais déjà, le comble... Le comble, c'était que ma princesse, ma fée, avait tout bêtement la colique, et que le regard des yeux de violette balayait le parquet, sous un divan boiteux, dans l'espoir d'y frôler une crotte de chat...

Par bonheur, elle la trouva, et dans une puanteur redoublée, elle sortit, portant la pelle à bout de bras.

J'étais vraiment très malheureux. Je m'approchai de la table, où je voyais une petite pile de cahiers d'écolier. Sur la couverture du premier, je lus :

Lycée Montgrand
Cahier de textes
appartenant à :
Isabelle CASSIGNOL 5ᵉ A

Ce nom était répété sur chaque cahier. Je me demandais qui était cette Isabelle, lorsque je découvris une enveloppe, adressée à Monsieur Adolphe CASSIGNOL, Correcteur au *Petit Marseillais*, Quai du Canal. MARSEILLE.

Je n'y comprenais plus rien.

Elle entra en disant :

« Et maintenant, tu vas savoir le comble. Mon père s'est disputé avec le directeur du *Petit Marseillais*, qui est un imbécile et un jaloux, et il va dans un autre journal, où il aura une situation encore plus importante, mais il faudra qu'il reste à l'imprimerie jusqu'à minuit! Alors, nous retournerons en ville, cet après-midi; une voiture viendra nous prendre vers quatre heures. Voilà. Voilà la catastrophe. »

Si cette nouvelle m'avait été annoncée la veille, j'aurais sans doute fondu en larmes. Mais il y avait un si grand désordre dans mes pensées, que je répondis simplement :

« C'est bien dommage...

– C'est tout ce que ça te fait? »

J'écartai les bras d'un air accablé, et je secouai longuement la tête. Elle parut vexée.

« Je croyais que tu allais pleurer! »

Je dis à mi-voix, car c'est à moi-même que je parlais :

« Moi aussi.

– Eh bien, moi, dit-elle avec amertume, moi, quand la voiture va venir, je sais que j'aurai du chagrin. Pourtant, j'ai des amis en ville, et je vais entrer au Conservatoire, où c'est plein d'artistes. Eh bien, malgré tout ça, je suis sûre que je ne pourrai pas m'empêcher de pleurer. Et tu dois bien comprendre pourquoi. »

Elle était très pâle, les yeux battus, les traits tirés, et ses boucles noires s'étaient déroulées : mais je n'avais pas encore atteint l'âge de la divine tendresse, et je fus simplement déçu.

Après un silence, je lui demandai :

« Ce sont vos cahiers du lycée?

— Bien sûr, dit-elle. Mais au Conservatoire, je n'en aurai plus besoin.

— Moi, je vais me remettre au travail, parce que c'est bientôt la fin des vacances, et puis, parce que ça m'empêchera de penser à autre chose.

— En tout cas, je vais te jouer un morceau d'adieu. J'espère que ça, ça te fera pleurer! »

Elle y tenait beaucoup : je me préparai donc à faire un petit effort vers le pathétique.

Mais comme elle allait s'asseoir au piano, elle ouvrit soudain des yeux inquiets, et dit :

« Attends-moi. Je vais revenir. »

Elle sortit en courant.

Là-haut, on tirait des meubles criards C'était Mme Cassignol qui faisait son ménage avant de partir. Et Loïs de Montmajour, c'était Adolphe Cassignol, qui avait pris un faux nom, comme les forçats évadés. Alors, je remarquai, sur le marbre fendu de la cheminée, une tasse ébréchée au fond de laquelle un sucre peu soluble avait laissé des reflets poisseux. Il manquait une aiguille à la pendule de corne, le grand miroir vénitien reflétait des brumes jaunâtres, piquetées d'étoiles noires : le précieux tapis de table n'était qu'une vaste loque, constellée d'accrocs chevelus, et la reine s'appelait Isabelle Cassignol...

Je sentis que j'étais ruiné, et la chasse d'eau gronda de nouveau.

Alors, je sautai par la fenêtre, et je pris la fuite sous la pluie.

Dans mon désarroi, je courus chez Lili.

Comme j'arrivais à l'aire, un rayon de soleil perça brutalement les nuages, et se planta comme une flèche sur le sommet de la Tête-Rouge. L'immense troupeau des brumes vint se déchirer contre cette barre d'or, puis s'éloigna, de part et d'autre d'un triangle d'azur qui s'élargissait à vue d'œil.

Sur la pierre du seuil, avec un « battoir » de lavandière, Lili « attendrissait » un stockfisch pour l'aïoli de sa mère.

Il leva vers moi un visage grave, qui peu à peu s'illumina d'un beau sourire.

« Tu as besoin de quelque chose? me dit-il.

– Non : je viens te voir, parce que mon père m'a dit que les loriots arrivaient...

– Je sais. J'en ai pris trois ce matin, en bas, dans les oliviers de Gustave. Si tu avais le temps, ce serait le moment d'aller tendre sous le Taoumé. »

Il me regarda bien en face, et répéta :

« Si tu avais le temps.

– Maintenant, j'aurai le temps. »

Il donna encore trois coups de battoir sur cette momie de morue, qui commençait à s'émietter, et demanda :

« C'est à cause de ce qu'on t'a dit hier au soir?

– Peut-être. En tout cas, j'ai décidé de ne plus aller là-bas, et je viens de le lui dire.

– Tu le lui as peut-être dit, mais ça se pourrait que tu y retournes.

– Oh! pas du tout!

– Et comment elle l'a pris?

– Elle a pleuré, et je crois qu'elle va partir. »

Je mentais vaniteusement, mais sans remords, parce qu'elle m'avait dit qu'elle pleurerait en partant.

« Elle va partir parce que tu n'y vas plus?

– C'est bien possible. Ça ne m'étonnerait pas.

– C'est bien fait! dit-il. On va aux pièges?

– Cet après-midi, parce que ce matin, ma mère veut que nous ramassions un petit couffin d'olives vertes, pour les mettre à la potasse! »

Il se leva d'un bond, abandonna le stockfisch sur la fenêtre, et mit sa main sur mon épaule.

« Allez, zou! On y va tout de suite! Je le savais qu'elle en voudrait : j'en ai laissé exprès plus de la moitié sur l'olivier de la fontaine du Pérou. Il est vieux et il est petit, mais il les fait grosses comme des noix! »

Je rapportai à la maison notre cueillette, qui fit l'admiration de tous. Mon père en profita pour nous apprendre que l'olive est une « drupe » comme la prune ou la pêche. Ce mot me parut triste et dur, mais je fus charmé par « olivaison », qui nomme la saison des olives.

Pendant le déjeuner, je me gardai bien d'annoncer à ma famille le départ d'Isabelle, mais je parlai avec enthousiasme des projets de chasse aux grives, que j'avais mis au point avec Lili. Comme je vantais la merveilleuse vivacité des « aludes » rousses qu'il avait nourries avec du papier de boucher convenablement humecté d'eau tiède, deux fois par jour, l'oncle Jules me dit :

« Ces aludes sont évidemment un appât excellent, et qui attire tous les oiseaux, mais pour les grives, en cette saison, je te recommande ceci! »

Et il montra du doigt une soucoupe d'olives noires que ma mère avait achetées chez l'épicier.

« Il faut profiter, dit-il, du temps où les nôtres sont encore vertes, comme celles que tu viens d'apporter... Celles-ci sont déjà bien mûres parce qu'elles nous arrivent de Tunisie, ou peut-être de Grèce. Elles feront donc l'effet, sur les grives gourmandes, de rarissimes primeurs, et elles vont se battre pour se faire étrangler. »

Ma mère – charmée de mon retour à de saines dispositions d'esprit – dit aussitôt :

« J'en ai deux livres, et je t'en donnerai la moitié. »

Cependant, je pensais à Isabelle, et dans ma vanité de petit mâle, je craignis soudain que la fille d'Adolphe Cassignol ne vînt me faire à domicile des adieux baignés de larmes, et sangloter devant toute ma famille. Comme j'avais horreur des scènes pathétiques et des émotions inutiles, je décidai de fuir dans la colline avant l'arrivée de Lili.

Je déclarai donc que j'allais partir tout seul pour le Taoumé, afin d'observer le passage des oiseaux, et de choisir les emplacements de nos pièges, et je chargeai ma mère de dire à Lili, lorsqu'il viendrait vers quatre heures, que je l'attendrais à la cabane des charbonniers, au pied de l'éperon du Taoumé.

Je remplis ma besace de pièges, et d'un sac de papier bourré d'olives tunisiennes. Puis, sous l'œil de mon père, qui tint à surveiller la direction de mon départ, je pris le chemin des collines, et je montais de temps à autre sur une roche, afin de rassurer le soupçonneux Joseph.

Chemin faisant, je réfléchissais à mon aventure.

Je revoyais cette porte grise, ces boucles détendues, cette pelle horizontale où le crime du chat fumait comme un tison... Elle n'était ni fée, ni reine, ni noble. C'était Mlle Cassignol, une petite fille comme les autres, qui avait joué à m'humilier en me faisant courir à quatre pattes. Paul et Lili avaient eu bien raison de se moquer de moi, et de rougir de ma faiblesse. Et c'était vrai, que le poète buvait continuellement de l'absinthe, et qu'il finirait par mourir fou, en faisant d'horribles grimaces, comme un simple Adolphe Cassignol...

Pourtant, j'avais été « amoureux fou »; c'était une aventure intéressante, et que je n'oublierais jamais. Je revis Isabelle sous sa couronne de coquelicots, puis la petite jupe bleue qui s'ouvrait comme un papillon dans le vent de la balançoire. Finalement, ce n'était pas sa faute si elle avait pris froid au ventre. Et puis, à cet endroit-là, tout le monde y va, et même les parents. D'ailleurs, si on ne voulait pas y aller, ce serait encore plus dégoûtant, et on serait très vite mort. La vie c'est comme ça, et ce n'est pas toi qui vas y changer quelque chose...

Comme j'arrivais au premier plateau, celui de Redounéou, je m'arrêtai, je me retournai, et j'allai m'étendre à l'ombre d'un cade... Je m'aperçus que je voyais sa maison... Couché sur le flanc, le coude planté dans la baouco, et ma joue reposant sur ma main, je regardais au loin les acacias qui avaient vu ma servitude et mes amours... L'air était calme, et le ciel vide autour du soleil poudroyant. Par-dessus le toit d'Isabelle, je voyais un tronçon de la route qui descendait des Bellons vers La Treille. Toute blanche, elle s'allongeait entre deux rangs d'oliviers, puis disparaissait derrière un virage.

Et soudain, sortant du toit, une voiture parut : elle brillait d'un éclat noir, et deux chevaux noirs trottaient. Dans le dos du cocher, je vis un grand chapeau, celui de l'Infante. Près du chapeau, Isabelle était debout, le visage tourné vers les Bellons, et sa petite main levée agitait un mouchoir blanc.

Je fus certain que c'était pour moi... Alors, je me levai d'un bond, et sans réfléchir, je dévalai le long de la pierreuse pente; de grosses larmes coulaient sur mon visage, et mon désespoir m'étouffait... Mais le fiacre s'éloignait sans cesse, au trot rapide des chevaux ravisseurs... Au tournant, il disparut...

Alors, hors d'haleine, j'allai appuyer ma joue

contre le tronc d'un olivier, et je pleurai comme un enfant perdu.

Sur les pierres du chemin, un pas rapide s'approcha : c'était Lili, qui montait en avance vers notre rendez-vous. Il me vit, vint vers moi, regarda mon visage, et me dit :

« Qu'est-ce que tu as? »

Je baissai la tête, et je murmurai :

« Elle est partie. »

Il s'avança, et mit son bras autour de mon cou, sur mes épaules. Et comme je pleurais toujours, il répétait doucement :

« Allez, zou, ne sois pas couillon... Ne sois pas couillon... Ne sois pas couillon... »

Il me répéta au moins dix fois cette exhortation, et quand il vit qu'elle ne me consolait pas, il dit :

« Va, va, en ville, tu la retrouveras... »

Je balbutiai :

« Je ne sais pas son adresse.

— Tu lui as parlé de ton école?

— Oui.

— Eh bien, alors, si elle t'aime, elle t'écrira. Et si elle ne t'aime pas, ce n'est plus la peine d'en parler. Allez, zou, ne sois pas couillon! »

Je le fus encore quelques minutes, la tête penchée, tandis que mes larmes tombaient verticales. Enfin, il m'attira doucement, et m'entraîna vers les collines. Sur mes épaules, son bras pesait toujours.

JE dois dire, à ma grande honte, que ce désespoir, d'ailleurs sincère, fut interrompu par un événement d'une importance considérable.

Nous arrivions sur le plateau du jas de Baptiste, et Lili me conduisit sur le bord de la barre, le long de laquelle il avait l'intention de tendre nos pièges. Comme je tenais toujours ma tête baissée, je ne vis pas le paysage, mais mon regard dépassa soudain le bord de l'à-pic, et plongea tout droit dans le vallon. A travers les sommets de la pinède inférieure, je vis soudain, dans un espace libre, sur les ramilles sèches, une longue chose jaune et verte, toute ronde, et aussi épaisse que ma cuisse, le long de laquelle glissaient de lentes ondulations. J'ouvris mes yeux si grands que les larmes séchées tiraient la peau de mes pommettes. La chose était aussi longue qu'un homme, et pourtant, sur ma droite, je n'en voyais pas le bout, car elle sortait d'une épaisse broussaille. Mais sur la gauche, je distinguai, à travers les ramures, deux longues oreilles horizontales, de part et d'autre d'un triangle jaunâtre posé sur le sol.

Je crus rêver, et je serrai fortement le bras de Lili.

« Regarde. Qu'est-ce que c'est? »

Au bout d'un instant, il chuchota :

« Un serpent!

— Pas possible, il a des oreilles!

— Pas les siennes. Il est en train d'avaler un lièvre! »

A ce moment, quelque chose remua dans la broussaille, à deux mètres de la grande tête plate... Nous vîmes un éclair jaune... Ce n'était pas un autre serpent : c'était sa queue!

Lili recula de trois pas, tout pâle, et me tira par le bras.

« O bonne mère! dit-il. C'est le serpent de Pétuguc! »

Pétugue avait une grosse moustache rousse, et une houppe de cheveux carotte lui avait valu son surnom, qui est en provençal le nom de la huppe.

Il cultivait dans la colline une assez grande vigne de jacquez : ce raisin noir à petits grains serrés donne un vin d'une rare violence. Pétugue, qui se contentait d'un oignon le matin, de quelques tomates à midi, et de la moitié d'un pain frotté d'ail, complétait ce régime par cinq ou six litres de ce nectar, si bien qu'à sa grande indignation, on le considérait comme l'ivrogne du village.

Un après-midi, on l'avait vu arriver sur la place du village, blême, tremblant, flageolant. Penché sur la conque de la fontaine, il avait bu comme un mulet, et ce spectacle surprenant avait excité la curiosité du boucher, du boulanger, et de M. Vincent qui passait par là.

Alors, toujours tremblant et bégayant, il raconta son aventure.

Il avait passé la matinée à sa vigne, puis, après la sieste sous le grand pin, il était redescendu vers le village, comme d'habitude, portant son fusil sous le bras, et précédé de son chien, qui s'appelait Souffrance, mais qui ne savait pas encore pourquoi.

Comme il traversait le fond des Escauprès, Souffrance marqua superbement l'arrêt, les quatre pattes raides et le museau pointé, devant un fourré d'argéras que dominait une yeuse à plusieurs troncs. Pétugue s'approcha sans bruit : quand il fut à bonne portée, il épaula, et cria, comme d'habitude : « Bourre! Bourre! »

A sa grande surprise, Souffrance, au lieu de sauter dans le fourré, fit un bond prodigieux en arrière : mais il ne put éviter l'attaque d'une gueule rougeâtre, et immensément ouverte, qui le saisit au vol, le rabattit au sol, et le retira dans le fourré, aussitôt secoué par une furieuse sarabande.

Pétugue avouait qu'il avait alors reculé de trente pas, pour avoir le temps de charger son fusil de chevrotines. Pendant cette opération, il avait entendu les cris de souffrance de Souffrance, puis une sorte de crépitement « comme quand on casse un fagot de sarments bien secs ». Il avait lancé une grosse pierre dans le fourré : alors la tête horrible s'éleva dans les airs, au bout d'un énorme ressort de sommier, aussi épais que le mollet d'un homme...

« Pan! Pan! Je tire coup sur coup. Eh bien, mes amis, les chevrotines, ça lui a fait pas plus d'effet qu'une poignée de pois chiches! Il a sifflé, et il s'est balancé en me regardant. Alors j'ai compris qu'il voulait me faire tourner les sangs : j'ai pris peur, j'ai lâché mon fusil, et j'ai profité de la pente du vallon pour sauver ma peau. Si on y allait à cinq ou six, avec des balles, on pourrait peut-être l'avoir? »

Ils y allèrent le lendemain, précédés par une demi-douzaine de chiens; on retrouva le fusil de Pétugue, mais nulle trace de Souffrance ni du monstrueux serpent. Baptistin l'Autre (car ils étaient deux au village) installa un affût dans un arbre, à vingt-cinq mètres d'une poule noire attachée par une longue ficelle, mais il ne vit pas l'ombre d'un serpent, et pendant qu'il roulait une cigarette, un renard emporta la poule sous son nez.

Au bout de huit jours on finit par conclure que Pétuguc avait peut-être vu une grosse couleuvre, que Souffrance était parti sur la piste de quelque chienne printanière, et que tout le reste était dû aux vertus hallucinatoires du vin de jacquez.

Mais Pétugue n'avait jamais voulu en démordre. Muni de cartouches à balles, il passait le plus clair de ses journées à la recherche du monstre, et le dimanche, sur la place de l'église, ou au Cercle, il recommençait son récit, en renonçant à la partie de boules, afin de pouvoir faire des gestes.

Dans les premiers temps, le serpent atteignait « facilement » une longueur de quatre mètres; mais quand les auditeurs goguenards échangeaient des clins d'yeux, ou éclataient de rire ouvertement, Pétugue l'allongeait sur-le-champ de cinquante centimètres, afin de les terroriser.

Puis, prenant solennellement le Ciel à témoin, il sommait le Bon Dieu de l'écraser sur place s'il avait menti de plus d'un centimètre. Les bras croisés, les yeux levés, tout rayonnant de confiance et de défi, il attendait trente secondes. Le Bon Dieu – qui en a vu bien d'autres – ne l'écrasait pas; alors, triomphant amèrement, il s'en allait vers l'esplanade, pour chercher d'autres auditeurs. Mais au bout de cinq ans, il n'en trouvait plus guère qui eussent la patience de l'écouter : sauf les enfants, qui lui demandaient de « raconter le serpent », et qui hurlaient de rire à chaque mot. Parfois aussi, des excursionnistes s'arrêtaient, et le « rigolo » de la troupe, se présentant comme l'envoyé spécial du Muséum d'histoire naturelle, lui posait, d'un air sérieux, des questions précises sur la grosseur de la tête du monstre, le nombre de ses dents, et le priait d'imiter son sifflement : alors Pétugue sifflait longuement pour la plus grande joie de l'assistance : bref, il était devenu l'idiot du village, et sa famille en avait honte.

**
*

Et voilà que le monstre s'allongeait sous nos yeux !

Nous allions témoigner en faveur de Pétugue, et sur la place du village, en jurant « croix de bois croix de fer », nous pourrions réhabiliter ce martyr de la galéjade, qui nous serrerait sur son cœur en pleurant.

Alors, tous les chasseurs du pays feraient des battues (comme il arrive en Indochine, quand on signale un « tigre mangeur d'hommes ») et c'est nous qui aurions l'honneur de les conduire !

**
*

A la vue d'une bête pareille, beaucoup d'hommes auraient battu en retraite, et toute femme raisonnable eût pris la fuite : la fréquentation des Peaux-Rouges, l'audace de mes héros favoris (qui ne reculent jamais devant un troupeau d'éléphants sauvages, mais se réjouissent au contraire d'une si belle chance) m'avaient fait une âme héroïque, fortifiée par le cabotinage naturel de l'enfance garçonnière, et la certitude que ce genre d'aventure ne peut avoir qu'un heureux dénouement, du moins pour les personnages sympathiques.

Quoique la taille du reptile fût doublée par la petitesse de la mienne, je fis un pas vers la barre. Lili, terrorisé, voulut me retenir, parce qu'il n'avait pas lu mes livres.

« Malheureux ! Si seulement il te regarde, ton sang devient mince comme de l'eau ! »

Je le repoussai sans mot dire, et je rampai jusqu'à l'extrême bord de l'à-pic.

Le monstre était toujours là, immobile, épouvantable.

De lentes ondulations déformaient son cou par une série de bosses glissantes qui représentaient le lièvre intérieur, dont les oreilles transversales s'étaient raccourcies de moitié.

Lili m'avait rejoint, sans le moindre bruit : et il me communiquait ses impressions en me pinçant le bras. Je répondais par des jeux de physionomie qui exprimaient ma stupeur et mon admiration.

Je lui fis signe de se retirer, et nous tînmes conseil à voix basse.

« Tu vois cette grosse pierre au bord de la barre? Elle est juste au-dessus de lui : si on la poussait, elle tomberait!

– Tu es fou! dit-il. On le manquera sûrement, et après, il va nous vouloir du mal.

– Avec le lièvre dans le gosier, il ne peut pas monter jusqu'ici... Viens! »

Je rampai de nouveau jusqu'à mon observatoire. Il me suivit.

Je lui montrai du doigt une chandelle de roche : elle paraissait devoir tomber exactement sur l'horrible tête plate. Nous la poussâmes, à quatre mains. Elle ne bougea pas plus qu'une borne. Alors, Lili s'étendit sur le dos, et je l'imitai. Les épaules bloquées contre un relief du sol, les mains crispées, accrochées dans des fentes, nous repoussâmes la pierre avec nos talons, de toute la force de nos cuisses de sauterelles. Elle pesait bien plus que nous, et elle refusa de basculer, mais elle se souleva légèrement en laissant apparaître à sa base une fente noire.

Les jambes raidies, le cou gonflé, Lili murmura :
« Tiens bon! »

De la main droite, il gratta le sol, et ramassa quelques cailloux, qu'il lança dans la fente. Tandis que je m'arc-boutais désespérément, il renouvela sa manœuvre plusieurs fois, et dit enfin :

« Laisse aller doucement. »

La chandelle revint en arrière : mais elle ne put reprendre sa place, à cause des cailloux bloqués sous sa base, et elle resta penchée vers l'avant.

Trois fois nous recommençâmes la manœuvre, et la pesante chandelle s'inclina peu à peu vers le vallon. Nous prîmes un dernier temps de repos.

Lili chuchota :

« Frotte bien tes jambes, et respire de toutes tes forces. Quatre fois! »

Je massai mes mollets, puis je fis les quatre inspirations prescrites.

« Cale bien ton dos! Ce coup-ci, elle va partir. Je compte jusqu'à trois! »

A voix basse, il compta.

Je fis un effort si violent que tout mon corps se souleva sur mes talons et mes épaules : la pointe de la roche s'éloigna lentement, hésita une seconde, et disparut.

J'entendis une sourde détonation, suivie d'un grondement pierreux qui fit trembler le sol sous mes reins... Lili ouvrit de grands yeux inquiets, et nous approchâmes, à quatre pattes.

J'avais mal calculé la trajectoire de la chute : mais la Providence, qui s'occupe souvent des petits garçons, avait réparé mon erreur.

Notre pierre était tombée sur une sorte de petit balcon de roche pourrie, et une large dalle de calcaire bleuté, détachée du flanc de l'à-pic, s'était effondrée sur le monstre. Nous ne pouvions plus voir sa tête, cachée sous une sorte d'éboulis, mais sa queue fouettait les cades et les romarins avec une telle violence que nous fûmes pris d'une terreur panique, et nous dégringolâmes les pentes, comme des lièvres devant des chiens, jusqu'à la Bastide-Neuve.

L'oncle Jules et mon père en sortaient, l'arme à la bretelle, pour aller à la couchée des palombes, sous les grands pins de la Tête-Ronde.

Ils s'arrêtèrent au milieu du chemin, surpris par les bonds de notre arrivée.

Hors d'haleine et cherchant mon souffle entre deux mots (afin de me rendre intéressant) je fis un récit sommaire de notre exploit, et je m'assis tout haletant, sur une pierre.

L'oncle Jules, incrédule, se tourna vers Lili.

« Ho! Ho! dit-il, ce serpent est-il vraiment si long?

— Comme d'ici à l'olivier! » répondit Lili, en montrant un arbre à dix pas.

J'ajoutai aussitôt :

« Et il est aussi épais que ma cuisse!

— Je crois, dit mon père en riant, que vous exagérez un tout petit peu! On n'a jamais vu en Provence un serpent de plus de deux mètres!

— Pardon! s'écria Lili. Celui-là, le pauvre Pétugue l'a raconté cinquante fois, et tout le monde croyait que c'était un menteur!

— Et puis, dis-je, ce n'est pas la peine de discuter : venez le voir, parce que maintenant il doit être mort!

— Passez devant! dit Lili. Moi je vais chercher une corde pour le remorquer. »

*
**

Il était mort, en effet. Dans les convulsions de l'agonie, il avait réussi à extraire de l'éboulement sa tête à demi écrasée. Il était vraiment presque aussi épais qu'un tuyau de poêle, et sur ses écailles jaunes couraient de vertes arabesques.

On ne pouvait pas juger nettement de sa longueur, parce que son corps serpentait dans la broussaille, mais ce qu'on en voyait était déjà prodigieux.

Les deux chasseurs avouèrent leur surprise, et s'avancèrent, l'arme prête. Je les devançai en trois bonds, et je saisis la bête par la queue.

« Lili! dis-je, essaie de sortir le lièvre! »

A deux mains, il tira sur les oreilles gluantes du rongeur englouti : il réussit à extraire un saucisson velu d'une stupéfiante longueur, et le jeta dans les broussailles. Puis, je pris la corde, et je passai un nœud coulant derrière les proéminentes mâchoires.

Je vis que mon père était fier de mon courage, car il souriait en me regardant, et disait :

« Les sacrés gamins! Qui aurait cru ça! Et dire que cette petite pécore le faisait courir à quatre pattes! Il faudra retourner la voir, et traîner ce reptile jusque sur sa terrasse! »

Sans manifester la moindre émotion, et tout en serrant le nœud, je répondis :

« Elle est partie.

— Où donc? demanda l'oncle Jules.

— En ville.

— C'est bien dommage! » dit Joseph.

Eh oui, il était bien dommage qu'elle n'eût pas assisté à ce triomphe qui l'eût enfin renseignée sur la valeur de son chevalier... Mais déjà, Lili m'aidait à tirer sur la corde, et le monstre s'allongeait glorieusement derrière nous...

Suivis par les chasseurs, qui avaient renoncé aux palombes, nous le remorquâmes jusqu'à la maison.

Son ventre noir et comme verni glissait sans effort sur la pente du chemin, et nous marchions au pas cadencé. Mais dans une descente rapide, la bête gagna sur nous, d'un élan si brusque et si vif que je crus qu'elle nous attaquait. Nous lâchâmes la corde, pour faire un bond de côté : le long ruban jaune passa comme un trait entre nous, mais une grosse pierre dévia sa glissade, qu'il continua sur le dos, et qui s'arrêta contre le tronc d'un pin. Les chasseurs éclatèrent de rire, et je fus obligé de rire plus fort qu'eux, car j'avais eu froid dans le dos!

Notre arrivée mit en joie le petit Paul, qui fit la danse du scalp autour de l'interminable cadavre, tandis que François, qui était venu apporter le lait, répétait :

« Peuchère Pétugue! Peuchère Pétugue! Lili, va vite le chercher! Peuchère Pétugue! »

Mon père, armé de son mètre, mesura le serpent, que je tenais par la queue, tandis que l'oncle Jules tirait sur la corde, afin de l'allonger dans toute sa gloire.

Cependant, nos chères femmes, penchées à la fenêtre, poussaient des cris d'horreur et de dégoût, et ma mère frottait son avant-bras pour effacer la chair de poule.

« Trois mètres vingt! dit mon père.

— C'est à croire, dit l'oncle Jules, qu'il s'agit d'un python échappé d'un cirque! »

Je fus cependant un peu déçu par cette opération métrique, car elle fixait une limite au-delà de laquelle le monstre ne pourrait plus grandir dans mes récits.

« Peuchère Pétugue! » répétait François.

Nous partîmes en cortège pour le village.

SUR la placette, près de la fontaine, il y eut d'abord un cercle d'enfants : les femmes arrivèrent ensuite, puis les paysans. Les cris de surprise, d'horreur, d'admiration, m'environnèrent; comme Lili était allé chercher Pétugue, qui était dans sa vigne, j'étais seul près du reptile, au milieu du cercle, et je répondais à mille questions, en prenant le visage impassible du Tueur de Serpents.

Les femmes disaient :

« Bou Diou qué mostre! – Rien que de le regarder, ça me fait la peau de galline! – Qué courage ce petit! – C'est lui, le vrai mostre! »

Les filles me regardaient avec une admiration visible, et je ne pus m'empêcher de bomber le torse. Ma gloire était si grande que le petit Paul se glissa à travers la foule, et se plaça à côté de moi, en me tenant par la main, pour en prendre sa petite part...

Mond des Parpaillouns arriva à grandes enjambées. Il prit le serpent par la nuque, lui ouvrit la gueule, et malgré l'horrible puanteur qui en sortait, il examina les dents de fort près, sans paraître incommodé le moins du monde. Puis il parla.

Son vocabulaire n'était pas plus étendu que celui de François, mais il était bien suffisant pour exprimer ses idées et ses sentiments. Il les traduisit en disant :

« Quel enfant de garce! Ça, c'est un bel enfant de garce! »

Il répéta cette opinion une dizaine de fois, avec de petits rires satisfaits. Puis tout à coup, en me montrant du doigt, il exprima son admiration pour moi par ces mots :

« Et lui aussi, c'est un enfant de garce! Et un drôle d'enfant de garce! »

Là-dessus, M. le curé arriva, suivi de M. Vincent.

M. Vincent admira, et me félicita hautement, tandis que M. le curé, qui portait en bandoulière son appareil photographique, examinait la bête en silence, mais de l'air d'un savant. Il dit enfin à Joseph (qui lui souriait amicalement) :

« Cet animal appartient évidemment à la famille des colubridés.

— Sans aucun doute, dit mon père, car il n'a pas de crochets.

— Bien observé, dit M. le curé. Mais, ajouta-t-il en levant l'index, il ne s'agit nullement de la *colubra gigantea*, comme vous pourriez le croire... »

Malgré la présence de ces mots latins, Joseph dit faiblement « non », de la tête, pour dire qu'il ne le croyait pas.

« Car, poursuivit M. le curé, cette *gigantea*, malgré son nom, n'est jamais gigantesque. »

Joseph approuva, avec un petit sourire de pitié pour la prétentieuse *gigantea*.

« Alors, demanda l'oncle Jules, qu'est-ce donc?

— A mon avis, dit M. le curé, il me semble que d'après sa couleur, c'est la *viridiflavus*, ce qui veut dire verte et jaune... Mais je veux immédiatement fixer sur la plaque sensible la brute et son vainqueur. »

Il me prit par l'épaule, me conduisit près de la tête de l'animal, et mit dans ma main le bâton emprunté à Mond des Parpaillouns.

« Pique cette lance dans le crâne du monstre, et appuie ton pied sur son cou. »

Je pris fort vaniteusement la pose. Le petit Paul avait lâché ma main, mais à grand regret : il n'attendait qu'un signe pour venir se planter auprès de moi : mais la gloire gâte le cœur des hommes, et ce signe, je ne le fis pas.

M. le curé recula, et tout en tripotant son appareil, il dit :

« Bélérofon terrassant le dragon! »

Je sentis un petit pincement au cœur... Isabelle, ma chère Isabelle... Je pensai à me renseigner sur ce Bélérofon, dont je ne savais même pas l'orthographe, mais à qui je ressemblais si formidablement, puisque le poète me l'avait déjà dit... Puis je revis le fiacre verni qui avait emporté mes amours vers la ville innombrable... Mais M. le curé s'écria soudain :

« Regarde-moi!... Souris! Bien. Ne bougeons plus! Un, deux, trois! Merci. »

Il tira de son appareil une sorte de carreau de vitre, en prit un tout pareil dans la sacoche noire, et le logea à la place du premier...

Cependant, Lili surgit, hors d'haleine, au bout de la placette. Il annonça :

« Pétugue arrive! »

Puis il se plaça modestement derrière M. Vincent, la tête baissée, les mains dans les poches, et il grattait sans bruit le gravier avec la pointe de son soulier. Je criai :

« S'il vous plaît, monsieur le curé, attendez une seconde! Je n'étais pas seul pour le tuer. Lili, viens! »

Sans me regarder, il dit « non » de la tête.

« Allons, dit mon père, dépêche-toi! On va te photographier... »

Tout rougissant, il répondit :

« Ce n'est pas la peine! Et puis je ne saurais pas, parce qu'on me l'a jamais fait! »

Tout le monde se mit à rire, et l'oncle Jules intervint :

« Dépêche-toi, nigaud! Tu n'auras qu'à ne pas bouger pendant que M. le curé comptera! »

Il le prit par l'épaule, et le poussa en avant.

Alors Lili, tout brillant de plaisir, fut près de moi en trois sauts, glissa son bras sous le mien et leva fièrement la tête.

« Attention! » cria de nouveau M. le curé.

Le petit Paul, n'y tenant plus, était passé derrière nous; il glissa soudain sa tête entre nos hanches, et fit un gracieux sourire vers l'appareil. Je n'eus pas le cœur de le repousser, et M. le curé opéra une deuxième fois, dans un religieux silence.

Puis Mond s'écria :

« Voilà Pétugue! »

Il arrivait enfin, sur ses jambes d'ivrogne, suivi par une nouvelle troupe d'enfants.

C'était la seconde étape de la gloire, et sans doute, l'apothéose. J'allais lui faire le récit de notre exploit, lui rendre l'honneur, et confondre tous ceux qui l'avaient jusque-là accusé de mensonge : la minute serait solennelle.

Dans un grand silence respectueux, où l'on sentait le remords de tout le village, le cercle de curieux s'ouvrit largement pour le laisser passer.

Mais il ne daigna pas s'approcher du reptile.

Arrêté à dix pas, il le regarda un instant, éclata d'un rire sarcastique, et s'écria, avec un mépris insultant :

« C'est ça votre serpent? O Bonne Mère! Eh bien, moi je peux vous dire que le MIEN, le MIEN, il est deux fois plus épais, et trois fois plus long! Il a une tête comme un veau, le mien, et des petits merdeux comme vous, il en avalerait cinq ou six! »

Il fit demi-tour, et s'éloigna, boitillant et ricanant. A dix pas, il se retourna et cria :

« A côté du Mien, celui-là, c'est une FICELLE! »

La compagnie, indignée, lui répondit par des huées, que M. le curé apaisa aussitôt.

« Soyons charitables, dit-il, car je suis sûr que ce pauvre malheureux est sincère.

— M. le curé a raison, dit Joseph. Ce qu'il ne faut pas oublier, c'est qu'il boit cinq ou six litres de vin par jour, et que ce serpent s'est longuement nourri des vapeurs du jacquez. Il a ainsi envahi tout son espace intellectuel, qui n'a d'ailleurs jamais dû être bien vaste, et c'est pourquoi il ne le reconnaît plus!

— Eh oui! dit Mond. C'est sûrement ça! »

Il se tourna vers François, qui paraissait perplexe.

« Tu as compris? Ça veut dire qu'il a ce serpent dans la coucourde depuis dix ans... Petit à petit, ça lui a gonflé le cerveau. Alors, ça lui esquiche la racine des yeux, et ça fait qu'il le voit trop petit. »

J'AVOUE que cet événement épique et romanesque absorba toutes mes pensées pendant deux jours. La nécessité de faire face au danger, puis à la gloire, m'avait forcé à mettre de côté mon trésor de chagrin, de regrets et d'espoirs. Dès le second soir, avant de m'endormir, j'appelai mes souvenirs; mais l'évocation du frais visage fut presque aussitôt remplacée par la photographie que M. le curé m'avait promise : je décidai de l'envoyer à Isabelle, avec une lettre signée Bélérofon, dès que j'aurais vérifié dans le dictionnaire l'orthographe de ce nom glorieux.

Cette lettre contiendrait le récit de la grandiose aventure, récit convenablement arrangé. Il me sembla qu'il faudrait – dans l'intérêt de tout le monde – ne rien dire de l'éboulement meurtrier. Il était préférable d'avoir tué le monstre en lui lançant, d'une main sûre, une seule pierre tranchante, au moment même où sa tête énorme se balançait dans les airs, prête à fondre sur moi. D'autre part, il ne serait peut-être pas nécessaire de parler de Lili et de lui donner une part de gloire dont il ne se souciait guère, et qui serait ainsi gaspillée.

Cette version serait également à l'usage des tantes, des cousines, et même de mes futurs camarades du lycée, car l'irrécusable photographie en assurerait la crédibilité.

Après avoir copié dans le *Petit Larousse* la dangereuse orthographe de Bellérophon, j'avais commencé la rédaction de l'épopée, lorsqu'au retour de la messe l'oncle Jules m'apporta une bien triste nouvelle : par une diablerie inexplicable, le catholique appareil n'avait pas fonctionné, et toute la chimie de M. le curé n'avait pu faire surgir la moindre image sur les plaques maléficiées... Par malheur, ma tante et ma mère nous avaient forcés à enterrer le cadavre, sous prétexte que sa décomposition nous menaçait d'une peste serpentine, et elles s'opposèrent, avec des cris d'horreur, à une exhumation qui eût permis d'autres photographies...

L'échec de M. le curé était donc irréparable, car sans un document de base, mon chant de victoire risquait de passer pour une galéjade, et Bellérophon pour un autre Pétugue... Je renonçai donc à ma lettre, et je me réfugiai dans l'amitié retrouvée de Lili.

Nous étions au milieu de septembre, le mois des prunelles bleues, des lierres grenus, des rouges arbouses, des pierres dorées. La première neige des grandes Alpes nous envoyait de lourdes grives, que Baptistin nous achetait un franc la pièce, parce qu'il les revendait deux francs. C'est ainsi que je pus remplacer en secret les ciseaux de ma tante Rose, qui les retrouva à l'endroit même où elle les avait cherchés dix fois, ce qui l'inquiéta d'autant plus que leur inaction semblait les avoir remis à neuf, et qu'ils s'étaient un peu allongés. Mais les conclusions qu'elle en tira ne condamnèrent que sa propre mémoire.

Je fus ensuite assez riche pour acheter au colporteur une petite écharpe en laine des Pyrénées, qui donna à ma mère plus de joie et de fierté qu'une rivière de diamants. Il faut dire qu'elle m'avait coûté sept francs, le prix de quatorze sacs de billes au bazar du chemin des Chartreux. Je n'ai jamais fait, pour aucune femme, un sacrifice aussi important par rapport à ma fortune.

Nous passions toutes nos journées dans la colline, et nous avions neuf douzaines de pièges. Pour les visiter deux fois par jour, il nous fallait six heures de marche : la dernière tournée, le soir, nous menait tout le long des crêtes jusqu'au plateau de Baume-Sourne.

L'énorme soleil rouge descendait au loin sur la mer de soufre, nos ombres étaient déjà longues : leurs pieds collés sous nos semelles, elles glissaient sur notre droite à la surface des kermès, coupées en deux au passage par le tronc d'un pin, et tout à coup verticales contre un pan de roche dorée. Les premiers souffles du soir, à peine sensibles, coulaient vers nous du haut des pentes. Au ciel, un vol noir d'étourneaux plongeait et remontait, en changeant de volume et de forme, le long de courbes imprévues, comme une fourmilière emportée par le vent, puis, à travers le silence résineux des pinèdes, quelques notes perdues de l'angélus d'Allauch évangélisaient les échos des barres.

Je n'avais pas oublié mes amours, mais mon chagrin avait pris la couleur de la saison : c'était un regret pathétique, une douce mélancolie qui recomposait mes souvenirs. J'en avais effacé les humiliantes épreuves, le poète à quatre pattes sur la route, et la dévastatrice apparition finale de la famille Cassignol. Je voyais deux yeux de violette à travers une gerbe d'iris, une grappe de raisin noir devant des lèvres entrouvertes, et sur la chantante balançoire, la nuque brune d'une fillette qui pointait ses sandales blanches vers le feuillage tremblant d'un olivier...

Puis, dans mes rêves de la nuit, j'entendais de lointaines musiques, et la petite reine rouge s'éloignait, infiniment triste et seule, sous les arceaux crépusculaires d'une forêt du temps jadis.

J'ÉTAIS maintenant assez heureux, et je croyais que les vraies vacances commençaient. J'aurais dû comprendre cependant l'avertissement des petites pluies, et remarquer le fait que la lampe-tempête ne se balançait plus sous la branche du figuier : nous prenions nos repas du soir dans la salle à manger, sous la suspension moderne en cuivre découpé, dont le demi-globe opalin était frangé de pendeloques de verre bleu.

Tandis que j'admirais la virtuosité de l'oncle Jules, qui découpait élégamment une perdrix, mon père me dit sans le moindre préambule, et comme la chose la plus naturelle du monde :

« Donc, c'est demain, à dix heures précises, que nous commencerons les révisions. »

Paul souligna cette annonce par un éclat de rire moqueur.

Comme je manifestais une surprise indignée, et que je cherchais des yeux le calendrier des Postes, Joseph continua :

« Je comprends très bien que tu aies perdu la notion du temps, parce que tu as eu, cette année-ci, de très intéressantes occupations.

– Eh oui, dit l'oncle... La chasse, les pièges, la nature, les fréquentations mondaines...

– La fiancée! cria Paul. Tout le temps il allait là-bas! Et moi, on ne me voulait pas!

– Tais-toi! dit ma mère. Puisque c'est fini, on n'en parle plus.

– Mais moi... », cria Paul.

Il ne put achever sa phrase, car elle venait de serrer sur sa nuque le nœud de sa serviette, et elle ajouta :

« Finis de manger ta soupe, tu parleras après.

– De toute façon, reprit Joseph, c'est une période de ta vie qui vient de se terminer : nous sommes aujourd'hui le 18 septembre, et tu vas faire ton entrée dans l'enseignement secondaire le lundi 3 octobre, c'est-à-dire dans quatorze jours.

– Oui, dis-je... naturellement. Mais en quatorze jours, on a encore le temps de s'amuser!

– De s'amuser jusqu'à dix heures du matin, dit mon père. Mais le reste de la journée sera désormais consacré aux révisions. Il est indispensable que tes débuts au lycée soient brillants pour faire honneur à nos écoles primaires, que ces messieurs du secondaire ont parfois l'air de mépriser... »

Et du coin de l'œil il surveillait l'oncle Jules, qui, bombant ses gros yeux bleus sur les blancs d'une perdrix, s'efforçait d'en extraire les plombs de six qu'il avait lui-même implantés dans la chair de la malheureuse bestiole.

L'oncle, arrêtant soudain les investigations chirurgicales de son couteau, en dressa la pointe vers le plafond, et s'écria :

« Non, mon cher Joseph, non! Personne ne méprise l'enseignement primaire. C'est la seule œuvre louable de votre Révolution. Mais il est vrai que l'on reproche à ceux qui s'en sont tenus à cet enseignement, de croire qu'ils savent tout, et qu'ils ont fait le tour des connaissances humaines quand ils sont arrivés au brevet supérieur. Je ne dis pas cela pour vous, qui êtes au contraire trop modeste. Mais avouez qu'il y en a quelques-uns qui exagèrent. »

Ma mère devint toute rose, son nez se pinça, et elle dit brusquement :

« Il y a des prétentieux partout, et peut-être même à la préfecture!

— Oh! dit la tante Rose, il n'en manque pas!

— Mais nous connaissons, continua Augustine (qui parlait de plus en plus vite), de simples instituteurs qui sont devenus professeurs d'école supérieure, ou inspecteurs d'Académie, et même médecins, et même députés! »

L'oncle Jules comprit qu'il venait de s'asseoir sur une fourmilière; et d'autre part, comme il aimait beaucoup sa petite belle-sœur, il répondit d'un air convaincu :

« Vous avez raison, ma chère Augustine : des ministres, de hauts magistrats, de grands avocats sont d'anciens instituteurs. Mais je me permets d'ajouter que c'étaient précisément des gens qui avaient complété leurs études primaires par plusieurs années de travail dans l'enseignement supérieur et les universités!

— Evidemment, dit Joseph. C'est normal!

D'ailleurs, ajouta l'oncle, je reconnais et je proclame que jusqu'au certificat d'études l'école communale est très supérieure aux petites classes des lycées! »

Alors, ma mère fit un beau sourire, tandis que Joseph confirmait cette déclaration officieuse par un témoignage officiel :

« Je l'ai entendu dire par M. le recteur lui-même, et j'espère que Marcel va le prouver une fois de plus cette année. »

Il se tourna vers moi, et dit gravement :

« Nous avons une dette envers la République, fille de la Révolution. Elle t'a accordé une Bourse :

c'est-à-dire qu'elle va te donner gratuitement une instruction solide, qu'elle paiera ta nourriture de midi, et qu'elle te prêtera chaque année tous les livres nécessaires à tes études, jusqu'à ton second baccalauréat. Il faut nous montrer dignes d'une aussi grande générosité, et consentir, sans le moindre regret, le sacrifice de quelques journées de vacances. Nous commencerons les révisions demain matin.

— Est-ce qu'on ne peut pas lui laisser encore deux jours? demanda ma mère.

— Ma chère amie, dit l'oncle Jules sur un ton sévère, s'il s'était agi de mon fils, je l'aurais mis à l'ouvrage dès le lendemain du quinze août. »

Je regardai le cousin Pierre. Installé dans sa très haute chaise, il faisait, de temps à autre, tourner à grand bruit sa crécelle, et ne se doutait pas de ce qui l'attendait.

Pendant que la tante, déjà inquiète, l'emportait vers son berceau, l'oncle parla longuement du lycée : il y était resté six ans à Perpignan, et quatre ans à Marseille même.

Il commença par nous décrire le cachot du lycée de Marseille : c'était, disait-il, un vrai cachot, presque souterrain, car il se trouvait sous un escalier, et ne recevait, à travers une petite grille carrée, que la faible lumière d'un couloir sonore et presque toujours désert.

Paul saisit ma main, et la serra avec émotion. Ma mère, toute pâle, s'indigna que l'on traitât des enfants « comme des criminels ». Mon père la rassura aussitôt, car, regardant fixement l'oncle Jules, il déclara que ces méthodes réactionnaires, héritage abominable d'un passé clérical, étaient sans aucun doute abolies depuis bien longtemps.

L'oncle répondit vivement, qu'il n'était pas né au temps du roi Hérode, et que pourtant, il avait été lui-même enfermé une fois dans cette prison; qu'il

188

avait gardé de cette épreuve le terrible souvenir d'une longue bataille, dans la pénombre, contre un rat féroce qui lui avait volé son pain sec, et qu'il devait sa réussite dans la vie à la crainte d'une seconde confrontation avec ce frénétique rongeur.

Sa conclusion fut agressive.

« Il est toutefois possible que cette punition ne soit plus en usage : ce fait expliquerait la médiocrité des bacheliers d'aujourd'hui, comme la destruction de la Bastille explique l'anarchie dans laquelle nous vivons. »

Joseph, la narine dilatée, allait certainement lui parler de la Saint-Barthélemy, et des crimes de l'Inquisition, lorsque la tante Rose poussa un cri de douleur : par un extraordinaire hasard, une guêpe, ou peut-être une araignée (on ne sait jamais) venait de la piquer cruellement au mollet, et l'oncle Jules se rua vers la cuisine, pour y chercher un flacon d'ammoniaque, dont ma mère lui cria la description (« une étiquette rouge, sur la deuxième étagère à droite ») mais qu'il ne put trouver.

Ce qui ne m'étonna pas, car jamais personne ne l'avait vu, ni en cet endroit, ni ailleurs.

*
**

Le lendemain matin, en partant sous les dernières étoiles, j'annonçai la triste nouvelle à Lili. Il me consola de son mieux, et déclara que c'était déjà beau de pouvoir braconner de cinq heures à neuf heures. D'ailleurs, il allait être requis lui-même pour le ramassage des « pommes d'amour » d'hiver, et les premiers labours d'automne...

Je rentrai vers dix heures, chargé de gibier, que je fis valoir en l'étalant sur la table de la salle à manger, dans l'espoir d'obtenir la permission d'aller tendre dans la soirée. Mais mon père repoussa les grives sans dire un mot, et me fit faire une longue dictée, qui racontait vainement les malheurs d'un roi imbécile nommé Boabdil.

L'après-midi, après un festival d'analyse logique, et une courte récréation, il me fallut régler le débit de trois robinets, qui remplissaient un bassin, puis calculer les temps d'un cycliste qui s'efforçait – je ne sais pourquoi – de rattraper un cavalier dont la monture s'était arrêtée plusieurs fois pour boire. Après quoi, Paul fut convoqué pour écouter la lecture, que je dus faire à haute voix, des malheurs de Vercingétorix...

Enfin, vers les cinq heures, l'oncle Jules revint de la chasse, une perdrix dans chaque main; il les jeta sur mes grives, et m'administra « Rosa la Rose », première déclinaison. Joseph écoutait, naïvement intéressé.

Je lui demandai :

« Pourquoi veux-tu que j'apprenne une langue que tu ne sais pas? Ça va me servir à quoi? »

Il répliqua :

« S'il l'on n'a appris que le français, on ne sait pas bien le français. Tu t'en rendras compte plus tard. »

Je fus consterné par cette réponse, qui le condamnait lui-même.

De plus, les douze « cas » de cette rose étaient une bien étrange surprise. Je demandai à l'oncle Jules :

« A quoi ça sert, douze noms pour la même fleur? »

Il ne se fit pas prier pour nous déplier ce mystère. Explication d'ailleurs terrifiante : les mots latins changeaient sans cesse de visage selon leur fonction, ce qui permettait de les placer n'importe où! J'en conclus que je ne saurais jamais le latin : mais pour être agréable à Joseph, j'appris comme un perroquet les douze cas de « Rosa la Rose ».

Ces leçons ne durèrent d'ailleurs que six jours, car il fallut redescendre – et définitivement – vers la ville, pour compléter d'autres préparatifs.

Le dernier soir, j'allai faire mes adieux à Lili, que je n'avais pas vu de la journée.

Dans le vaste grenier de ses parents, un rayon du soleil couchant qui entrait par la lucarne, illuminait une barre de poussière d'or.

Il était assis sur un escabeau, devant un gros tas de petites pommes d'amour, qui ressemblaient à des prunes rouges. Chacune avait une queue verte, qu'il insérait entre les deux brins d'une ficelle double, puis il faisait un nœud, avant de placer la suivante. Il en composait ainsi de longues tresses d'un rouge brillant, qu'il suspendait aux poutres brunes de la charpente.

Pendant un moment, je le regardai travailler en silence. Enfin, il leva la tête, et il dit :

« Au fond, tu dois être content de retourner en ville.

– Pourquoi ?

– Parce que là-bas, peut-être, tu vas la voir.

– D'abord, je ne sais pas son adresse. Et puis, je n'aurai pas le temps. »

Il serra deux fois avec soin le nœud terminal d'une tresse, et dit, sans me regarder :

« Cette année, on s'est bien amusés, mais on aurait pu s'amuser bien plus. Quand même, c'est dommage... »

A ces regrets, je ne répondis rien. Il eût voulu sans doute m'entendre renier Isabelle : je refusai sans mot dire, mais il me comprit, et changea de sujet.

« Cette nouvelle école où tu vas, comment c'est ? »

Je lui décrivis aussitôt le lycée – que je ne connaissais pas – comme le temple de la science. J'insistai surtout sur le latin, puis sur le cachot où l'oncle Jules avait failli périr. Il me conseilla vivement d'avoir toujours sur moi un petit piège à rats, puis il se leva, alla fouiller dans un sac, et mit dans ma poche une poignée de blé empoisonné.

Cependant, je regardais les longues tresses de fruits rouges, et je me demandais s'il n'eût pas été plus raisonnable de lier des tomates toute ma vie plutôt que d'apprendre – sans le moindre espoir – les douze cas de « Rosa la Rose »...

En ville, ma mère termina, grâce à la machine à coudre, une blouse noire d'écolier, taillée dans une craquante lustrine, qui brillait de tout son apprêt : je ne devais plus la porter dans la rue, mais seulement au lycée, d'où elle ne sortirait pas. Pour la vie extérieure, j'eus un costume à col de marin, qui comprenait non seulement une culotte courte, mais encore – à tout hasard – un « pantalon long ». Sur le ruban de mon béret le nom de Surcouf brillait en lettres d'or. On m'acheta des souliers « cousus main », à semelles cloutées, et nous allâmes choisir à la Belle Jardinière un petit pardessus à martingale, que je pus admirer sur ma personne dans un miroir à trois faces, et dont je fus aussi fier que d'une cape d'académicien.

De plus, je découvris ce jour-là mon profil, que je n'avais encore jamais vu, et je fus enchanté de cette acquisition gratuite. Cependant Paul demandait au vendeur volubile pourquoi cette Belle Jardinière fabriquait des costumes au lieu de s'occuper de son jardin.

A la veille du grand jour, il y eut un dîner, le soir, chez ma tante Rose.

Elle me fit d'abord présent d'un plumier en carton verni : sur le couvercle on voyait Napoléon à Sainte-Hélène : une main sur l'estomac, l'autre en auvent contre son front, il regardait la mer. C'était très beau. En appuyant sur un bouton, le couvercle s'ouvrait tout seul : je découvris alors trois porte-plumes neufs, des plumes de toutes les formes (il y en avait une à bec de canard), plusieurs crayons de couleur, et surtout une gomme à effacer si tendre et si onctueuse que je mourais d'envie de la manger tout de suite.

L'oncle m'offrit à son tour une boîte de compas, qui avait coûté 2 F 95 (c'était marqué sur l'étiquette), un sous-main recouvert de vrai cuir, et six cahiers à couverture cartonnée sur lesquels il avait écrit mon nom, en belle ronde; on aurait dit que c'était imprimé.

Ces cadeaux me comblaient de joie : cependant j'étais un peu inquiet, à cause de l'admiration jalouse de Paul; mais la tante Rose avait tout prévu, et quand il souleva sa serviette il découvrit un très joli canif à quatre lames : elles étaient à demi ouvertes, sous des angles différents, on pouvait les compter tout de suite, comme dans la vitrine des marchands. Alors il embrassa tout le monde, et je mis le comble à sa joie en déclarant que j'aurais volontiers renoncé à mon plumier pour avoir un si beau canif.

Enfin, pendant le repas, mon père me fit longue-ment ses dernières recommandations.

Il affirma d'abord que, comme il fallait s'y atten-dre, la République avait supprimé le sinistre cachot, car il était allé prendre ses renseignements. Nous en fûmes tous bien aises, et surtout le petit Paul, qui avait tremblé pour moi. Mais il ajouta qu'il ne fallait pas croire, pour autant, qu'un lycée fût une pétaudière, et il insista particulièrement sur les « re-tenues », qui sont une espèce de condamnation aux travaux forcés, et qui font monter le rouge au front d'une famille.

L'oncle Jules, au dessert, décrivit la peine

suprême : une comparution devant le Conseil de discipline d'où l'un de ses camarades était sorti vivant, mais déshonoré.

Enfin, quand nous rentrâmes à la maison – il était plus de neuf heures du soir – toutes les pièces de mon équipement furent installées dans ma chambre : les vêtements sur une chaise, les chaussettes neuves dans les souliers neufs, et sur la commode, un cartable giberne en simili-cuir, que gonflaient mes cahiers, mon plumier, et ma blouse soigneusement pliée.

Bref, ce nouveau départ dans la vie fut préparé avec autant de soin que le placement d'un spoutnik sur son orbite, et j'allais bientôt découvrir que j'entrais, en effet, dans un autre univers.

C'est le lundi 3 octobre au matin, à six heures, que sonna le grand branle-bas. Lavé, frotté, récuré (je faillis me crever le tympan) et largement nourri de tartines beurrées, j'endossai mon veston de marin. Paul portait un blouson gris tout neuf, et un joli col blanc rabattu, d'où sortait un beau nœud de soie bleu d'azur. Quant à Joseph, il me parut un peu étranglé par son col amidonné (c'est toujours comme ça après les vacances), mais il avait néanmoins belle allure dans un complet gris clair, brillamment éclairé par une cravate socialiste de satin rouge.

Ma mère nous avait prévenus qu'elle ne pourrait pas nous accompagner, parce que la petite sœur n'avait pas de robe qui convînt aux circonstances. J'en fus bien aise, car je redoutais le ridicule d'une entrée au lycée à la tête d'un cortège familial, comme le mort de l'enterrement.

Nous partîmes donc tous les trois, vers les sept heures et demie. Je marchais à la droite de Joseph, tandis que Paul s'accrochait à sa main gauche.

Mon cartable giberne, en tirant mes épaules en arrière, me faisait une poitrine avantageuse, et mes talons neufs claquaient sur le trottoir, encore encombré par les poubelles matinales.

Mon père me signalait au passage les noms des rues, pour me mettre en état de retrouver mon chemin. Ma mère devait m'attendre à la sortie du soir, mais à partir du lendemain, il me faudrait naviguer tout seul entre le lycée et la maison, ce qui m'effrayait un peu.

Au bout d'un quart d'heure de marche nous arrivâmes au bout de la rue de la Bibliothèque. Joseph me signala que cette rue était remarquable parce qu'on n'y trouvait aucune espèce de bibliothèque, et que je ne devrais pas me laisser égarer par cette fausse appellation.

Elle débouchait en haut d'une pente rapide, que nous descendîmes à grands pas.

Vers le bas de cette déclivité, et sur la droite, mon père me montra une énorme bâtisse.

« Voilà le lycée », me dit-il.

Au milieu de l'immense façade, sous de très vieux platanes plantés au bord du trottoir, je vis une foule d'enfants et de jeunes gens, qui portaient des serviettes de cuir sous leurs bras, ou des cartables dans leur dos. Une double porte, aussi haute qu'un portail de cathédrale, était entrebâillée. Des gens entraient et sortaient, mais les groupes d'élèves qui bavardaient en rond sur le trottoir ne semblaient pas pressés de s'abreuver aux sources de la connaissance.

« Cette porte, dit mon père, c'est celle de l'externat, c'est-à-dire des bâtiments où sont les classes. Toi, tu dois entrer par la porte de l'internat qui est de l'autre côté du bâtiment. »

Nous traversâmes ces groupes, d'où partaient de grands éclats de rire, ou qui saluaient l'arrivée d'un camarade par des acclamations.

Nous continuâmes à descendre la pente, et quand nous eûmes fait cent pas, je constatai avec stupeur que la bâtisse nous suivait toujours.

Au moment où le boulevard obliquait vers la droite, un tintamarre de bronze tomba sur nos têtes : au bord du toit – qui s'élevait à une hauteur prodigieuse – dans une sorte de petite maison qui avait un fronton triangulaire, je vis un cadran de pendule aussi grand qu'une roue de charrette.

« Sept heures et demie! dit Joseph.

– Elle a sonné au moins quatre fois!

– Huit coups pour la demie! reprit-il. C'est un carillon. Quatre coups pour le quart, huit pour la demie, douze pour moins le quart, seize pour l'heure, et naturellement, elle sonne aussi les heures, sur une autre cloche. Ce qui fait qu'à midi, par exemple, elle sonne vingt-huit fois!

– Moi, dit Paul, je sais très bien voir l'heure sur la pendule de la chambre, mais celle-là, je ne saurais pas la compter! »

J'étais déjà surpris par cette retentissante nouveauté, et il me sembla que dans ce lycée le temps lui-même était bien étroitement surveillé.

Nous marchâmes encore quelques minutes, puis nous tournâmes sur la droite, pour prendre une petite rue.

« La rue du Lycée, dit mon père. Tu te rappelleras? Il faut descendre d'abord le boulevard du Musée, puis prendre la rue du Lycée... »

Elle nous conduisit à une petite place, qui s'appelait aussi la place du Lycée... Toujours le lycée!

La gigantesque école du chemin des Chartreux en perdit ses majuscules, et me sembla réduite aux dimensions d'un pensionnat.

En haut d'un perron d'au moins quinze marches, il y avait une autre double porte, un peu plus petite que la première, mais elle était flanquée de deux hautes fenêtres, dont les grilles de fer prouvaient la présence de captifs.

Cette porte était fermée, mais au fond de la place, il y en avait encore une autre, plus petite, et grande ouverte sur une entrée carrée.

Là, derrière un vitrage, était assis un concierge, ou plutôt un officier de conciergerie, car il portait une tunique à boutons dorés.

Cet homme ne savait évidemment pas à qui il avait affaire, car il nous regarda à travers ses vitres pendant une demi-minute, avant d'ouvrir le carreau d'une sorte de guichet.

A ma grande surprise, mon père ne se fit pas connaître. Il demanda simplement où devaient se réunir les demi-pensionnaires de sixième A[2].

L'autre répondit, avec la plus surprenante indifférence :

« Traversez la petite cour, le couloir à droite. M. le surveillant général vous renseignera. »

Sur quoi, il referma son guichet, sans nous accorder le moindre sourire de bienvenue.

Mon père eut pourtant la faiblesse de lui dire « merci ».

« C'est le directeur? demanda Paul.

– Non, dit mon père. C'est un concierge. »

Je demandai :

« Pourquoi ne lui as-tu pas dit ton nom?

– Parce qu'il ne le connaît pas. »

Cette réponse m'inquiéta. Le concierge de notre école l'appelait M. Joseph, avec une familiarité pleine de respect; il demandait souvent des nouvelles de la santé de ma mère, et il disait quelquefois : « C'est une injustice que vous n'ayez pas encore les palmes, monsieur Joseph. Moi je trouve que vous les méritez autant que M. le directeur. » Tandis que ce macaque, enfermé dans sa cage vitrée, avait l'air aussi triste et aussi insolent que les animaux du jardin zoologique.

Il me sembla que « ça commençait mal »; mon père dut traîner Paul, qui, la tête tournée en arrière, s'assurait que la porte ne s'était pas refermée sur sa liberté.

Nous traversâmes une petite cour cimentée comme un trottoir, et nous pénétrâmes dans la bâtisse par une porte basse, et qui paraissait d'autant plus étroite qu'elle était taillée dans un mur d'un mètre d'épaisseur.

A la sortie de ce tunnel, nous débouchâmes dans un couloir aussi haut qu'une église.

Sur des dalles noires et blanches qui s'allongeaient à perte de vue, circulaient des élèves de tous âges. Les plus jeunes étaient accompagnés par des messieurs ou des dames, très richement vêtus, qui avaient des têtes de parents d'élèves.

Au croisement de deux couloirs, nous trouvâmes M. le surveillant général sur la porte de son cabinet.

C'était un gros petit homme à la barbiche en pointe sous une forte moustache poivre et sel. Il portait des lorgnons tremblants, rattachés à sa boutonnière par un cordonnet noir. Sur la tête une calotte de velours gris de la même couleur que sa jaquette.

Cerné par un demi-cercle d'enfants et de parents, il jetait un coup d'œil sur les feuilles qu'on lui tendait, et il orientait les élèves : mais à partir de ce lieu fatal, les parents n'avaient plus le droit de les suivre. Il y avait des embrassades; je vis même un petit blond qui pleurait, et qui refusait de lâcher la main de sa mère.

« C'est sans doute un pensionnaire, dit mon père. Il ne verra plus ses parents jusqu'à la Noël. »

Cette idée parut à Paul si cruelle qu'il en eut les larmes aux yeux.

Cependant, Joseph avait tendu ma feuille au surveillant général. Celui-ci la regarda, et sans la moindre hésitation, il dit :

« Troisième porte à gauche. Traversez l'étude, laissez-y vos affaires, et allez attendre dans la cour des petits. »

C'était à moi qu'il disait vous!

Je vis que mon père aurait voulu lui parler; mais d'autres feuilles étaient déjà sous ses yeux, et il continuait à distribuer les élèves dans toutes les directions, comme quelqu'un qui donne les cartes.

« Allons, dit mon père, nous aussi, nous avons une rentrée des classes, et il ne faut pas nous mettre en retard. »

Il m'embrassa, et j'embrassai Paul, qui ne put retenir ses larmes.

« Ne pleure pas, lui dis-je. Moi je ne reste pas ici jusqu'à la Noël : je reviendrai ce soir à la maison.

— Tu me raconteras tout?

— Tout.

— Et si on te met au cachot?

— Papa te l'a dit : ça ne se fait plus, à cause de la Révolution...

— Allons! dit Joseph. Filons. Il est huit heures moins le quart! »

Il l'entraîna, tandis que je m'éloignais...

J'arrivai à la troisième porte. Je me retournai. A travers les passages d'élèves, je les vis tous les deux, arrêtés devant le tunnel de sortie : ils me regardaient, et Paul, la main levée, me faisait de petits adieux.

Pour arriver à la cour de récréation, il me fallut traverser ce que le surveillant général avait appelé

« l'étude ». C'était une classe, où trois colonnes de pupitres à deux places s'avançaient vers une chaire, installée sur une estrade d'une hauteur qui me parut anormale. Contre les murs, à la hauteur de ma tête, une longue rangée de petites armoires mitoyennes.

Comme je voyais sur les pupitres des serviettes d'écolier et des paquets de livres liés par une courroie, je débouclai les bretelles de mon cartable, j'en tirai ma blouse, et je la mis par-dessus mon costume. Tandis que je la boutonnais, je remarquai que sur le grand tableau noir, qui était fixé au mur près de la chaire, une main anonyme avait tracé, en majuscules, la célèbre réplique du général Cambronne. Ce mot solitaire, sans point ni virgule, avait sans doute passé les deux mois de vacances en face des pupitres vides, dans le silence et l'indifférence des choses qui l'entouraient, et j'eus l'impression qu'il était mort : mais j'eus peur tout à coup que l'entrée d'un surveillant ne ressuscitât son insolence, et je courus me réfugier dans la cour des petits.

Sous de très vieux platanes que l'automne avait jaunis, il y avait déjà une trentaine d'élèves.

Je remarquai tout de suite cinq ou six Chinois (qui étaient en réalité des Annamites), un Nègre, et un garçon au teint bistré, aux cheveux frisés. Je devais apprendre plus tard qu'il était le fils d'un puissant caïd d'Algérie. Les autres étaient des élèves ordinaires.

Quelques-uns portaient des costumes de ville, tout à fait neufs, mais presque tous étaient vêtus de blouses noires à l'étoffe amollie par l'usure, étoilées d'accrocs, et mal boutonnées faute de boutons.

La mienne, trop bien repassée, descendait en plis raides, et luisait de toute sa lustrine, tandis que mes chaussures neuves, qui me serraient un peu les chevilles, disaient à chaque pas : « huit, huit, huit, huit ! »

Je craignais que cet équipement ne signalât ma nouveauté; mais ces garçons – dont plusieurs avaient un ou deux ans de plus que moi – avaient déjà organisé des jeux qui retenaient toute leur attention.

Il y avait des parties de billes, de saute-mouton, de cheval fondu. Au beau milieu de la cour, un tournoi de chevalerie réunissait une vingtaine de participants.

Les grands – dont le Nègre – servaient de montures. Ils s'alignaient sur deux rangées qui se faisaient face à une dizaine de mètres. Puis, à un signal donné, ils se ruaient en avant en poussant des cris sauvages, et des hennissements de palefrois. Les cavaliers se prenaient alors aux cheveux, dans une lutte aérienne, et faisaient de grands efforts pour désarçonner l'adversaire, tandis que les chevaux s'attaquaient par de sournois crocs-en-jambe. A chaque instant, l'un des combattants s'effondrait, et le farouche vainqueur dirigeait aussitôt son élan vers une autre victime.

Ce jeu me parut très beau, mais à l'école du chemin des Chartreux les maîtres ne l'eussent jamais toléré. Je cherchai des yeux le surveillant, qui allait sans doute lâcher une bordée de déshonorantes retenues. Je vis un jeune homme, qui se promenait de long en large, les mains jointes derrière son dos. Il était maigre, sous un grand chapeau de feutre noir. Il réfléchissait. Chaque fois qu'il passait près du tournoi, il levait les yeux vers les combattants, avec une parfaite indifférence, et j'eus l'impression qu'il avait décidé de n'arrêter sa promenade que pour constater un décès.

D'autres élèves arrivaient sans cesse : les anciens, fort à leur aise, entraient dans la cour au galop, parfois en poussant des cris, et se jetaient aussitôt dans le tournoi. Je vis avec plaisir quelques blouses neuves, qui, comme moi, n'osaient pas s'avancer trop loin, et qui ne parlaient à personne... L'un de ces nouveaux, tout en regardant la bagarre, vint se placer près de moi; au bout d'un instant, il me demanda :

« Tu es nouveau?

– Oui, et toi?

– Moi aussi. »

Il était petit, presque minuscule. Ses cheveux frisés, d'un noir luisant, faisaient ressortir sa pâleur mate. Ses yeux brillaient comme de l'anthracite, et sur sa tempe, on voyait de fines veines bleues.

« D'où viens-tu?

– De l'école communale de la rue de Lodi.

– Moi, je viens du chemin des Chartreux. »

Nous fûmes amis tout de suite.

« En quelle classe es-tu?

– En sixième B[1].

– Moi en sixième A[2].

– Alors, nous ne serons pas dans la même classe, mais on est tous les deux en septième étude.

– Comment t'appelles-tu?

– Oliva. »

Je tressaillis.

« C'est toi qui as été reçu premier aux Bourses? »

Il rougit à peine.

« Oui. Qui te l'a dit?

– J'ai été reçu second! »

Il sourit, émerveillé.

« Ça, alors, c'est extraordinaire! »

Moi aussi je trouvais que notre rencontre était due à un prodigieux hasard, à une fantaisie du destin. Il était pourtant évident que deux élèves, reçus la même année aux Bourses de sixième, devaient obligatoirement se trouver ensemble à la rentrée. Mais jusque-là, nous n'avions été l'un pour l'autre que le nom d'un concurrent, dont la matérialisation soudaine était aussi surprenante que l'apparition du Petit Poucet ou du capitaine Némo en chair et en os. C'est pourquoi nous nous regardions, inquiets et charmés.

« Moi, dis-je aussitôt, c'est le problème que j'ai raté. Tandis que toi, tu l'as trouvé!

– J'ai eu de la chance, dit-il. J'ai fait trois solutions, et je ne savais pas laquelle était bonne. J'en ai choisi une au hasard, et je suis bien tombé. »

Cet aveu me plut. Ce cou de poulet était un « chic type ». Je regrettai d'avoir voulu le faire passer pour le fils d'un faux-monnayeur, et je lui fis – mentalement – des excuses.

A ce moment, le lycée s'écroula sur nos têtes.

Je fis un bond en avant, puis je me retournai, et je vis un petit homme à fortes moustaches qui battait furieusement du tambour. L'instrument – en cuivre jaune entre deux cercles de bois bleu – me parut énorme et je me demandais pourquoi ce virtuose nous donnait ce tonitruant concert, lorsque la ruée d'une foule m'emporta vers la porte de l'étude : tout le monde s'aligna en colonne sur deux rangs, devant le tambour, qui roulait toujours à me faire enfler la tête, tandis que l'horloge sonnait comme plusieurs églises.

Enfin le tintamarre cessa, le moustachu fit demi-tour, et se retira pour traverser l'étude. Son départ démasqua un monsieur très distingué, debout, et immobile comme une statue. Il était très grand, et un riche pardessus beige était jeté sur ses épaules; il portait la tête haute, et ses yeux noirs brillaient comme du verre. Il fit un pas vers nous, en s'appuyant sur une canne noire à bout de caoutchouc, puis d'une voix de commandement, qui était sonore et cuivrée, il dit :

– Les pensionnaires de sixième et de cinquième,

dans l'étude à côté, la huitième étude. J'ai dit « les pensionnaires ».

Il y eut un grand mouvement dans la colonne, qui se disloqua, pour le départ de ces prisonniers.

Le monsieur attendit que nos rangs se fussent reformés, puis, d'une voix grave, il dit :

« Les demi-pensionnaires de sixième et cinquième A et B! Entrez. »

Nous entrâmes.

Sitôt la porte franchie, il y eut une ruée générale, pour s'installer aux places convoitées : je constatai avec surprise que c'étaient celles qui étaient les plus éloignées de la chaire.

Comme j'allais m'asseoir au pupitre où j'avais laissé mon cartable, la ruée m'emporta jusqu'au premier rang, et j'eus tout juste le temps de m'accrocher à la précieuse giberne. Oliva, poussé en avant par les « grands » de cinquième, finit par s'échouer sur un banc de l'autre côté de l'étude. Il y avait des contestations à haute voix, des injures, des cris.

Notre maître impassible, comme un roc au milieu d'une mer agitée, regardait les événements. Enfin, il cria une phrase que je devais entendre tous les jours, pendant deux années :

« Que c'est long, messieurs, que c'est long! »

C'était une sorte de mugissement mélancolique, une plainte menaçante nuancée de surprise et de regret.

Puis il se tut pendant une minute, et le tumulte s'apaisa peu à peu.

Alors d'une voix tonnante, il cria :

« Silence! »

Et le silence fut.

J'avais été porté par les bousculades jusque devant la chaire et je me trouvais assis à côté d'un garçon très brun et joufflu, qui paraissait consterné d'avoir été refoulé jusque-là.

Le monsieur remonta lentement vers le tableau noir, en traînant un peu sa jambe droite. Alors il regarda bien en face toute la compagnie, puis avec un sourire à peine esquissé, il dit d'un ton sans réplique :

« Messieurs, les élèves qui méritent une surveillance constante ont une tendance naturelle à s'y soustraire. Comme je ne connais encore aucun d'entre vous, je vous ai laissé la liberté de choisir vos places : ainsi les mal intentionnés, en faisant des efforts désespérés pour s'installer loin de la chaire, se sont désignés d'eux-mêmes. Les élèves du dernier rang, debout! »

Ils se levèrent, surpris.

« Prenez vos affaires, et changez de place avec ceux du premier rang. »

Je vis la joie éclater sur le visage de mon voisin, tandis que les dépossédés s'avançaient, consternés.

Nous allâmes nous installer au tout dernier pupitre, dans le coin de droite en regardant la chaire.

« Maintenant, dit notre maître, chacun de vous va prendre possession du casier qui est le plus près de sa place. »

Tout le monde se leva, et le brouhaha recommença. Beaucoup d'élèves tiraient de leur poche un cadenas, pour assurer l'inviolabilité de ce coffre-fort scolaire.

Aucun cadenas n'avait été prévu dans mon équipement, mais il me revint à l'esprit que mon père en possédait un : celui du garde, que Bouzigue nous avait rapporté! Je me promis de le demander à Joseph le soir même. Il était suspendu dans la cuisine, avec sa clef. Personne n'y touchait jamais, et j'avais l'impression qu'il faisait encore peur à tout le monde : j'étais sûr qu'il me le donnerait volontiers.

Notre maître lança soudain sa lamentation :

« Que c'est long, messieurs, que c'est long! »

Il attendit presque une minute, puis il ordonna, sur le ton d'un officier :

« A vos places! »

Dans un grand silence, il monta à la chaire, s'y établit, et je crus qu'il allait commencer à nous faire la classe : je me trompais.

« Messieurs, dit-il, nous allons passer ensemble toute une année scolaire et j'espère que vous m'épargnerez la peine de vous distribuer des zéros de conduite, des retenues, ou des consignes. Vous n'êtes plus des enfants, puisque vous êtes en sixième et en cinquième. Donc, vous devez comprendre la nécessité du travail, de l'ordre, et de la discipline. Maintenant, pour inaugurer votre année scolaire, je vais vous distribuer vos emplois du temps. »

Il prit sur le coin de sa chaire une liasse de feuilles, et fit le tour de l'étude, donnant à chacun celle qui lui convenait.

J'appris ainsi que nos journées débutaient à huit heures moins un quart par une « étude » d'un quart d'heure, suivie de deux classes d'une heure. A dix heures, après un quart d'heure de récréation, encore une heure de classe, et trois quarts d'heure d'étude avant de descendre au réfectoire, dans les sous-sols de l'internat.

Après le repas de midi, une récréation d'une heure entière précédait une demi-heure d'étude, qui était suivie – *ex abrupto* – de deux heures de classe.

A quatre heures, seconde récréation, puis de cinq à sept, la longue et paisible étude du soir.

En somme, nous restions au lycée onze heures par jour, sauf le jeudi, dont la matinée était remplie par une étude de quatre heures : c'était la semaine de soixante heures, qui pouvait encore être allongée par la demi-consigne du jeudi ou la consigne entière du dimanche.

Pendant que je réfléchissais, j'entendis un chuchotement qui disait :

« En quelle section es-tu? »

D'abord, je ne compris pas que c'était mon voisin qui me parlait car il restait parfaitement impassible, le regard fixé sur son emploi du temps.

Mais je vis tout à coup le coin de sa bouche remuer imperceptiblement, et il répéta sa question.

J'admirai sa technique, et en essayant de l'imiter, je répondis :

« Sixième A².

– Chic! dit-il. Moi aussi... Est-ce que tu viens du Petit Lycée?

– Non. J'étais à l'école du chemin des Chartreux.

– Moi, j'ai toujours été au lycée. A cause du latin, je redouble la sixième. »

Je ne compris pas ce mot, et je crus qu'il voulait dire qu'il avait l'intention de redoubler d'efforts. Il continua :

« Tu es bon élève?

– Je ne sais pas. En tout cas, j'ai été reçu second aux bourses.

– Oh! dit-il avec joie. Chic! Moi, je suis complètement nul. Tu me feras copier sur toi.

– Copier quoi?

– Les devoirs parbleu! Pour que ça ne se voie pas, j'ajouterai quelques fautes, et alors... »

Il se frotta les mains joyeusement.

Je fus stupéfait. Copier sur le voisin, c'était une action déshonorante. Et il parlait d'y avoir recours non pas dans un cas désespéré, mais d'une façon quotidienne! Si Joseph ou l'oncle Jules l'avaient entendu, ils m'auraient certainement défendu de le fréquenter. D'autre part, il est toujours dangereux de « faire copier » le voisin. Lorsque deux devoirs se ressemblent, le professeur ne peut pas savoir lequel des deux est une imposture, et le trop généreux complice est souvent puni comme l'imposteur.

Je me promis d'exposer mes craintes à mon cynique voisin, pendant la récréation, et jc préparais mes arguments, lorsque, à ma grande surprise, le tonnerre du tambour éclata dans le couloir, et toute l'étude se leva. Nous allâmes nous mettre en rang devant la porte, elle s'ouvrit d'elle-même, et le surveillant de la récréation reparut, et dit simplement : « Allez! »

Nous le suivîmes.

« Où va-t-on? demandai-je à mon voisin.

— En classe. On monte à l'externat. »

Nous marchions le long d'un couloir solennel vaguement éclairé par des fenêtres placées très haut, sous de lourdes voûtes romanes qui contenaient autant d'échos qu'une cathédrale.

Leur régal, c'était ce tambour qui réglait la marche du lycée. Ses roulements s'y propageaient comme un ouragan sonore : projeté de la voûte au sol, puis rebondissant contre les échos latéraux, il s'éloignait au galop en frôlant les antiques murailles et les vibrantes vitres des fenêtres...

Nous arrivâmes au pied d'un escalier, car à cause de la pente du terrain sur lequel était construit le lycée, les cours de récréation de l'externat et les classes se trouvaient un étage plus haut.

Mon voisin me montra sous l'escalier, une porte noire, munie d'un guichet grillé; c'était celle du cachot, et je saluai au passage l'ombre de l'oncle Jules, qui dansait dans la nuit avec son rat.

L'escalier déboucha sous une galerie à colonnes carrées, qui entourait sur trois côtés la vaste cour de l'externat : le quatrième côté était fermé par un très long mur grisâtre, peu égayé par une douzaine de cabinets, dont les demi-portes s'alignaient sévèrement.

Nos rangs se perdirent aussitôt dans une foule innombrable d'élèves qui encombraient la galerie. Ils étaient presque tous plus âgés que nous. Il y en avait même qui portaient de petites moustaches : je les pris pour des professeurs, et je m'étonnai de leur nombre. Mon compagnon me détrompa :

– Ceux-là, me dit-il, c'est des élèves de « filo » et de « matélem ».

Réponse mystérieuse, et qui eût mérité une explication, mais j'étais bien trop occupé, dans la bousculade générale, à garder le contact avec mon guide; tout à fait à son aise, il fendait gaillardement la foule, échangeant au passage des saluts ou des injures avec des garçons de notre âge.

Notre avance fut bientôt ralentie : un petit cercle de grands, planté comme une île au milieu de la galerie, séparait en deux bras le fleuve des élèves : ils faisaient la conversation, l'air parfaitement indifférents au désordre qu'ils créaient, et visiblement satisfaits de prouver ainsi leur importance. L'un d'eux tenait à deux mains, derrière ses reins, des cahiers cartonnés, et un gros livre. Mon ami, d'un preste coup de main, fit tomber en passant tout le paquet, et fila sans se retourner.

Par bonheur, un garçon de quinze ans, couronné de cheveux carotte, venait de se glisser entre nous, et c'est lui qui reçut un coup de pied au derrière dont le choc accéléra brusquement sa course. Je contournai le grand qui ramassait ses livres, tandis que le botté était emporté par le courant : mais son visage, tourné en arrière, lançait des regards de fou furieux et d'explosives fusées d'injures.

Je pus rejoindre mon guide : il s'était arrêté un peu plus loin, le dos au mur, et il écoutait en connaisseur les imputations déshonorantes et les ignominieux conseils que prodiguait la voix de l'innocence enragée. J'étais moi-même émerveillé par la richesse du langage secondaire : mais le tambour couvrit brutalement ce lyrisme vengeur. Alors, nous replongeâmes dans le fleuve, et mon pilote, à travers les remous et les courants contraires, me remorqua vers le lieu de nos travaux.

*
**

C'était une très grande salle. Le mur du fond était percé de quatre fenêtres, à travers lesquelles on voyait les feuillages des platanes de l'internat. Sur la gauche, de très longs pupitres à sept ou huit places, étagés sur des gradins de bois. A droite, à partir de la porte, un poêle, puis un grand tableau noir au-dessus d'une plate-forme; enfin, sur une estrade un peu plus élevée, une chaire, et dans la chaire, un professeur.

C'était un homme d'un grand volume. Sur des épaules épaisses, une figure grasse et rose, que prolongeait une belle barbe blonde, et vaguement ondulée. Il portait un veston noir. A sa boutonnière, je vis luire un ruban violet. Les Palmes académiques! Espoir et rêve de mon père, qui pensait les obtenir au jour de sa retraite. C'était ce même ruban qui faisait la gloire de M. le directeur de l'école du chemin des Chartreux. Je fus fier, mais un peu inquiet, d'avoir un professeur qui portait une décoration de directeur.

Un bon nombre d'élèves nous avaient précédés, et je vis avec surprise que ceux-là se disputaient en silence les places des premiers rangs.

« C'est des externes, me dit mon ami. Il faut toujours qu'ils se fassent voir. Viens vite! »

Il m'entraîna vers deux places encore libres, à l'extrémité de l'avant-dernier gradin, juste devant une autre fenêtre qui donnait sur la galerie.

Nous nous installâmes, d'un air modeste et soumis. Au dernier banc, derrière nous, il y avait déjà deux inconnus, qui me parurent bien grands pour une classe de sixième. Ils accueillirent mon ami par des clins d'yeux et des sourires narquois.

« Toi aussi? demanda à voix basse le plus grand.

— Oui, à cause du latin. »

Il me parla encore une fois du coin des lèvres.

« Eux aussi, ils redoublent.

— Qu'est-ce que ça veut dire? »

Il parut stupéfait, et presque incrédule. Puis sur le ton de la pitié :

« Ça veut dire qu'on recommence la sixième, parce qu'on ne nous a pas voulus en cinquième! »

Je fus désolé d'apprendre que mon ami était un cancre, mais je n'en fus pas étonné, puisque je savais déjà qu'il avait l'intention de copier mes devoirs.

Tout en préparant les cahiers et les porte-plume, je regardais notre professeur de latin, qui examinait son troupeau avec une sérénité parfaite.

A voix très basse, je demandai :

« Tu le connais déjà?

— Non, dit-il, l'année dernière j'étais en A¹, avec Bergeret. Celui-là, je sais qu'il s'appelle Socrate. »

Nous ne pûmes continuer la conversation, parce que M. Socrate nous regarda. Mais ce nom m'intrigua, je savais qu'il y avait déjà eu un Socrate, un poète grec, qui se promenait sous des platanes avec ses amis, et qui avait fini par se suicider en buvant une tisane de ciguë (que je prononçais « sigue »). C'était peut-être parce qu'il était parent de celui-là qu'on lui avait donné les Palmes académiques?

Il y avait un grand silence, parce qu'on ne le connaissait pas; en ce premier jour, nous étions presque tous dépaysés et solitaires : la classe n'était pas encore formée.

M. Socrate commença par nous dicter la liste des livres qui nous seraient nécessaires. Elle remplissait toute une page, et cet assortiment devait coûter très cher. Mais je ne fus pas inquiet pour la bourse de Joseph, car grâce à la mienne le lycée devait me les fournir gratuitement.

Quand cette dictée fut finie, M. Socrate alla au tableau, et y écrivit bellement la déclinaison de « Rosa la Rose », en nous disant que ce serait notre leçon pour le lendemain.

Pendant qu'il calligraphiait le mot « ablatif », mon cynique voisin demanda :

« Comment t'appelles-tu? »

Je lui montrai mon nom sur la couverture de mon cahier.

Il le regarda une seconde, cligna de l'œil, et me dit finement :

« Est-ce Pagnol? »

Je fus ravi de ce trait d'esprit, qui était encore nouveau pour moi. Je demandai à mon tour :

« Et toi? »

Pour toute réponse, il fit un petit bêlement chevrotant. Mais il avait mal réglé la puissance de son émission : le son perça le voile du chuchotement, et toute la classe l'entendit. Socrate se retourna d'un bloc, dans un murmure de rires étouffés, et il reconnut le coupable à sa confusion :

« Vous, là-bas, comment vous appelez-vous? »

Mon voisin se leva, et dit clairement :

« Lagneau. »

Il y eut quelques rires étouffés, mais M. Socrate les dompta d'un seul regard, et dit avec force :

« Comment?

— Lagneau, répéta mon voisin, Jacques Lagneau. »

M. Socrate le regarda une seconde, puis sur un ton sarcastique :

« Et c'est parce que vous vous appelez Lagneau que vous bêlez en classe? »

214

Cette fois, toute la classe éclata de rire, à gorge déployée.

M. Socrate ne parut pas fâché d'une hilarité qui célébrait sa spirituelle question, et il souriait lui-même lorsque Lagneau (qui n'avait pas compris que certaines questions doivent rester sans réponse) se leva, les bras croisés, et dit humblement :

« Oui, m'sieur. »

Il avait parlé en toute sincérité; car c'était bien pour me dire qu'il s'appelait Lagneau qu'il avait bêlé trop fort.

La classe rit alors de plus belle : mais Socrate n'apprécia pas un effet comique qu'il n'avait point provoqué lui-même, et prit cet aveu pour une impertinence. C'est pourquoi il foudroya les rieurs d'un regard sévère, puis, tourné vers Lagneau, il dit :

« Monsieur, je ne veux pas attrister cette première classe de latin en vous infligeant la punition que mériterait votre insolence. Mais je vous préviens : cette indulgence ne se renouvellera pas, et à votre prochaine incartade, au lieu d'aller batifoler dans les riantes *prairies* du jeudi, Lagneau restera confiné dans la sombre *bergerie* de l'internat, sous la *houlette du berger* des retenues! Asseyez-vous. »

Ces brillantes métaphores eurent un grand succès. Lagneau, gracié, eut le bon esprit de s'y joindre discrètement, et Socrate, assez content de lui-même et de son public, ne put s'empêcher de sourire largement, en lissant sa belle barbe. Enfin, il apaisa de la main les rires flatteurs, et dit :

« Ce petit incident me rappelle que je dois faire l'appel de vos noms. »

Il monta à sa chaire, ouvrit un cahier, et nous pria de répondre « présent », en levant la main.

A cause des charmantes plaisanteries qu'il venait de faire, et comme pour tâter l'adversaire, la classe essaya une forme d'impertinence tout à fait nouvelle pour moi, et dont la malice, tout en m'effrayant, m'enchanta.

Socrate avait d'abord appelé « Alban ». C'était un blondinet qui répondit « Présent » d'une voix fluette, et très haut perchée.

Le suivant fut « Arnaud », dont le « Présent » sonna dans un registre beaucoup plus grave, tandis qu'Aubert remonta vers l'aigu.

A ce moment, Lagneau me poussa le coude, me fit un clin d'œil, et je compris qu'il se passait quelque chose. En effet, Barbier replongea dans les basses, tandis que Berlaudier (un gros garçon rouge) flûtait un « Présent » de petite fille.

– On lui fait la « tyrolienne », chuchota Lagneau.

Je pensai qu'une telle impertinence collective n'eût jamais été tolérée par les maîtres du chemin des Chartreux, et que M. Besson, par exemple, y eût mis fin d'un seul regard. Mais Socrate continuait l'appel, sans le moindre signe d'impatience, si bien que l'audace des tyroliens s'exalta, et les réponses devinrent de plus en plus discordantes, sans qu'il parût s'en apercevoir; ce jeu était admirable, et je préparais mon courage pour y jouer ma partie, lorsque vint le tour de Galliano : c'était l'un des deux cancres redoublants qui siégeaient derrière moi. Pour rester sans doute à la hauteur de sa réputation et de son grade, il donna sa réplique d'une voix magnifiquement caverneuse, mais au prix d'un effort visible.

Socrate le regarda avec beaucoup d'intérêt, et dit :

« Répétez, je vous prie. »

Galliano, intimidé, répondit encore une fois « Présent », mais d'une voix tout à fait ordinaire.

Alors Socrate, sur un ton presque amical, quoique d'une fermeté magistrale :

« Non, monsieur Galliano, non. J'admets toutes

les voix, car la nature a ses caprices, mais je ne puis tolérer qu'on en change, car ce serait la preuve d'une impertinence... Répétez donc « Présent » avec ce timbre de baryton prématuré qui est votre voix naturelle, et qui va nous enchanter toute l'année! »

On entendit quelques rires étouffés.

Galliano rougit fortement, baissa les yeux piteusement, toussota, et se tut, en regardant de tous côtés, comme s'il espérait un miraculeux secours.

« J'attends », dit Socrate.

Il y eut un assez long silence. Enfin, le malheureux fit un grand effort, gonfla sa poitrine, et réussit à dire – d'une basse ridicule :

« Présent.

– Parfait! »

Toute la classe éclata de rire; mais ce n'était pas aux dépens de Socrate, qui esquissa un sourire, lissa encore une fois sa belle barbe, et appela : « Galubert, Grenier, Guigues... », qui répondirent tour à tour fort modestement, en s'efforçant de prendre le même ton.

Lagneau parut blessé par cette soumission immédiate : il fit un haussement d'épaules à l'adresse de Galliano (qui baissa honteusement la tête), et dans un chuchotement irrité, il me dit :

« Tu vas voir! »

Je me demandais – un peu inquiet – ce qu'il allait faire, lorsque la voix de Socrate appela :

« Lagneau! »

Alors, mon ami, avec un courage stupéfiant, se leva, croisa les bras, ferma les yeux, et répondit :

« Bê... ê... ê... »

Un rire immense secoua la classe, et Galliano (rachetant sa faiblesse) en profita pour trépigner rapidement sur la caisse de résonance des gradins de bois, sans le moindre frémissement de son torse (ce qui prouvait un sérieux entraînement), et il obtint un magnifique roulement de tonnerre.

En même temps, Berlaudier, la bouche fermée, poussa un long mugissement, et un petit bonhomme brun, qui était assis derrière moi, et qui me parut très en avance sur son âge, enfonça deux doigts dans sa bouche, et lança un coup de sifflet, bref, mais puissant.

La face de Socrate rougit soudain, ses narines se dilatèrent, ses épaules se haussèrent, sa barbe monta vers l'horizontale. Il savait qu'il jouait à cette minute même la tranquillité de toute l'année scolaire; il frappa violemment la chaire du plat de sa main, et d'une voix éclatante, il cria :

« Silence! »

Le hourvari s'arrêta net, et Lagneau resta immobile, debout, au milieu d'un silence de fin du monde. Il ne tremblait pas, mais son cou s'était raccourci, et son volume avait diminué d'un bon tiers.

Alors, Socrate, sur un ton grave et solennel, articulant fortement chaque syllabe et prenant « un temps » entre chaque membre de phrase, dit à Lagneau du sacrifice :

« Monsieur, nous ne sommes pas au cirque... et vos pitreries... dépassent les bornes permises... Vous me forcez... à vous infliger... deux heures de retenue... pour vous apprendre... qu'il y a certaines limites... qu'il est dangereux... de franchir. »

Puis d'une seule haleine, et l'index pointé :

« Allez vous mettre au piquet près de la porte, les bras croisés. Si vous avez cru que ma bienveillance n'était que le masque de ma faiblesse, vous vous êtes étrangement trompé, et si vous persévérez dans cette erreur, j'aurai le regret de vous déférer au Conseil de discipline. »

Lagneau, pâle et muet, alla se mettre au pilori, la tête basse et le dos voûté, tandis que Socrate, d'une voix encore menaçante, continuait l'appel de la liste.

Je fus accablé par le malheur qui venait de s'abattre sur mon nouvel ami. Une retenue! Je tremblais à la pensée que la foudre était tombée si près de moi.

Cependant mes condisciples continuaient à répondre à l'appel de leur nom sans la moindre acrobatie vocale, et quand mon tour fut enfin venu, mon « Présent » fut net, sans malice, sans prétention comme sans humilité.

Enfin, Socrate prononça le nom de Zacharias, qui était le dernier de la liste (et qui le resta toute l'année, même sans la contrainte de l'ordre alphabétique), et dans le même instant le tambour libérateur roula dans la cour.

Galliano se leva instantanément, et fut à la porte en trois bonds. Mais Socrate cria :

« Où allez-vous? Retournez à votre place! »

Le fuyard remonta se rasseoir; puis, par la seule force de son regard, notre tyran paralysa toute la classe jusqu'au dernier coup de baguette. Enfin, quand on entendit la ruée des classes voisines, sous la galerie, il dit, avec une autorité souveraine :

« Allez! »

La classe se leva sans bruit, et Galliano sortit sur la pointe des pieds, avec un air de contrition parfaitement imité.

Lagneau quittant le pilori revint jusqu'à notre pupitre pour prendre ses cahiers, et nous sortîmes.

Dans le couloir, il dit simplement :

« Il a l'air gentil, mais c'est une vache. »

Il ne paraissait pas très affecté par sa condamnation.

Je demandai :

« Qu'est-ce que va dire ton père? »

Au lieu de pâlir à cette pensée, il ricana.

« Ne t'en fais pas pour mon père. Viens. On va chercher la classe d'anglais.

— C'est une autre classe?

— Bien sûr.

— On a plusieurs classes?

— Oui.

— Pourquoi?

— Parce qu'il y en a qui font de l'allemand, et d'autres de l'anglais. Alors, nous allons être mélangés avec les anglais de sixième A[1]. »

J'étais un peu dérouté.

« Alors, ce n'est pas Socrate?

— Penses-tu! dit Lagneau avec mépris. Il en a déjà bien assez de savoir le latin! »

Nous trouvâmes dans la chaire un autre professeur.

Il était bien moins imposant : petit, carré, très brun, la voix agréable. Il fit un nouvel appel, et dicta une autre liste de livres. Je regardais avec curiosité les visages des « anglais » de la sixième A[1], et jc lcs trouvai tout à fait semblables à ceux de la sixième A[2].

J'appris que notre professeur s'appelait M. Pitzu : c'était un nom un peu étrange. Mais Lagneau m'expliqua la chose, en me disant que c'était un Anglais véritable, ce qui me parut confirmé par le fait qu'il parlait le français avec un accent qui n'était pas le nôtre.

Il nous enseigna : « *this is the door, this is the desk, this is a chair, this is a book* », et cette langue me parut admirable parce qu'il n'y avait pas de déclinaison.

Après cette classe, il y eut un simulacre de récréation : c'est-à-dire que nous allâmes passer dix minutes dans la vaste cour de l'externat, où plusieurs centaines d'élèves de tous âges, les uns au trot, les autres au galop, couraient vers les cabinets, tandis que des professeurs, portant de lourdes serviettes sous le bras, erraient sous la galerie.

On n'avait ni le temps ni la place d'organiser le moindre jeu, et on pouvait tout juste vider rapidement une querelle commencée en classe. Il y eut deux batailles de grands, je n'en pus rien voir, à cause du cercle des autres grands qui étaient aux meilleures places, mais j'eus l'occasion d'entendre claquer une gifle énorme et de voir un œil poché.

Nous allâmes ensuite au cours de mathématiques. Ce mot m'avait effrayé, mais c'était tout bonnement la classe de calcul.

Ce professeur était tout petit, avec une moustache noire, épaisse, mais courte, et il roulait les *r* à la façon de l'oncle Jules.

Il avait encore un drôle de nom : M. Pétunia. Il

nous interrogea tour à tour : Alban (un externe bien coiffé), et N'Guyen, un pensionnaire annamite, me semblèrent assez brillants. Mais c'est moi qui fis les meilleures réponses, et Lagneau en eut l'eau à la bouche à la pensée qu'il copierait mes problèmes. Pétunia me félicita et me donna dix sur dix : je connus à ce signe que c'était un bon professeur.

Nous redescendîmes ensuite en étude, et j'entendis encore une fois la longue plainte modulée : « Que c'est long, messieurs, que c'est long! »

Je recopiai « Rosa la Rose » sur mon cahier de latin, puis « *this is the door* » et le reste sur le cahier d'anglais.

Lagneau admira mon écriture, mais ne fit rien pour me montrer la sienne : il lisait, derrière une pile de cahiers, un livre illustré.

Je chuchotai :

« Qu'est-ce que tu lis?

– Jules Verne.

– Lequel? »

Alors, sans lever les yeux ni sourire, il répondit : « Vingt mille merdes sous les lieux. »

J'éclatai de rire; M. Payre me regarda sévèrement, et il allait certainement m'interpeller : par bonheur, le tambour roula, et rompit l'enchantement du silence obligatoire... Le regard sévère s'effaça, et nous plongeâmes au sous-sol, où je découvris le réfectoire.

C'était une salle immense fort bien éclairée par les verrières du plafond.

Nous allâmes nous asseoir sur des bancs scellés au sol, au bord de tables de marbre aussi longues que des trottoirs. Je siégeais entre Lagneau et Berlaudier. En face de nous, le petit Oliva, entre Schmidt et Vigilanti.

Lagneau nous apprit que les longues tables étaient divisées en « carrés » de six élèves, que nous

222

formions une sorte d'unité, et que les plats que les garçons allaient apporter contenaient six portions de chaque mets. De même la bouteille contenait six rations de vin : à la nouvelle que ni Oliva ni moi n'en buvions, nos quatre associés se félicitèrent hautement de notre présence.

Ce repas fut une merveilleuse récréation. Je n'avais jamais déjeuné avec des garçons de mon âge, sans aucune grande personne pour nous imposer le silence : (« Les enfants ne parlent pas à table! ») ou nous forcer à déglutir des mets insipides (« Mange ta soupe! » — « Finis tes endives! »). La conversation fut d'un grand intérêt, et je savourai le plaisir, tout nouveau pour moi, de dire des gros mots en mangeant.

Le menu fut extraordinaire. Au lieu de soupe, on nous donna d'abord du saucisson, du beurre et des olives noires, puis une tranche de gigot, avec des pommes de terre frites. Je croyais que c'était fini. Pas du tout. On nous apporta devinez quoi? Des macaronis recouverts d'une espèce de dentelle de fromage fondu! Et puis, une belle orange pour chacun. Vigilanti n'en revenait pas, Oliva mangeait comme un ogre, et j'étais moi-même stupéfait d'une telle richesse!

Je demandai à Lagneau :

« C'est comme ça tous les jours?

— A peu près, dit-il. Seulement, ça ne change guère. Du gigot froid, tu n'as pas fini d'en voir. Et puis des haricots, et puis de petites pierres craquantes, mélangées à des lentilles.

— Moi, j'adore les lentilles, dis-je. Les petites pierres je les jetterai, mais les lentilles, je les boufferai!

— Au bout de trois mois, dit Berlaudier, tu feras comme les autres. Les lentilles, regarde où elles sont! »

Il me montra, sur le mur, les fresques d'une

tonalité très claire, mais dont tous les personnages semblaient avoir souffert de la variole. Un examen plus attentif me révéla que les petits trous qui marquaient leur visage étaient en réalité de minuscules bosses, constituées par les lentilles bouillies que les internes leur avaient lancées à poignées, à la veille des vacances, avec tant de force qu'elles s'y étaient collées.

*
**

Nous remontâmes, toujours en rang, dans notre cour, pour la grande récréation qui durait une heure.

Schmidt et Vigilanti, qui étaient des champions de « la balle au pied », nous quittèrent pour essayer de former une équipe. Berlaudier, voyant se dessiner une bataille dans un coin de la cour, s'en alla, les poings tout faits, dans l'espoir d'y participer...

Je me promenais avec Lagneau, sous les platanes qui lâchaient des papillons de feuilles mortes.

Un garçon blond vint se joindre à nous. Je l'avais déjà remarqué dans notre étude. Il portait une blouse aussi neuve que la mienne, et il me dit sans le moindre préambule :

« Toi, tu es de l'école communale.

— Tout juste, dis-je. Celle du chemin des Chartreux. »

C'était un connaisseur, car il hocha la tête, avec un air d'admiration, et ajouta modestement :

« Moi, je viens de celle de Saint-Barnabé.

— Tu es en B? demanda Lagneau.

— Oui. Sixième B[1].

— Tu as de la veine, dit Lagneau. Toi, au moins tu ne fais pas de latin! Comment t'appelles-tu?

— Nelps. »

Ce nom étrange me surprit.

224

« Et comment ça s'écrit?

– Comme ça se prononce. »

Il était plus grand que moi, de fins cheveux de cuivre, de larges yeux bleus, et il riait volontiers.

Nous parlâmes, naturellement, de nos débuts dans le lycée. Lagneau, qui tenait le rôle de l'« ancien », nous déclara que « nous n'avions pas fini d'en roter », ce qui nous laissa rêveurs. Puis, il raconta glorieusement son « Bê » que Nelps jugea prématuré : à son avis la retenue du premier jour engageait dangereusement l'avenir.

Lagneau se contenta de hausser les épaules, et déclara que les retenues ne lui faisaient pas peur, ce qui grandit encore mon admiration pour son héroïsme. Puis, comme les jeux désordonnés bousculaient notre promenade, nous allâmes nous asseoir sur le banc de bois épais qui longeait le mur au fond du préau.

Là, Nelps nous parla de sa classe, nous lui parlâmes de la nôtre, et de la dure nécessité où nous étions d'apprendre ce maudit latin, sous la direction de Socrate. Alors Nelps, qui ne l'avait jamais vu, et qui n'en avait même pas entendu parler, déclara froidement qu'il ne s'appelait certainement pas Socrate, et que c'était un surnom.

Nous discutâmes âprement, et je lui demandai – sur un ton sarcastique – comment un garçon qui arrivait tout droit de Saint-Barnabé pouvait en savoir plus que nous sur NOTRE professeur – dont d'ailleurs nous ne savions rien.

Comme toutes les discussions idiotes, celle-ci allait s'éterniser, et nous en étions au stade des paris, lorsqu'un grand garçon brun, qui était assis non loin de nous, intervint, et dit :

« Socrate s'appelle Lepelletier. »

Il se leva, et je vis qu'il portait une chaussure à triple semelle soutenue sur les côtés par une petite armature de tiges nickelées. Il s'avança en boitant profondément, et ajouta :

« Je l'ai eu en sixième, il y a deux ans... C'est un gros richard; un jeudi, je l'ai vu sur le Prado dans une automobile à pétrole, avec un pardessus en peau d'ours. S'il voulait, il n'aurait pas besoin de faire le professeur. Seulement, ça lui plaît d'embêter le monde.

– Moi, dit Lagneau, il m'a déjà collé pour jeudi.

– Il ne faut pas que ça t'étonne, dit l'autre. Ça t'arrivera souvent... »

Il nous apprit qu'il s'appelait Carrère, qu'il avait quatorze ans, et qu'il était en quatrième A.

« Alors, lui demandai-je, comment se fait-il que tu viennes dans cette cour? »

Il sourit et frappa sa cuisse du plat de la main.

« C'est à cause de ma patte, dit-il; celle-là n'a pas voulu grandir en même temps que l'autre. Ce n'est pas une maladie, et sûrement un jour elle va se décider. Mais ma mère s'en fait une montagne, et elle a demandé au censeur de me laisser dans la cour des petits, parce qu'elle croit que c'est moins dangereux. Alors, pour lui faire plaisir... »

Il avait un très beau visage, une peau pâle et fine comme celle des filles, des cheveux bouclés, et de grands yeux noirs. Il me plut tout de suite, à cause de cette beauté si cruellement trahie par une jambe dépareillée.

C'était, de plus, un puits de science.

Après avoir éclairci le cas de Socrate, il nous apprit que Pitzu ne s'appelait pas Pitzu, mais Ferronnet. Il affirma ensuite que c'était « la crème des chic types » et qu' « il t'apprend l'anglais sans que tu t'en aperçoives ».

Quant à M. Pétunia, il s'appelait M. Gros. C'était amusant de le chahuter, parce qu'il prenait des colères terribles, lançait une douzaine de retenues, et les annulait à la fin de la classe.

Je lui demandai s'il connaissait notre maître d'étude. Il nous révéla qu'il s'appelait M. Payre, et qu'il traînait un peu la jambe parce que c'était un ancien général de hussards, gravement blessé pendant la conquête de Madagascar par une flèche empoisonnée. Il ne savait pas le latin (comme tous les généraux) mais il était formidable en « math », science indispensable aux officiers supérieurs, qui doivent savoir calculer (sans papier, ni crayon) le nombre d'hommes, de rations, de cartouches, de kilomètres, d'ennemis, de prisonniers, de pansements, de décorations et même de cercueils qu'exigent, à chaque instant, les hasards de la guerre.

Enfin, il nous apprit que le lycée avait été fondé par Napoléon Iᵉʳ, et que c'était gravé sur une grande plaque de marbre, dans le passage qui conduisait à la cour des moyens. C'est pourquoi les tambours du lycée venaient en droite ligne de la Garde impériale. Le nôtre, celui de l'internat (il le savait par une confidence du concierge) était celui-là même qui avait battu la dernière charge à la bataille de Waterloo.

Cette émouvante révélation – qui réduisait à peu de chose la banale clochette de l'école du chemin des Chartreux – fut immédiatement confirmée par un roulement grandiose, qui lâcha dans la cour les cuirassiers géants de la Garde impériale, et nous fit rentrer en étude, tandis que le beau petit boiteux regagnait la cour des moyens.

A deux heures, nous changeâmes encore une fois de professeur, car on nous conduisit au quatrième étage, à la classe de dessin.

Notre professeur n'avait pas du tout l'air d'un professeur. Il portait une belle barbe blonde, et de longs cheveux d'artiste.

« Chic! me dit Lagneau dès notre entrée. C'est Tignasse! On va pouvoir rigoler! »

Fort des révélations de Carrère, je compris que c'était un surnom, et qu'il le devait à sa chevelure. Tignasse était sourd comme un pot, et par suite merveilleusement débonnaire. Il suffisait de contenter sa vue, et tous les plaisirs de l'oreille – cris, miaulements, mugissements, chansons et coups de sifflet – nous étaient permis.

Dans cette atmosphère de foire, Tignasse, avec un grand sérieux, nous apprit à tailler des crayons, puis il nous montra comment on appointe un charbon de fusain avec du papier de verre. Ensuite, il posa une grande jarre sur un trépied de bois et nous essayâmes de la dessiner. Il fallait en prendre les mesures de loin, en fermant un œil et en tenant le crayon à bout de bras. C'est difficile à expliquer, mais c'était un truc formidable. On ne sait pas qui l'a inventé.

A trois heures, le tambour de la Garde impériale mit fin à nos travaux artistiques. Zacharias avec de la poudre de fusain, s'était déguisé en Nègre, et il n'arrivait plus à retrouver sa couleur naturelle. C'est pourquoi le professeur d'histoire, qui nous attendait dans notre classe, le mit à la porte avec des paroles humiliantes, et lui ordonna d'aller se laver la figure à l'infirmerie. Il ne revint pas de cette expédition, car il fut intercepté par le surveillant général de l'externat, qui le mit au piquet dans un coin de son cabinet, et le débarbouilla avec deux heures de retenue, car le pauvre Zacharias, à force de larmes, retrouva assez vite sa couleur naturelle, sauf deux cercles noirauds autour des yeux qui lui donnaient l'air d'une chouette malade.

Ce professeur d'histoire qui s'appelait M. Michel, n'avait pas de surnom. Il était plutôt petit, tout rond, avec de grosses joues bien tendues, et une épaisse moustache noire.

Il nous parla de l'univers, puis du système solaire, puis de la terre. Elle était si petite qu'on se demandait comment Marseille pouvait tenir sur ce grain de poussière. A la fin, il y eut ce mystère des Australiens, qui marchent la tête en bas, sans même s'en apercevoir. M. Michel nous apprit que c'était une attraction, qui vient d'une loi anglaise. Tout ça n'était guère croyable, et à la sortie, je demandai à Lagneau ce qu'il en pensait. Il me répondit :

« C'est peut-être pour ça que les kangourous sautent si loin. Et en plus, je m'en fous complètement. »

Pendant la récréation de quatre heures, dans la cour de l'internat, un garçon vint nous appeler, par groupes de cinq ou six, pour aller chercher nos livres de classe à la bibliothèque. Que d'escaliers, et quels couloirs! C'était aussi vaste que le musée Longchamp.

Le bibliothécaire était un homme d'une trentaine d'années, mince, blond, et ses yeux bleus nous regardaient amicalement derrière ses lorgnons. Il me donna deux gros paquets de livres de toutes les tailles : il y en avait deux énormes. C'étaient les dictionnaires latins. Je fus stupéfait par leur poids, et découragé par l'idée qu'il faudrait faire entrer dans ma tête ces quatre ou cinq kilos de latin qui n'auraient pas tenu dans mon béret.

La journée se termina par une étude de deux heures. Elle fut consacrée à la mise en ordre de nos casiers, puis à nos leçons pour le lendemain.

Je « repassai » « Rosa la Rose », puis la table de multiplication, que je savais jusqu'à 13 fois 13.

A côté de moi, Lagneau étudiait, avec un très vif intérêt, le dictionnaire français-latin.

Je lui demandai la raison de ce zèle. Il chuchota :

« Dans les dictionnaires de mon père, il y a tous

les gros mots. Dans celui-là, il n'y a même pas cul de bouteille...

— Peut-être, dis-je, que les Romains n'avaient pas de bouteilles.

— Ça c'est possible, dit Lagneau. En tout cas, ils avaient sûrement... »

Mais un regard sévère de M. Payre arrêta net la conversation.

A LA sortie de sept heures, j'eus la surprise que j'espérais. Ma mère et Paul étaient venus m'attendre sur la petite place du Lycée. Ils s'élancèrent vers moi, et m'embrassèrent avec autant d'émotion que si je revenais d'Amérique. Puis, sous un bec de gaz, ma mère m'examina pour voir comment cette épreuve m'avait traité.

Je répondis gaillardement à leurs questions, et tout en marchant, je mis au point le récit de ma journée, à l'intention de Joseph.

Comme nous mettions le couvert, Paul, la salière à la main, s'immobilisa soudain, et s'écria, au comble de l'angoisse :

« Il a oublié son cartable! »

Je haussai les épaules, et je dis avec condescendance :

« Au lycée, nous avons des casiers et nous y mettons toutes nos affaires!

— C'est fermé à clef?

— Pas encore. Mais papa va me donner le cadenas du château. N'est-ce pas, papa?

— Tu ne préfères pas que je t'en achète un autre?

— Non, dis-je. J'aime mieux celui-là, parce qu'il nous a fait peur. Et même maintenant, je vois bien comment tu le regardes. Tandis que si je le fais travailler tous les jours, il deviendra aussi bête que tous les autres cadenas. »

Pendant le dîner, je racontai ma journée par le menu, et ma famille écouta mon récit avec le plus vif intérêt.

Lorsque je révélai que nos professeurs m'avaient dit « vous », et qu'ils m'avaient appelé « Monsieur », Paul me regarda avec une grande admiration et mon père déclara :

« Je ne les croyais pas si sévères. »

Je parlai de Socrate, en insistant sur sa décoration de directeur, puis de Pitzu, et devant Paul émerveillé, je déclarai :

« *This is the table. This is a chair. This is the door.* »

Je décrivis la pétaudière qu'était la classe de dessin, et mon père m'apprit que c'était une tradition, justifiée par le fait que le silence n'est pas nécessaire pour dessiner, enfin, je parlai longuement de M. Payre, qui me plaisait beaucoup, mais Joseph mit en doute qu'il eût été général de hussards.

« D'abord, dit-il, c'est un titre qui n'existe pas. Ensuite, je n'ai jamais entendu dire que l'on ait envoyé des hussards à Madagascar. Et enfin, s'il est aussi grand que tu le dis, il n'a certainement pas servi dans les hussards, qui appartiennent à la cavalerie légère. »

Comme il vit que j'étais un peu déçu, il ajouta :

« Dans les dragons, c'est possible, ou même dans les cuirassiers. En tout cas, si ce sont les élèves qui ont inventé cette belle histoire, cela prouve qu'ils l'aiment bien, et que c'est un bon maître. Tâche de mériter son amitié! »

232

Pendant les deux premiers mois, je fus entièrement dépaysé, et malgré l'intérêt de tant de nouveautés, il m'arrivait de regretter ma chère école du chemin des Chartreux, dont Paul me donnait chaque soir des nouvelles.

Tout d'abord, dans cette caserne secondaire, je n'étais plus le fils de Joseph, le petit garçon que tous les maîtres tutoyaient, et qui jouait le jeudi ou le dimanche dans la cour déserte de l'école. Maintenant, j'étais à l'étranger, chez les autres.

Je n'avais plus « ma classe » et « mon pupitre ». Nous changions sans cesse de local, et les pupitres n'étaient pas à nous, car ils servaient aussi à d'autres, dont nous ne savions pas grand-chose, sauf parfois le nom, qui surgissait (à raison d'une lettre par semaine) profondément gravé au couteau dans l'épaisse table de bois dur.

Au lieu d'un maître, j'avais cinq ou six professeurs, qui n'étaient pas seulement les miens, car ils enseignaient aussi dans d'autres classes; non seulement ils ne m'appelaient pas Marcel, mais ils oubliaient parfois mon nom! Enfin, ce n'étaient pas eux qui nous surveillaient pendant les récréations. On ne voyait guère que leur buste dans leur chaire, comme ces centaures qui sont toujours à cheval, ou comme les caissières des grands magasins.

Enfin, j'étais cerné par un grand nombre de personnages, tous différents les uns des autres, mais coalisés contre moi pour me pousser sur le chemin de la science. S'ajoutant à nos professeurs et à notre maître d'étude, il y avait d'abord les « pions », qui assuraient la police des récréations, surveillaient le réfectoire, « faisaient l'étude » du jeudi matin, et dirigeaient les « mouvements ».

Celui qui conduisait nos transhumances entre l'internat et l'externat, c'était Poil d'Azur. On l'appelait ainsi parce qu'il était roux, avec de gros yeux d'un bleu transparent. Il était très grand et très maigre, et j'imaginais que son nombril était collé comme une bernicle sur la face interne de sa colonne vertébrale.

Toujours à son poste, il ne nous parlait jamais, sauf pour dire « allez », ou « halte », d'une voix enrouée par de trop longs silences. Carrère m'apprit qu'il préparait une licence de mathématiques, et que ses yeux vides n'enregistraient plus le réel : leur regard inversé était tourné vers la fourmilière de chiffres qui grouillaient dans les galeries de sa cervelle dévastée.

Le pion du jeudi matin s'appelait Piquoiseau. Les cheveux noirs et frisés, l'œil globuleux, le nez épaté, il avait l'air d'un robuste paysan, mais Carrère me révéla que c'était un philosophe. Il le prouvait d'ailleurs par sa pensive indifférence. Après avoir assuré le silence de l'étude en enfonçant deux boules de coton dans ses oreilles, il écrivait sans arrêt des dizaines de pages : mais il ne devait pas croire bien profondément à la philosophie, car sans même lever la tête, il lui arrivait d'éclater de rire. En tout cas, il était considéré comme un « chic type », parce qu'il ignorait délibérément nos petits jeux et nos bavardages.

Ces pions, en général débonnaires, étaient sous les ordres de deux surveillants généraux qui aiguillonnaient leur zèle.

Celui de l'internat, sous sa calotte grise, était sans cesse en croisière dans les couloirs, comme une canonnière sur un fleuve colonial, mais il surgissait dans la cour au moment même où sa présence était la moins souhaitable.

Celui de l'externat, qui portait de longues moustaches cirées, et pointues comme des aiguilles, avait deux yeux de verre, une voix glaciale, et des bottines à boutons étincelantes.

Il avait dû inventer le radar dès cette époque, car il repérait infailliblement les élèves mis à la porte des classes, et qui pour lui échapper, tournaient autour d'un pilier de la galerie, comme font les écureuils à la vue d'un chasseur.

On l'appelait l'Oiseau funèbre, parce que sa rencontre, toujours inopinée, annonçait le malheur scolaire.

Au-dessus de ces adjudants, trônaient deux personnages redoutables : les censeurs.

Celui de l'externat n'avait ni nom ni surnom. Il était très grand, très mince, serré dans une jaquette gris perle, avec des guêtres blanches sur des souliers d'un jaune clair, comme sa moustache, qui était longue et tombante, pareille à celle d'un Gaulois distingué. On le voyait au passage entrer ou sortir de son cabinet, sous la galerie, en conversation élégante avec des mères d'élèves. Il ne daignait pas nous regarder. Nous le redoutions d'autant plus qu'il n'avait jamais puni personne, mais nous supposions qu'une condamnation tombant d'une telle hauteur n'aurait pu qu'écraser un coupable.

Le censeur de l'internat nous était mieux connu. Il n'avait pas de guêtres, et il était petit. De plus, pendant la récréation de midi et demi, c'est lui qui faisait appeler dans son cabinet les zéros de conduite, pour leur administrer une homélie, et tirer les conséquences pénitentiaires de ce fâcheux incident. Il était venu un soir visiter l'étude, c'est-à-dire que penché sur l'épaule d'un élève, il l'avait regardé un moment faire son devoir, en donnant à voix basse quelques conseils. Comme je n'avais pas encore eu de zéro de conduite, je l'avais trouvé sympathique.

Enfin, au-dessus de tout le monde, régnait M. le proviseur, qui ne se montrait que rarement.

La première fois que je le vis, il accompagnait M. le censeur de l'externat, qui était venu dans notre classe pour nous signifier les résultats de la composition de mathématiques. Son entrée fit grande impression.

Il était immense, portait un chapeau de soie, un gilet blanc, et une longue redingote d'un noir brillant. Il avait une large barbe brune, et une loupe plantée dans un œil.

Dès qu'il parut sur la porte, toute la classe se leva, les bras croisés sur la poitrine. Alors, il saisit le bord du gigantesque chapeau de soie, salua largement d'un éclair noir, s'avança vers la chaire, et serra sans mot dire la main de Pétunia, venu respectueusement à sa rencontre.

Le censeur, qui le suivait, lut alors à haute voix les résultats de la composition. M. le proviseur se taisait toujours, mais d'une façon grandiose.

M. le censeur ne proclama pas seulement les places. Après avoir révélé la note obtenue par chaque composant, il égrena un arpège de trois chiffres, qui exprimaient, en valeur absolue, « conduite, devoirs, leçons ».

J'étais classé troisième, après Gillis et Picot, qui étaient premiers *ex œquo*. J'en fus assez satisfait, car j'ai une tendance naturelle à me contenter de n'importe quoi. Lagneau avait copié mes solutions, en y ajoutant astucieusement quelques fautes : mais il avait voulu trop bien faire, et il fallut attendre au moins deux minutes, pour entendre enfin proclamer son nom : il était 22e, ce qui ne lui fit d'ailleurs ni chaud ni froid. A partir de ce rang, la voix de M. le censeur se teinta peu à peu de mélancolie, puis de regret, puis de blâme. Enfin, il dit longuement, et sur le ton de la consternation :

« Trente et unième et dernier, Berlaudier, 1 1/2, 6, 4 et 0. »

Alors M. le proviseur, sans que le moindre frisson fît trembler sa barbe, répéta d'une voix noirâtre :

« Zéro. »

M. le censeur traça une petite croix sur la feuille, et dit automatiquement :

« Consigné jeudi. »

Ainsi M. le proviseur, sans daigner prononcer une condamnation, pouvait la faire tomber d'un seul mot, comme il suffit parfois de l'écho d'un souffle pour déclencher une avalanche...

Cette organisation me faisait peur. Ils étaient vraiment trop nombreux, on ne pouvait ni les comprendre, ni les aimer, ni les séduire. Je regrettais M. Besson, qui n'était pas beau, mais qui savait tout; la preuve, c'est qu'il nous enseignait tout : le français, le calcul, l'histoire naturelle ou la géographie. Il n'était pas décoré, et il me donnait parfois des taloches, mais il souriait toujours...

D'autre part, la population scolaire n'était pas homogène. Il y avait les pensionnaires, les demi-pensionnaires, et les externes, qui constituaient vraiment une espèce très différente de la nôtre.

Lorsque Paul me demanda comment étaient ces externes, je lui répondis simplement :

« Ce sont des élèves qui mettent tous les jours un costume du dimanche!

— Ça doit coûter cher! dit Paul, plein d'admiration.

— Leurs pères ont beaucoup d'argent. Il y en a un

qui s'appelle Picot et il est tellement riche que tous les matins, sur ses tartines, il met du beurre des deux côtés. »

Paul siffla longuement, confondu par une si grande prodigalité.

Et c'était vrai, que les externes étaient trop beaux.

Ils arrivaient, dès le matin, dans toute leur gloire. Ils portaient des souliers découverts, en cuir jaune ou marron, dont les lacets, aussi larges que des rubans, étaient noués par une ganse qui ressemblait à un nœud papillon. Il y en avait même qui portaient, sous leur talon, une épaisse rondelle de caoutchouc, tenue en place par une croix de métal que traversait une vis nickelée. C'était « le talon tournant », le comble du luxe moderne. Ce talon imprimait dans la poussière une sorte de médaille, avec cette croix en relief au milieu. C'est pourquoi on pouvait reconnaî-tre le passage d'un externe aussi aisément qu'un vieux trappeur identifie la piste d'une autruche ou d'un rhinocéros.

Ils avaient des billes plein les poches, ils suçaient des caramels mous (ceux du « Chien qui Saute ») ou des pastilles de réglisse à la violette; à la récréation de dix heures, ils achetaient au concierge des crois-sants roux et des croquants blonds qui coûtaient cinq sous la pièce, et c'est pourquoi la tradition affirmait que ce concierge était depuis longtemps millionnaire.

Mais c'est en classe que leur luxe devenait écra-sant.

Ils ouvraient les fermoirs nickelés de leurs serviet-tes de cuir fauve, ou parfois de maroquin bleu, et ils en tiraient d'abord – avant de s'asseoir – un petit tapis rectangulaire, souvent brillant comme de la soie, et le plaçaient avec soin sur le banc, afin de protéger leur précieux derrière, qui n'aurait pu supporter le contact de ce bois dur; cette précaution semblait justifier les prétentions de la princesse du conte, qui s'était réveillée couverte de bleus, causés par la brutale présence d'un pois chiche sous quatre matelas de plume.

Après cette installation de leur personne, ils sortaient des plumiers laqués, dont ils étalaient le contenu devant eux : c'étaient des gommes à effacer aussi grandes que des savonnettes, des « taille-crayon » de métal brillant percés d'un trou conique, des crayons énormes et de plusieurs couleurs. Auphan, qui siégeait devant nous, m'en montra même un qui n'était pas en bois! La mine, très épaisse, était entourée d'un étroit ruban de papier, qui en faisait le tour suivant une savante spirale. Quand la mine se cassait, il suffisait de dérouler quelques centimètres de ruban, et le crayon était taillé! Ils avaient aussi des porte-plume d'onyx, ou de jais, en tout cas d'une matière précieuse, qui servaient de manche à des plumes dorées, et de petits canifs de nacre qui coupaient comme des rasoirs.

Auprès de telles richesses, les miennes faisaient pauvre figure, et j'avoue que j'en fus un peu honteux les premiers jours; mais j'inventai spontanément la solution philosophique qui, depuis des siècles, console les pauvres, et les délivre de la cruelle envie; je résolus de mépriser la fortune des autres, de considérer les avantages matériels comme tout à fait secondaires, et je décidai que les objets de luxe faisaient plus d'honneur à leurs fabricants qu'à leurs possesseurs. Ainsi, je pus admirer, sans la moindre souffrance, la montre d'Auphan, retenue à son poignet par un bracelet d'or. Elle me disait l'heure aussi bien qu'à lui, mais c'est lui qui en était responsable, et qui ne pouvait pas prendre part à la moindre bataille, dans la crainte d'un choc qui eût pu la briser.

Cependant, un nommé Bernier, de la sixième A[1], qui était mon voisin de gauche en classe d'anglais, faillit triompher de ma sagesse, et je dois reconnaître qu'il réveilla dans mon âme sereine – pendant quelques minutes – une douloureuse et méprisable jalousie.

On disait que son père était armateur, c'est pourquoi j'ai cru longtemps qu'il fabriquait des revolvers, des fusils, et peut-être des canons, car la richesse de ce Bernier était visible sur toute sa personne : il avait une belle montre, des gants de cuir, des souliers toujours neufs, et c'était un gros acheteur de croissants.

Un matin, pendant que Pitzu nous révélait que l'adjectif, en anglais, est invariable, Bernier détourna mon attention de cette agréable nouvelle en touchant légèrement mon coude. Il me fit un clin d'œil, et il tira, de sa poche du cœur, un tube d'argent dont il dévissa le capuchon. Puis, il fit tourner une rondelle de métal qui en fermait l'autre extrémité, et je vis lentement surgir une plume dorée.

« C'est de l'or! chuchota-t-il. C'est écrit dessus! »

Ce luxe me parut d'abord insolemment inutile, et je demandai froidement :

« On peut écrire avec ça? »

Il fit un nouveau clin d'œil, et dit simplement :

« Regarde! »

Alors, sans tremper la plume dans l'encrier il écrivit son nom sous mes yeux!

Je crus d'abord qu'il s'agissait d'une sorte de crayon. Il me détrompa. Cet appareil écrivait avec de l'encre bleue, qui était contenue dans le tube, et qui arrivait toute seule à la plume d'or!

C'est à ce moment-là que je pensai amèrement à l'injuste répartition des richesses, car Bernier écrivait comme un chat, et je ressentis une vilaine piqûre au cœur.

Il m'expliqua que cet appareil s'appelait un « stylographe », que son père le lui avait rapporté d'Angleterre, et qu'il permettait d'écrire pendant une semaine sans s'arrêter : enfin, quand il était vide, on pouvait le remplir de nouveau en tirant sur une sorte de piston.

Il voulut m'en montrer le fonctionnement : mais il n'était pas encore très habile au maniement de cette mécanique anglaise, et ne réussit qu'à lancer un jet soudain d'encre indélébile sur son magnifique cahier neuf.

J'en ressentis un si vif plaisir que je lui pardonnai aussitôt la possession d'une merveille dont il ne saurait jamais se servir.

Le plus grand défaut des externes, c'est qu'ils étaient facilement pleurnichards; il leur arrivait d'aller se plaindre aux autorités, et de dénoncer un ami pour quelque innocente plaisanterie, comme un croche-pied réussi, ou pour une boulette de papier (évidemment imbibée d'encre) soufflée par une sarbacane sur une belle page d'écriture. Et d'autre part, ils ne comprenaient pas toujours notre langage, dont la virile grossièreté les dépassait. Le leur était d'une correction désolante : ils allaient jusqu'à dire : « Un coup de pied au derrière! » Et un jour même Picot, au comble de la rage, avait crié à Berlaudier : « Tu n'es qu'un sot! » Une telle faiblesse dans l'expression nous faisait sourire de pitié. Quand je dis « nous », je veux dire ceux de l'internat.

Car notre patrie, c'était notre étude, sur laquelle régnait tous les jours M. Payre. (Que c'est long, messieurs, que c'est long!) C'est là que chaque soir notre blouse restait accrochée, sous le casier cadenassé dans lequel nous gardions nos affaires, et même, parfois, nos secrets. Berlaudier y tenta l'élevage d'une souris blanche : elle mourut au bout d'une semaine non sans avoir dévoré quatre bons points, les seuls qu'il eût jamais possédés, et qui lui étaient d'autant plus chers qu'ils les avait obtenus en copiant impudemment dans le *Petit Echo de la Mode* la description d'un coucher de soleil.

La composition de l'étude ne changeait pas, comme celle des classes. Tous les jours, nous passions sept heures ensemble, tantôt au pupitre, tantôt dans la cour, et surtout, il y avait l'intimité du réfectoire; les externes nous paraissaient étrangers, parce que nous ne les avions jamais vus à table...

A la fin du trimestre, je fus acclimaté, et je me sentis chez moi dans mon étude, où j'allais toujours m'asseoir avec plaisir, parmi ceux de ma tribu.

Toute cette année de sixième, je la passai à côté de Lagneau, au dernier pupitre de la première rangée, et je n'avais qu'à me lever pour ouvrir mon casier.

Au début, devant nous, à côté de Sicard, il y avait Berlaudier. C'était une malédiction, car il attirait sans cesse l'attention de M. Payre par des bruits divers : il toussait, se raclait la gorge, se mouchait en trompette, et ses éructations n'étaient pas ce qui nous gênait le plus. Comme il était fourbe et rusé, il rotait la tête baissée; M. Payre ne pouvait pas le prendre sur le fait, si bien que de noirs soupçons planaient sur notre coin.

Par bonheur, au bout d'un mois, le sonore Berlaudier eut une idée malheureuse.

Il avait apporté au lycée un très petit instrument de musique. C'était une pastille de métal, percée en son centre d'un trou, sur lequel était tendu un mince fil de caoutchouc. La pastille placée sur la langue, et la bouche presque fermée, il était possible d'en tirer des sons d'une musicalité charmante, sans que l'on pût dire d'où ils provenaient.

Berlaudier avait dû s'entraîner chez lui, car il

débuta en virtuose pendant la classe de dessin. Le danger n'était pas grand, car Tignasse n'entendait rien : le musicien fit ses gammes, pendant vingt minutes, simplement pour se mettre en train, puis, quand il vit qu'il ne risquait rien, il se tut, découragé.

En classe de latin, le solo ne dura que cinq secondes; Socrate expulsa Zacharias indigné, mais loyal, car il ne dénonça pas le coupable et, levant les yeux au ciel, il sortit noblement. Sur quoi, l'infâme Berlaudier renonça à poursuivre sa petite musique, et le parfait silence qui suivit cette exécution confirma la culpabilité de l'innocent.

En classe d'anglais, les dieux firent signe au musicien, car dès la première minute, Pitzu écrivit sur le tableau noir : « *The little bird is singing in the tree.* »

Il traduisait à mesure : « Le petit oiseau chante dans l'arbre. »

Berlaudier confirma aussitôt l'exactitude de cette assertion par un trille prolongé. Notre bon maître, charmé, s'avança vers la fenêtre qu'il ouvrit toute grande, et tenta d'apercevoir, à travers les feuillages, le passereau qui gazouillait si bien à propos.

Il distingua sans doute quelque moineau, car nous montrant du doigt les feuilles jaunies par l'automne, il déclara :

« *This is the little bird that is singing in the tree!* »

Berlaudier, le visage penché sur son cahier, calligraphia cette phrase, tout en l'illustrant d'une délicieuse roulade qui provoqua un éclat de rire général. Pitzu, stupéfait d'entendre cet oiseau derrière lui, se tourna brusquement vers nous, et parcourut nos gradins du regard. Il vit trente visages qui exprimaient l'attention la plus déférente, et Berlaudier, la plume en l'air, levait vers lui les yeux de l'innocence.

Pitzu referma la fenêtre, et sans nous perdre de vue, revint à pas lents vers la chaire. Mais comme il nous tournait le dos pour y monter, l'oiseau l'appela gaiement par son nom :

« Pitzu! Pitzu! »

Il fit volte-face, promena sur nous un regard brillant de menaces, et dit :

« Quel est le serin qui fait l'oiseau? »

Un grand silence lui répondit.

« Bien, dit-il d'un air farouche. Je constate que la virtuosité de cet oiseau n'a d'égale que sa lâcheté. Je dis sa LÂCHETÉ. »

Il avait répété ce mot avec une grimace de mépris. Mais Berlaudier, endurci dans le crime, n'en conçut pas d'autre émotion qu'une violente envie de rire, qu'il déguisa par un éternuement, et Pitzu en fut pour ses frais.

L'après-midi, en classe de mathématiques, Pétunia, devant le tableau noir fit pour nous quelques variations sur la réduction des fractions au même dénominateur, exploit qu'il réussissait infailiblement. Il s'aperçut bientôt que chacun de ses triomphes était salué par une rossignolade discrète. Il en fut longtemps intrigué, lorsqu'il remarqua, au 3e rang, le jeune Vernet. C'était un externe, aussi sage qu'un portrait : mais lorsqu'il écrivait avec application, il faisait, sans s'en rendre compte, une petite moue pointue : de loin, on eût pu croire qu'il sifflait. Pétunia le crut en effet. C'est pourquoi il félicita Vernet de son « joli talent de société », et le mit au piquet près du poêle, en lui promettant une retenue. Berlaudier craignit un instant que cet externe ne le dénonçât. Mais Vernet, dont la timidité était extrême, n'osa pas dire un seul mot, et resta jusqu'à la fin de la classe dans le coin d'infamie, les bras honnêtement croisés sur sa poitrine résignée, si bien qu'il nous donnait le modèle du bon élève au piquet, et que la perfection de son attitude suffisait à prouver son innocence.

Berlaudier fut touché de tant d'humilité, et lorsque le tambour nous délivra, dans le tumulte qui précède la sortie, tout en feignant de refaire le nœud de son lacet de soulier, il lança une prodigieuse roulade, afin de proclamer l'innocence du martyr toujours immobile. Pétunia – sévère mais juste – la reconnut sans hésiter.

« Monsieur Vernet, dit-il, je crains de vous avoir puni injustement : je vous donnerai donc un témoignage de satisfaction pour récompenser la dignité de votre attitude, et votre respect de la discipline. Je vous félicite, monsieur Vernet. »

Et tandis que M. Vernet, rouge de fierté, retournait à son banc pour y prendre sa serviette, Pétunia, dans un grand silence, ajouta :

« Quant au vilain oiseau qui a laissé condamner un innocent, je pense que la honte qu'il doit ressentir d'une telle action, aggravée par le mépris de ses camarades, est pour lui une punition suffisante, du moins pour aujourd'hui. Allez! »

Berlaudier manifesta aussitôt son remords par un sifflement léger, mais d'une tristesse infinie. Dans le piétinement de la sortie, Pétunia fit semblant de ne pas l'entendre, ce qui l'eût obligé à un éclat, et à une enquête qui n'aboutirait sans doute à rien, mais je vis son regard se durcir, ce qui me parut d'assez mauvais augure pour le sort futur de l'oiseau.

C'est le soir, en étude, que M. Payre lui coupa le sifflet.

A cinq heures et demie, dans le silence studieux,

tandis que notre maître lisait son journal à la chaire, on entendit une timide roulade, comme une sorte de prélude, d'un rossignol qui s'échauffe la gorge.

L'étude entière fut prise tout à coup d'un zèle visible. Bénézech et Gambier, qui jouaient aux dames sur leur banc, cachèrent le damier de carton sous le pupitre, et ouvrirent au hasard des livres de classe. Lagneau abandonna Buffalo Bill – pourtant lié au poteau de torture – et je feuilletai fiévreusement mon dictionnaire latin-français.

Pour le sérieux, la palme revenait à Berlaudier lui-même. Entouré de crayons de couleur, la gomme dans une main, un compas dans l'autre, il copiait la carte de France sur un atlas grandement ouvert, avec une attention qui paraissait tendue à l'extrême.

M. Payre n'avait même pas levé les yeux.

Alors, tandis que Berlaudier, la tête penchée et le coude en l'air, tirait un trait noir le long d'une règle, un long trille s'éleva, s'enfla, puis s'effaça *diminuendo*. Toutes les têtes se baissèrent, les épaules se rétrécirent. M. Payre, l'air parfaitement indifférent, et sans un regard de notre côté, se leva, descendit de sa chaire, et, d'un pas de promeneur, alla se pencher sur le devoir de Lambert; il nous tournait le dos, et fit à voix basse quelques remarques. On entendit pépier l'oiseau, puis il se lança dans un ramage beaucoup plus beau que le plumage de Berlaudier. M. Payre ne se retourna même pas, et je pensai qu'il était peut-être sourd, mais qu'il nous l'avait caché jusque-là, ce qui m'attrista un peu.

L'oiseau se tut. Alors M. Payre descendit jusqu'au fond de l'étude, mais du côté opposé au nôtre, et il s'intéressa vivement aux problèmes de Galubert, un scientifique de cinquième B[1].

L'oiseau avait repris son souffle, et se mit soudain à rossignoler. M. Payre nous présentait encore son dos : il parlait à Galubert, qui l'écoutait, la face levée, avec le plus vif intérêt, et une gêne visible, car le chant de l'oiseau le troublait.

Mais M. Payre ne l'entendait toujours pas. Cette indifférence énerva Berlaudier; il regarda le dos de M. Payre, et secoua la tête en manière de protestation, comme s'il lui reprochait de ne pas jouer son rôle et de se dérober à ses obligations.

Puis, il lança coup sur coup trois roulades qui avaient le ton d'un défi, et les fit suivre d'une longue plainte désolée... M. Payre quitta Galubert, lui donna une petite tape d'encouragement sur l'épaule, puis, à pas lents, se dirigea vers nous, pensif.

Il passa tout le long des casiers, s'engagea dans notre allée, et se pencha soudain sur la carte de Berlaudier.

« Quelle est cette carte? » lui demanda-t-il.

Berlaudier, sans mot dire, lui montra l'atlas, comme s'il pensait, avec Napoléon, qu'un petit croquis vaut mieux qu'un long discours.

M. Payre insista :

« Qui vous a donné ce devoir? »

Berlaudier ouvrit de grands yeux, et par sa mimique, exprima bêtement qu'il n'en savait rien.

« Comment? dit M. Payre, vous ignorez le nom de votre professeur de géographie? Comment s'appelle-t-il? »

Lagneau intervint aussitôt, serviable, et dit :

« C'est M. Michel.

— Ce n'est pas à vous que je parle! » dit M. Payre.

Il reprit en main le cartographe, et le regardant en pleine figure, il dit avec force :

« Quel est le nom de votre professeur? »

Berlaudier ne pouvait plus reculer, et, dans un effort désespéré, il dit :

« Meufieu Mifel.

– Fort bien, dit M. Payre. Crachez ce que vous avez dans la bouche! »

Je craignis pendant une seconde, que Berlaudier ne s'étouffât en essayant d'avaler l'oiseau : il était devenu cramoisi. Toute l'étude le regardait, et les cancres du premier rang s'étaient à demi levés pour mieux voir son exécution.

« Dépêchez-vous, tonna M. Payre, ou je fais appeler M. le censeur! »

Berlaudier, terrorisé, enfonça le pouce et l'index dans sa bouche, en tira le disque brillant de salive, et le posa sur le pupitre.

M. Payre le regarda un instant, et dit (comme s'il faisait une conférence sur les instruments de musique) :

« Cet appareil est remarquable, mais il n'est pas aussi moderne qu'on pourrait le croire. J'en possédais un moi-même lorsque j'étais élève de cinquième, au collège d'Arles... Il fut malheureusement saisi par mon maître d'étude, qui s'appelait M. Grimaud. Et savez-vous ce qu'il fit, M. Grimaud? »

Ce disant, il regardait fixement le pauvre Berlaudier, comme s'il en attendait une réponse.

« Vous ne le savez pas, reprit M. Payre, mais vous devriez vous en douter. Eh bien, M. Grimaud, non seulement me confisqua ce précieux instrument, mais il m'infligea une consigne entière, une consigne du dimanche. Par respect pour la mémoire de cet honnête homme, je me vois obligé de vous traiter comme il me traita. Vous viendrez donc passer au lycée toute la journée de dimanche prochain, et il n'est pas impossible que M. le censeur ne vous accorde de sa propre initiative une invitation supplémentaire pour le jeudi suivant, car il n'aime pas la musique. Maintenant, prenez vos affaires, et allez vous installer au second banc, juste devant ma chaire, à la place de Bigot, qui viendra vous remplacer ici. Mais auparavant, essuyez ce disque baveux, et allez le déposer près de mon encrier. Je pense que M. le surveillant général le mettra en bonne place dans son petit musée d'instruments criminels. »

C'est ainsi que nous fûmes délivrés de la dangereuse présence de Berlaudier dont l'exil fut un double bienfait, car non seulement il n'attira plus sur nous la méfiance de M. Payre mais encore il la détourna et la fixa sur une autre région de l'étude : notre liberté fut assurée.

Quant à l'arrivée de Bigot, elle enrichit grandement notre coin. Il était en cinquième A[1] et c'était un érudit, capable de lire à livre ouvert l'*Epitome Historiæ Græcæ*! Mes notes en version latine en furent subitement améliorées.

A côté de Bigot, il y avait Rémusat, élève de sixième B. Il était blond et mince, et sa belle écriture était célèbre, tout au moins dans notre étude. Son père était confiseur : tous les matins, il tirait de sa poche un petit sac de papier blanc, et nous distribuait des berlingots, et parfois même des chocolats remplis de puissantes liqueurs.

Devant eux, on voyait le dos de Schmidt et Vigilanti.

Schmidt était suisse, grand et charnu, comme tous les Suisses, et il riait très volontiers, ce qui lui valut bien des ennuis, car chaque fois qu'un farceur de sa classe montait un « chahut », il ne pouvait pas s'empêcher d'éclater de rire, et c'était lui qui passait à la porte. Il jouait admirablement à la balle au pied; et il m'enseigna, avec une longue patience, les finesses du coup de pied retourné. Je lui en garde une reconnaissance éternelle, quoique cette précieuse capacité ne m'ait pas servi à grand-chose, du moins jusqu'à aujourd'hui.

Son voisin, Vigilanti, arrivait de Corte, c'est-à-dire des montagnes de Corse. Il avait des os bien plus épais que les miens, un menton lourd, des cheveux noirs, et de grands yeux bleus. Il parlait drôlement, en roulant les *r*, non pas à la façon triomphante de l'oncle Jules, mais avec un léger chuintement, et ses phrases suivaient une sorte de mélopée sinueuse et chantonnante. Il était bon et généreux, mais fort susceptible : un jour que Berlaudier l'avait appelé « figatelli », il devint blême, et le prévint que s'il répétait cette injure, « il lui ferait voir trente-six chandelles dans la nuit du tombeau ». L'autre, qui n'eût pas aimé les voir même en plein jour, se garda bien de récidiver.

Au troisième banc de la rangée du milieu siégeait Nelps, notre ami, qu'on appelait « le curé de Saint-Barnabé », parce qu'il se vantait de n'avoir jamais manqué la messe du dimanche. Il était souriant, patient, serviable, et les professeurs le citaient en exemple. Il s'intéressait pourtant beaucoup aux actions des « mauvais sujets », et il se tenait au courant des punitions qui pleuvaient autour de lui, comme ces honnêtes criminologistes qui font des livres sur la psychologie des assassins, ou des enquêtes sur les bagnes. Quoiqu'il ne voulût jamais participer à un « chahut », il donnait d'excellents conseils techniques, et perfectionnait le plan primitif : on venait parfois le consulter de bien loin et même de la cour des moyens pour lui demander ce que l'on risquait pour le bris d'un carreau, le lancement d'une boule puante, ou l'explosion d'une bombe japonaise. Ainsi ce garçon pieux et vertueux errait en dilettante sur les bords du crime, et tout en moissonnant les bons points et les tableaux d'honneur, il eût mérité vingt fois la ciguë de l'antique Socrate.

Enfin, loin devant nous, au second rang, il y avait Oliva, le petit Oliva, qui riait volontiers, qui jonglait avec les fractions, et qui savait faire, les yeux fermés, des multiplications à trois chiffres.

Je fréquentais aussi le beau Carrère, que je voyais dans la cour, et trois externes : Picot, Zacharias, et Bernier l'armateur. Ceux-là étaient mes amis, et formaient mon petit univers, dans lequel se passaient continuellement des événements d'une importance considérable, et je constate aujourd'hui que notre vie du lycée nous avait presque détachés de nos familles, dont nous ne parlions jamais entre nous : ce n'est que vingt ou trente ans plus tard que j'ai su l'origine de quelques-uns de mes meilleurs amis.

Je rencontrai un soir, dans un dîner, un capitaine de vaisseau : c'était Oliva, dont l'Ecole navale avait fait un athlète : il m'apprit alors qu'il avait perdu ses parents à l'âge de six ans, et qu'il avait été élevé par ses deux frères, dont l'un était maçon, et l'autre docker. J'ai regretté de ne pas l'avoir su au lycée, je l'en aurais aimé davantage. De même, je n'avais jamais soupçonné que le père de Zacharias possédait soixante navires, ni que la mère de Galubert était une très célèbre comédienne. Notre existence était réduite à nous-mêmes, et l'apparition d'un père au lycée mettait le fils dans un grand embarras.

D'un autre côté, nos familles ignoraient presque tout de cette vie scolaire : je n'en racontais à la maison que les épisodes plaisants, ou glorieux, comme la dégringolade de Poil d'Azur dans l'escalier en descendant au réfectoire, ou notre victoire, à la pelote, sur l'équipe de la cour des moyens. D'ailleurs, je parlais un langage obscurci par des abréviations surprenantes, ou des métaphores bizarres, qui était l'idiome (d'ailleurs provisoire et changeant) de l'internat.

Les seules nouvelles précises que recevaient nos familles leur parvenaient par le canal des bulletins trimestriels, et je dois avouer, à mon grand regret, que la lecture des miens fut, pour mon cher Joseph, une assez grande déception.

GRÂCE à mes années d'école primaire, j'obtenais des résultats honorables en calcul et en orthographe; d'autre part, ma passion des mots m'avait permis de rapides progrès en anglais et, avec l'aide du savant Bigot, quelques succès en version latine. En thème, j'étais parfaitement nul : pourtant, j'apprenais par cœur mes leçons de grammaire, et j'avais la tête farcie de règles et d'exemples, mais je n'en comprenais pas l'usage, et je croyais en toute bonne foi qu'il était suffisant d'être capable de les réciter. Pour traduire une phrase, je cherchais les mots latins dans mon dictionnaire et je les alignais tels quels à la place des mots français : c'est pourquoi Socrate prétendait que j'étais un remarquable fabricant de solécismes et de barbarismes, alors que je ne savais même pas ce que c'était.

D'autre part, l'histoire ne m'intéressait plus : ces rois qui n'avaient que des prénoms, qui étaient tous parents, et qui se faisaient la guerre, je n'arrivais pas, malgré leur numérotage, à les distinguer les uns des autres, et il me semblait absurde d'apprendre les clauses de deux traités successifs, dont le second avait annulé le premier. D'ailleurs tous ces gens-là étaient morts depuis longtemps, ils ne pouvaient plus rien me donner ni me prendre : l'histoire ne parlait jamais que du passé. Moi, ce qui m'intéressait, c'était jeudi prochain, et les racontars de M. Michel sur des époques révolues, qui avaient consommé leurs calendriers, ne m'intéressaient pas plus qu'une promenade dans un cimetière.

La géographie m'amusait par moments, parce qu'on y rencontrait des personnages bien sympathiques : Marco Polo, qui avait une canne truquée pleine d'œufs de vers à soie. Christophe Colomb : « Terre! Terre! » et l'œuf aplati à un bout, tout droit au milieu d'une assiette – ce qui d'ailleurs me paraît aujourd'hui aussi bête que la solution d'Alexandre au problème du nœud gordien – et La Pérouse, cuit à la broche par les cannibales, dans son costume d'amiral. Mais les isthmes, les péninsules, les caps, les affluents et les confluents étaient vraiment trop nombreux pour moi, et j'étais ahuri jusqu'à la stupidité en voyant sur la carte que la rive gauche de la Seine était du même côté que la rive droite du Rhône...

C'est pourquoi, tandis que le fragile Oliva en sixième B portait très haut la bannière de l'école de la rue de Lodi, je ne fis pas grand-chose pour la gloire du chemin des Chartreux.

Cette médiocrité avait une excuse.

A cause sans doute de mon âge et des mystérieux changements qui transformaient mon organisme, il m'était très difficile de concentrer mon attention sur un sujet imposé : je n'y réussissais que par de très grands efforts. Certes, j'aurais pu triompher de cette paresse physique, si j'avais été soutenu par l'espoir de victoires éclatantes : mais par malheur, il y avait dans ma classe Picot et Gillis, deux anormaux qui se disputaient toutes les premières places.

Picot était un garçon assez grand et très distingué, qui m'offrait souvent des pastilles de réglisse mais qui ne souriait jamais, parce qu'à cause de l'existence de Gillis sa vie était un enfer.

Lorsque Picot n'était classé que le second, il en perdait l'usage de la parole pendant plusieurs jours, et deux ou trois membres de sa famille venaient tour à tour – en secret – demander au censeur comment un aussi étrange accident avait pu se produire.

De son côté, Gillis (un maigriot à grandes oreilles) avait apprivoisé les fractions, et maniait l'ablatif absolu comme un Indien son tomahawk. Il connaissait la liste des sous-préfectures aussi bien qu'un postier des chemins de fer, et parlait des Pharaons avec la volubilité d'une momie ressuscitée.

De plus, son zèle et sa mémoire étaient puissamment soutenus par la piété agissante de sa mère : à la veille de chaque composition, elle allait dédier un cierge au saint du jour fatal. Mais cette démarche – à mon avis déloyale – ne réussissait pas toujours : pour la composition de calcul, l'offrande du cierge corrupteur dut sans doute offenser quelque vieux saint rigoriste, car Gillis fut non seulement battu par Picot, mais il fut classé quatrième! Son père, un gros barbu de la rue Paradis, rouge de fureur et de honte, le conduisit au trot chez un médecin, qui lui fit des piqûres dans les fesses, et il engagea un répétiteur pour lui donner deux heures de leçons chaque soir, plus quatre heures le jeudi. La lutte entre les deux rivaux devint bientôt si cruelle que nos professeurs prirent le parti de les nommer premiers *ex œquo* à presque toutes les compositions.

Vaincre ces deux frénétiques, il n'y fallait pas songer : d'ailleurs, leur gloire ne me semblait pas enviable; leurs yeux cernés, leurs joues pâles, leur nervosité continuelle démontraient les dangers d'un travail acharné, et j'étais vraiment effrayé quand je voyais Picot manger sa gomme élastique, ou quand Gillis faisait tout à coup – sans le savoir – une série de petites grimaces. Lagneau était d'avis que si ces deux malheureux n'avaient pas la chance de mourir jeunes, ils finiraient certainement dans un asile de fous...

Il était donc évident que toute mon application ne pourrait m'élever au-delà de la place de troisième.

Or, qui risquerait toutes ses économies dans l'achat d'un billet de loterie, s'il avait la certitude absolue de ne pas gagner au gros lot? Je décidai que le jeu n'en valait pas la chandelle, et je portai mon effort principal sur la balle au pied, la pelote à main nue, les barres, le cheval fondu, et la lecture assidue des exploits de Buffalo Bill, de Nick Carter, et de Nat Pinkerton. Lagneau en achetait trois fascicules par semaine, et je les lisais avec passion, sans m'apercevoir que c'était toujours la même chose.

Mon père, qui avait espéré une année triomphale, fut donc péniblement déçu par la médiocrité de ma moyenne générale, et il me fit quelques remontrances. Je lui parlai aussitôt de Gillis et de Picot, guettés par l'anémie et la méningite, et je me plaignais de douleurs dans les genoux, qui étaient réelles, puis de maux de tête imaginaires.

Quand il disait, sur un ton lugubre : « Vingt-neuvième en thème latin, avec 4 sur 20! » ma mère répliquait aussitôt :

« Mais il est le premier en gymnastique, et il grandit d'un centimètre par mois! On ne peut pas tout faire à la fois.

— D'accord, disait mon père. Mais il faut bien le prévenir que s'il continue de ce train-là, il ne sera jamais professeur de lycée, et nous serons forcés d'en faire un employé de tramways, ou un allumeur de réverbères, ou peut-être un cantonnier? »

Ces perspectives ne m'effrayaient guère, car j'aurais préféré conduire le vertigineux tramway d'Aubagne plutôt que la classe de Socrate.

Je conçus cependant certaines inquiétudes lorsque j'entendis un soir, à travers la cloison, une conversation de mes parents.

Il était assez tard, mais je ne dormais pas encore, parce que j'avais mangé comme un goinfre une livre de châtaignes rôties.

Joseph rendait compte à ma mère d'une visite qu'il avait faite – sans me le dire – au lycée : il avait longuement vu Socrate.

« Selon M. Lepelletier, disait-il, le développement mental du petit est un peu en retard sur son développement physique. Il ne manque ni d'intelligence ni de mémoire, mais il est, pour le moment, un peu demeuré.

– Quoi? s'écria ma mère, dis tout de suite que c'est un anormal!

– Mais non, dit Joseph. M. Lepelletier est d'avis qu'il s'éveillera certainement bientôt, et qu'avant sa treizième année, il nous étonnera! D'ailleurs, ses notes finalement sont passables, sauf en latin. Mais dans l'ensemble...

– Dans l'ensemble je me moque du latin! dit ma mère. Est-ce que tu veux en faire un prêtre? Demeuré! Je l'ai vu, moi, ce Lepelletier. Lui, on peut dire qu'il n'est pas demeuré! Il est gras comme un jambon, et il a un derrière de percheron.

– Comme j'étais en face de lui, dit mon père, je n'ai pas remarqué ce détail.

– Eh bien, moi, un samedi, quand je suis allée chercher le petit à quatre heures, il m'a montré ce monsieur dans la rue : et je puis dire que c'est un fameux hypocrite, puisqu'il m'a saluée avec une grande politesse, et pas du tout comme si j'étais la mère d'un anormal! La vérité, c'est qu'ils en veulent tous à ton fils parce qu'il vient de l'école primaire, et qu'il est cent fois plus intelligent que tous les autres réunis! Un demeuré! J'en ai entendu de fortes, mais jamais comme celle-là! Je vais en parler à ma sœur, pour la faire rire un peu... Ma pauvre Rose n'a jamais soupçonné qu'elle était la tante d'un demeuré! Quand je pense qu'il savait lire à trois ans!

– Ne parle pas si fort, dit Joseph. Tu vas réveiller les enfants! »

Leur conversation dura encore quelques minutes, mais je n'entendis plus qu'un bourdonnement, et je m'endormis vaguement inquiet à cause de ce mot mystérieux.

Le lendemain matin, dès mon arrivée dans la cour, à la récréation de sept heures et demie, je cherchai Carrère, notre érudit. Je le trouvai sous le préau. Il marchait lentement, solitaire, portant à la main un livre fermé sur son index, et il remuait sans bruit ses lèvres charnues comme un curé qui dit son bréviaire. Quand il me vit m'avancer, il arrêta soudain sa marche, prit un air farouche, et me désignant du doigt, il s'écria :

« Ses malheurs n'avaient point tabattu sa fierté.
Même elle avait encor cet éclat temprunté
Dont elle eut soin de peindre et d'orner son visage
Pour réparer des ans l'irréparable outrage... »

Sans préambule, je dis : :
« Qu'est-ce que ça veut dire, « demeuré »? Quelqu'un qui est demeuré, qu'est-ce que c'est? »

Au lieu de me répondre par des mots, il rentra soudain son cou dans ses épaules, colla ses coudes à son corps, et levant ses poignets à la hauteur de sa poitrine, il laissa pendre ses mains, agitées d'un tremblement convulsif. Enfin, de sa bouche entrouverte sortit une langue molle et baveuse, et ses regards convergèrent vers la pointe de son nez, tandis qu'il émettait des sons inarticulés.

Puis il reprit son visage et sa marche, en mugissant :

« *Tremble, m'a-t-elle dit, fille digne de moua!*
Le cruel Dieu des Juifs l'emporte aussi sur toua! »

Je le suivis, et j'insistai :
« Et moi, dis donc, tu crois que je suis demeuré? »
Il me répondit avec une gravité solennelle :
« Ça se voit comme le nez au milieu de la figure.
– Et à quoi le vois-tu? »
Il répondit :

« *Je te plains de tomber en ses mains redoutables*
Ma fille! » *En achevant ces mots épouvantables*
Son ombre vers mon lit a paru se baisser.
Et moi, je lui tendais les mains pour l'embrasser.

Il avait prononcé ce dernier vers sur un trémolo pathétique, et il tendait ses mains et son livre vers moi, lorsque le tambour roula, péremptoire.

J'avais bien compris qu'il plaisantait, mais le souvenir de sa pantomime ne me faisait pas rire, et je commençai, avec une certaine inquiétude, à réfléchir sur mon cas.

*
**

A la récréation de midi et demi, je racontai à Lagneau – sur un ton plaisant – toute l'histoire. Il vit

258

bien que j'en étais un peu ennuyé, et voulut me réconforter.

« Quoi? s'écria-t-il indigné, tu fais attention à ce que dit Socrate? Celui-là, il ne comprend rien à rien, sauf pour l'ablatif absolu... Moi je dis que tu es le plus malin de tous! Tu n'es pas premier, tu n'es pas dernier, tu rigoles bien des blagues que font les autres, mais toi, tu n'es jamais collé... Tu as trouvé le vrai filon, parce que tu ne te fais pas remarquer. Par conséquent, moi je dis que c'est toi le plus fort! »

Or, comme presque tous les enfants, j'étais assez cabotin : défaut dont je me suis corrigé, sans doute pour ajouter, à la liste de mes vertus, la très voyante modestie : le compliment de Lagneau me blessa donc très profondément, car il me révélait qu'aux yeux même de mon ami, je n'avais, dans notre petit monde, aucune situation morale.

Lagneau était l'intrépide encaisseur de retenues; Berlaudier, l'animateur du « chahut »; Schmidt, le maître incontesté de la balle au pied; Zacharias, le cancre modèle; Vigilanti ne reculait jamais, même devant les grands; Oliva était considéré comme un prix d'excellence certain; Nelps écrivait des poésies; Carrère était l'érudit, le sage, l'arbitre : ceux-là avaient une personnalité. Pour moi, d'une part la route des honneurs scolaires m'était barrée par le tandem Picot-Gillis, et Socrate me traitait de « demeuré »; d'autre part, paralysé par la peur d'une retenue, je ne pouvais me signaler à l'attention de mes camarades, et je végétais dans l'ombre de la médiocrité. Cette situation me parut soudain intolérable, et je décidai de faire un coup d'éclat pour en sortir : si par malheur j'étais frappé d'une retenue, j'expliquerais à mon père que j'avais été forcé de prendre des risques pour l'honneur du nom.

Un après-midi, à la récréation de quatre heures, nous trouvâmes Oliva assis, solitaire sur le banc du préau, ce qui était dans ses habitudes : mais je remarquai que son nez était enflé, et qu'il paraissait accablé.

« Qu'est-ce que tu as? lui demanda Lagneau.

– C'est Pégomas », dit-il; et il montra son nez difforme et violacé.

Ce Pégomas était un externe, grand, gros, gras, et d'une insolence extrême : il rudoyait volontiers les faibles, et se glorifiait en public de la richesse de sa famille.

Je demandai :

« Qu'est-ce que tu lui avais fait?

– Rien... Il est jaloux de moi, parce qu'il est toujours dernier. Alors il m'a dit : « C'est pour te faire la charité qu'on te donne des bonnes notes. Les demi-pensionnaires, c'est tous des pedzouilles, et les boursiers, c'est des miteux. » Moi je lui ai dit : « Et toi, tu es un gros plein de soupe. » Et tout d'un coup, il m'a donné un coup de poing dans la figure. »

Je ne savais pas ce que c'était qu'un pedzouille, mais il s'agissait évidemment d'une insulte. En tout cas, je devins rouge de colère parce que ce gros richard avait dit que nous étions des miteux. Le récit

260

de cette infamie fit très vite le tour de la cour, et le nez d'Oliva fut le point de mire d'un cercle de spectateurs indignés, qui se concertaient déjà en vue d'une vengeance exemplaire. Mais comme ils parlaient de se mettre à quatre ou cinq pour corriger l'insulteur, je déclarai que ce ne serait pas honnête, et je dis froidement :

« Un seul suffira.

– Tu as raison! s'écria Berlaudier, qui était friand de bagarres. Je vais m'occuper de lui demain matin!

– Non, dis-je. Tu n'es pas boursier. Il faut que ce soit un boursier!

– Alors, qui? » demanda Lagneau.

Je regardai la compagnie, je fronçai le sourcil, et je répondis : « Moi. »

Il y eut un moment de silence, puis des sourires, qui me prouvèrent que ma réputation n'était pas à la hauteur de cette héroïque décision. Berlaudier déclara :

« En admettant que tu ne te dégonfles pas, il va te faire le même nez que celui d'Oliva. »

Je le regardai dans les yeux, et je répliquai :

« Nous verrons ça demain matin, à la récréation de dix heures, dans la cour de l'externat. »

Je vis l'étonnement sur plusieurs visages, et je fus tout à coup étonné moi-même par les paroles définitives que je venais de prononcer. Cependant Lagneau posait sa main sur mon épaule, et déclarait, avec une autorité souveraine :

« Ne vous inquiétez pas pour lui : vous ne le connaissez pas. Moi, je le connais. »

Je ne dis plus rien, mais pour confirmer la déclaration de mon ami, j'enfonçai mes mains dans mes poches et je fis un sourire un peu narquois, comme quelqu'un qui aurait longtemps caché son jeu, mais qui va abattre ses cartes maîtresses.

Cette attitude sembla faire une certaine impression sur les assistants : en tout cas, elle me réconforta moi-même, et c'est d'un pas paisible, mais balancé, que je répondis à l'appel du tambour.

*
**

Les deux heures d'étude furent glorieuses. La nouvelle circulait d'un pupitre à l'autre; chacun me regardait tour à tour, et par des gestes ou des jeux de physionomie exprimait son approbation, son admiration, son inquiétude, ou son incrédulité.

L'attention de M. Payre fut assez vite attirée par cette atmosphère insolite; et comme Nelps, pessimiste, me faisait des signes de dénégation, il l'accusa de « faire le guignol depuis cinq minutes », et le menaça d'un zéro de conduite, qui eût été le premier de sa vie scolaire. Puis, il demanda à Vigilanti s'il souffrait d'un torticolis qui le forçât à se retourner vers moi. Les pantomimes cessèrent, mais on fit passer discrètement des billets à mon adresse, signés de loin par un clin d'œil :

« Si tu frappes le premier, il se dégonflera. » (Schmidt.) – « A coups de talon sur les orteils. » (Rémusat.) – « Ne mange pas trop ce soir. » (Nelps.) – « Fais-y des chatouilles, il les craint. » (Oliva.) – « Si tu te dégonfles, j'irai à ta place. » (Berlaudier.) – « Une pincée de poivre dans l'œil, et un point c'est tout. » (Cabanel, dit « La Truffe ».)

Je répondais par des hochements de tête en manière de remerciement, et des sourires qui prouvaient mon assurance : et parce que j'étais le centre d'intérêt de l'étude, je me sentais de plus en plus fort, j'étais ivre de confiance et de vanité.

Lagneau me raccompagna jusqu'à ma porte. En chemin, il changea de ton, car il me dit tout à coup :

« Dis donc, il y a une chose que tu as oubliée!

– Et quoi?

– Si tu chopes une retenue?

– Eh bien, je dirai la vérité à mon père, et il me félicitera!

– Moi, je te dis ça, tu comprends... parce que si au dernier moment tu voulais te dégonfler, on pourrait expliquer aux autres que tu as peur d'une retenue, parce que tu es boursier!

– Alors tu crois que j'ai dans l'idée de me dégonfler? »

Il ne me répondit pas tout de suite, puis il dit à mi-voix :

« Pégomas est plus grand que toi, et en plus, il est méchant. »

Cette sollicitude aurait dû me toucher : mais c'est le manque de confiance qu'elle prouvait qui m'irrita.

« Tu as peur pour moi, maintenant?

– C'est-à-dire que...

– Et bien, demain matin à dix heures cinq, tu verras ce que je sais faire! »

Après le dîner, comme je me déshabillais, ma mère vint dans ma chambre, et me dit à voix basse :

« Qu'est-ce que tu as? Tu as eu de mauvaises notes?

– Non, maman, je t'assure...

– Tu n'as presque rien mangé.

– C'est parce que j'ai trop goûté à quatre heures. Lagneau m'a payé deux croissants.

– Il ne faut pas toujours accepter, me dit-elle. Demain, je te donnerai vingt sous pour que tu puisses lui offrir quelque chose. Tâche de bien dormir : tu me parais un peu nerveux. Est-ce que tu n'as pas mal à la gorge?

– Non. Pas pour le moment. »

Elle me baisa sur le front, et sortit.

Son inquiétude, qui confirmait celle de Lagneau, me révéla la mienne, que j'avais refusé d'admettre jusque-là : alors, je me rendis compte que la période orale et glorieuse de mon aventure était terminée... Il faudrait, demain matin, se battre pour tout de bon.

Or, la réputation de ce Pégomas était inquiétante, et le fait qu'il s'attaquât aux faibles ne prouvait nullement qu'il fût faible lui-même : et même, à bien voir, cela signifiait qu'il se battait souvent, et qu'il gagnait toujours... Je ne l'avais jamais vu qu'au passage dans la cour de l'externat : en examinant ces images fugitives, je découvris qu'il était aussi grand que Schmidt, et beaucoup plus gros. « Gros plein de soupe », c'est facile à dire, mais on ne sait pas de quoi les gens sont pleins. C'était peut-être un « gros plein de muscles », qui me jetterait à terre au premier coup de poing, et si je me relevais avec le nez d'Oliva, tout mon héroïsme verbal sombrerait dans le ridicule.

Un raisonnement technique me fit craindre le pire : cet abominable externe n'avait donné qu'un seul coup de poing à sa victime, un simple coup d'avertissement, et pourtant le résultat en avait été désastreux. Evidemment, Oliva n'avait pas beaucoup de force : mais le nez des faibles n'est pas plus mou que celui des forts, et le mien ne résisterait pas mieux. Je l'avais vu de profil dans le miroir à trois faces de la Belle Jardinière. Il était assez fin, parfaitement droit, et je l'avais trouvé charmant : cette brute allait peut-être l'aplatir pour la vie entière; j'aurais l'air d'un Chinois débarbouillé à l'eau de

Javel et ma mère en ferait une maladie... Quelle folie m'avait donc poussé, le nez en avant, vers cette ridicule tragédie? Je cherchai à me rassurer en évoquant le succès que m'avaient fait mes camarades, et le soutien moral qu'ils m'avaient spontanément offert : mais je compris tout à coup que leur admiration étonnée n'était nullement une preuve de leur confiance en ma force, mais qu'ils avaient applaudi l'absurde courage de ma faiblesse.

Certes, ils ne souhaitaient pas ma défaite, mais ils en riraient sans pitié, pendant qu'Oliva et Lagneau appliqueraient des mouchoirs humides sur mon nez aplati entre deux yeux pochés...

Alors, je fus glacé d'une peur blafarde, et je cherchai un moyen d'échapper au massacre sans perdre la face.

La lâcheté est toujours ingénieuse, et j'eus tôt fait de composer un scénario.

Ma mère s'était montrée inquiète de ma santé. Je n'avais qu'à me plaindre d'un début d'angine, et elle me garderait à la maison deux ou trois jours, pendant lesquels, sous prétexte d'une difficulté à avaler, je ne mangerais presque rien. Cette comédie me mènerait jusqu'au vendredi matin. Alors, je rentrerais au lycée, le teint blafard et la joue creuse, et à cause de mes douleurs dans les genoux, je boiterais.

Beaucoup m'accueilleraient avec un sourire désagréable, ou des « hum » désobligeants. Je ferais semblant de ne pas les voir, et je dirais à Lagneau, comme en confidence :

« Le docteur ne voulait pas que je sorte, mais je suis venu pour régler cette affaire avec Pégomas. »

Alors, Lagneau, Berlaudier, Oliva, Vigilanti lèveraient les bras au ciel, et crieraient :

« Tu es fou! – Tu ne vas pas te battre dans l'état où tu es! C'est incroyable, un courage pareil! »

J'insisterais – et à la récréation de dix heures, je partirais – toujours boitant – à la recherche de Pégomas : mes amis me poursuivraient, et me retiendraient à bras-le-corps, tandis que je me débattrais furieusement en poussant des cris de rage – et finalement, ce serait Berlaudier qui irait corriger Pégomas.

Ce plan me parut admirable, et je riais en silence de ma ruse que je trouvais diabolique... Rassuré et satisfait, j'allais m'endormir, lorsque j'entendis la voix de Joseph : il suivait le couloir pour aller se coucher, et il chantait à mi-voix :

> *La victoire en chantant*
> *Nous ouvre la barrière...*

Alors, je sentis brûler mes joues, et je cachai ma tête sous mes draps.

**
*

Un coup de pied sur le tibia, deux coups de poing dans la figure, est-ce que cela valait la peine de jouer une ignoble comédie qui ne tromperait peut-être personne, et en tout cas, qui ne me tromperait pas moi-même? Qu'aurait dit mon père, qu'aurait dit Paul, s'ils avaient connu ma lâcheté? Puisque je l'avais promis, j'irais provoquer Pégomas – et s'il me jetait à terre, je me relèverais, et je reprendrais l'offensive. Deux fois, trois fois, dix fois, jusqu'à ce qu'il prenne la fuite en criant de peur; et si je sortais du combat les yeux pochés et le nez de travers, mes amis me porteraient en triomphe, parce que rien n'est plus beau qu'un vainqueur blessé...

Calme, et les yeux grands ouverts dans la nuit, je fis l'examen de mes chances.

Je ne m'étais encore jamais battu sérieusement. A l'école, ma qualité de fils de Joseph m'avait toujours conféré une immunité totale; au lycée, la peur des retenues m'avait écarté des bagarres, mais au cours des jeux assez violents, comme l'Attaque de la diligence ou Roland à Roncevaux, j'avais fait preuve d'une assez grande habileté dans l'art difficile du croche-pied; dans les combats de boxe simulés, ma rapidité avait souvent surpris l'adversaire : un jour même, j'avais sans le vouloir poché l'œil de Rémusat, qui m'avait dit ensuite cette parole mémorable : « Je sais bien que tu ne l'as pas fait exprès : tu ne te rends pas compte de ta force! »

Précieuse déclaration dont le souvenir me réconforta merveilleusement. D'autre part, je pensai qu'en jouant avec Lagneau ou Nelps, j'avais souvent réussi à mettre en pratique les torsions de bras, chères à Nick Carter, ou les manchettes de bas en haut, qui avaient fait la gloire de Nat Pinkerton. De plus, j'avais constaté depuis peu qu'à force de regarder mes biceps, ils avaient fini par prendre forme, et qu'ils étaient durs comme du bois... Toutes ces raisons me rendirent pleine confiance, et je résolus de m'endormir immédiatement, afin d'être « fin prêt » pour la bataille.

Ma nuit fut cependant très agitée, car jusqu'au matin je combattis l'affreux Pégomas.

Il était vraiment très fort, mais j'étais beaucoup plus rapide que lui, et je l'accablais d'une grêle de directs, de crochets et de swings. Je lui pochai d'abord les deux yeux, par des directs d'une élégance qui souleva les applaudissements. Puis, je visai son nez, qui était mou comme un oreiller, et qui devint instantanément énorme.

Il tremblait de haine et de peur, mais au lieu de prendre la fuite, il me lançait de terribles coups de pied, que j'esquivais habilement par des sauts de grenouille d'une aisance surnaturelle... Lorsque je me réveillai, je tenais à deux mains son poignet gauche, car je venais de détacher son bras de son épaule par une torsion à la Nick Carter, et j'allais l'assommer avec cette arme, tandis que Lagneau essayait de me retenir, et me disait : « Ça va, ça va, ça suffit comme ça ! »

J'ARRIVAI au lycée à la toute première récréation du matin. Pendant que dans l'étude vide je mettais ma blouse, Lagneau, Oliva, Berlaudier et quelques autres surgirent : il y avait même deux pensionnaires de l'étude voisine, Ben Seboul, un Africain, et le petit Japonais, qu'on appelait « Citronnet ».

Tous me regardaient avec curiosité, et Berlaudier, goguenard, me demanda :

« Alors, tu es toujours décidé ? »

Je répondis gravement :

« Je n'ai qu'une parole. »

Lagneau, visiblement inquiet, s'écria :

« Tu n'as jamais donné ta parole ! Tu as tout simplement dit...

— J'ai dit que je casserai la figure à Pégomas, et je vais le faire à dix heures.

— Tu le feras si tu veux, dit Vigilanti, mais personne ne t'y oblige. »

Tous, ils craignaient pour moi le pire parce qu'ils n'étaient pas au courant de ma victoire de la nuit.

C'est alors que parut Carrère, qui posait sa main gauche – au passage – sur les pupitres, afin de boiter moins bas.

Je crus qu'il était venu pour arranger les choses, et m'interdire ce combat. Mais avec un visage grave, aussi beau qu'un visage d'homme, il dit simplement :

« Je suis fier d'être ton ami, et je trouve très bien que tu attaques un garçon qui est sûrement plus fort que toi. Je suis sûr que tu vas le rosser, parce que tu te bats pour l'honneur. Ce que tu peux craindre, c'est une retenue, ou même une demi-consigne. Mais pour ça, je peux t'aider.

« C'est Poil d'Azur qui surveillera la récréation. D'habitude, il ne dit jamais rien à personne, mais une bataille, ça pourrait l'intéresser... Alors, je me charge de l'occuper en lui demandant un tuyau pour un problème d'algèbre... Pour lui, les x, c'est des caramels mous. Tu pourras te battre tranquille. »

Citronnet, de sa voix discrète, gazouilla :

« Viens avec moi dans la cour, et je te ferai voir un truc.

— Quel truc ? »

Il m'expliqua gentiment :

« Tu lui prends le doigt du milieu, et tu le retournes à l'envers. Ça craque, son doigt reste en l'air, et il se met à pleurer tout de suite.

— C'est compliqué, dit Ben Seboul. Il vaut bien mieux un coup de cabèche dans le stoumac. Alors, il se baisse, et toi tu relèves ton genou à la rencontre de son nez et ça éclate comme une figue.

— Vous êtes bien gentils, dis-je, mais je sais ce que je vais faire.

— Oui, ricana Berlaudier, ce que tu vas lui faire, tu le sais — mais ce qu'il va te faire, tu ne le sais pas ! En tout cas, s'il te met en morceaux, j'ai une bobine de papier collant !

— Toi, tais-toi ! dis-je brutalement. Ne m'énerve pas, sinon je commence par toi ! »

Je fis un pas en avant, les épaules carrées et les poings fermés.

Alors, Berlaudier prit une mine terrorisée, leva les bras au ciel, et d'une voix suraiguë de fille, il cria :

« Au secours! Maman! Il veut me frapper! Au secours! »

Et il s'enfuit vers la cour, dans un éclat de rire général. Mais le roulement du tambour et l'entrée de M. Payre mirent fin à la comédie.

*
**

Avant la récréation sanglante, il me fallut traverser une heure de grammaire française, puis une heure de latin. La voix lointaine de Socrate parlait, une fois de plus, de son cher ablatif absolu. Cependant Lagneau, excité par l'attente du drame, me proposait, du coin de la bouche, des plans de combat.

« Si tu veux, moi je vais lui parler le premier. Toi, tu viens par-derrière... »

Je chuchotai :

« Non, je veux l'attaquer face à face.

– Laisse-moi te dire... »

Je l'aurais bien laissé dire, mais c'est Socrate qui ne le laissa pas.

« M. Lagneau, dit-il, je vois sur votre visage un tic assez inquiétant, qui pourrait faire croire que vous avez la bouche sous l'oreille gauche. Si vous désirez éviter deux heures de retenue, je vous conseille de la replacer sous votre nez. »

Lagneau fut ainsi réduit au silence, mais Berlaudier me montrait de loin, de temps à autre, la bobine de papier collant. Je feignais de ne pas le voir. J'avais croisé les bras, comme font les bons élèves : en réalité, c'était pour tâter mes biceps, et j'en faisais tressaillir la bosse, pour les préparer au combat... Mais le temps n'avançait pas : des fourmis grimpaient le long de mes jambes, l'ablatif absolu avait envahi le tableau noir. Lagneau faisait danser ses genoux sur la pointe de ses pieds, et la surface de l'encre en frissonnait dans l'encrier. A travers les platanes, le soleil de juin baignait d'une lumière d'or vert la cour déserte, où le sang coulerait peut-être tout à l'heure... Non, je n'avais plus peur, et je me sentais prêt à venger le nez d'Oliva, la gloire de l'étude, et l'honneur du nom : mais je trouvais vraiment pénible d'être prêt si longtemps, et j'écoutais de toutes mes forces le carillon de la grande horloge : enfin la petite cloche tinta une fois. C'était « moins cinq », et le tambour sonna la charge.

A travers les ruées de la sortie, j'avançai d'un pas décidé vers la porte de la sixième B. Lagneau marchait à ma droite, Berlaudier à ma gauche, et nous étions suivis par une dizaine de demi-pensionnaires : Oliva, dont le nez était devenu bleu, courut à notre rencontre : Nelps l'accompagnait.

« N'y va pas! me dit Oliva. J'ai eu tort de te parler de ça : n'y va pas! »

Je l'écartai noblement de mon chemin, et je découvris Pégomas : adossé à un pilier de la galerie, il enfonçait un croissant entre ses grosses joues. Il avait une tête de plus que moi, mais il n'était pas aussi grand que dans mes craintes, et comme un petit pli de graisse épaississait ses genoux, je me plus à croire qu'il était vraiment plein de soupe.

Dans un grand silence j'allai me planter devant lui et je dis :

« C'est toi, Pégomas? »

En mâchant voluptueusement son croissant, il répondit, avec une grande simplicité :

« Oui, pour t'emmerder. »

J'entendis des éclats de rire, mais je ne relevai pas cette injure dérisoire.

« Il paraît que tu as dit que les demi-pensionnaires sont tous des pedzouilles et que les boursiers sont des miteux. Est-ce que tu as le courage de le répéter ? »

J'avais compté sur ce préambule, prononcé sur un ton agressif, pour intimider l'adversaire, et j'espérais vaguement qu'il allait faire de plates excuses. Mais il me regarda avec une surprise chargée de mépris, et proclama, en détachant ses mots :

« Les demi-pensionnaires sont des pedzouilles, et les boursiers sont des miteux. La preuve c'est que le gouvernement vous fait manger ici, parce que chez vous, il n'y a pas de quoi bouffer. »

Et il enfonça dans sa gueule la seconde moitié du croissant.

Une rumeur indignée courut dans la foule, et je fus soudain enflammé par une pétillante colère de chat. Ce gros plein de soupe venait de parler de la pauvreté de Joseph ! Je m'élançai vers lui d'un seul bond, et avec la base de ma paume ouverte, je le frappai de bas en haut, sous les narines, de toutes mes forces que la rage décuplait. C'était le coup de Nat Pinkerton, qui « désoriente l'adversaire ». Le mien eut un double succès, car non seulement je lui retroussai le nez vers le plafond de la galerie, mais encore ma paume, au passage, enfonça le demi-croissant – qui était pointu – jusqu'à la glotte du sacrilège.

Je reçus au même instant un coup assez violent sur mon œil gauche, puis j'entendis le bruit affreux d'une éructation déchirante, suivie d'une gargouillante nausée. Je fis un pas en arrière, je m'élançai de nouveau, et je le frappai deux fois au creux de l'estomac. Tout en vomissant les débris du croissant, il se plia en deux et me tourna le dos, en me présentant un vaste derrière : j'y appuyai mon talon, et d'une violente poussée, je le projetai dans la cour où il s'étala à plat ventre, tandis que les spectateurs applaudissaient à grands cris.

Je l'avais suivi, et parlant à son râble horizontal je criais :

« Relève-toi, grand lâche. Relève-toi, parce que ce n'est pas fini! Ça ne fait que commencer! »

Il se tourna sur le côté, et lança de vaines ruades, tandis que Vigilanti me conseillait :

« Saute-lui sur le bide! »

J'allais certainement le piétiner, lorsque Oliva et Nelps me prirent chacun par un bras, et j'entendis la voix de Lagneau qui disait les paroles de mon rêve :

« Ça va, ça va, ça suffit comme ça! »

Le gros garçon se releva soudain, et je repoussai vivement mes amis pour m'élancer à sa rencontre.

Mais Poil d'Azur, échappant aux séductions mathématiques de Carrère, venait de surgir du pilier, et pour la première fois son visage exprimait un certain intérêt pour l'actualité. Le grand lâche se jeta sur lui, en criant :

« M'sieur! M'sieur! Regardez ce qu'il m'a fait! »

En tombant la face en avant, il s'était écorché la lèvre supérieure, qui saignait et se gonflait sous nos yeux.

Poil d'Azur regarda ce phénomène avec une véritable curiosité, puis il répondit sans la moindre émotion :

« Je vois. D'ailleurs, j'ai tout vu, et tout entendu. Rompez. »

Pégomas, stupéfait, insista :

« C'est un demi-pensionnaire! C'est celui-là! » Et il me montrait du doigt.

« Je sais, dit Poil d'Azur, je sais. »

Puis il se tut, pensif. J'attendais, immobile, les paroles fatales qui allaient préciser le châtiment de ma victoire : peut-être allait-il me conduire chez le surveillant général?

Le tambour roula longuement, mais en vain. La foule de curieux qui nous entourait maintenant restait immobile et muette, dans l'attente du jugement.

Alors Poil d'Azur fronça soudain les sourcils, et dit avec force :

« Eh bien? Vous n'avez pas entendu le tambour? Rompez! »

Il nous tourna le dos et s'éloigna d'un pas tranquille, à travers la ruée des élèves, tandis que mes amis, ivres de joie et de fierté, me faisaient un cortège triomphal jusqu'à la classe d'anglais.

Cette victoire fit grand bruit dans les cours de l'internat. Lagneau racontait la bataille sur le mode homérique, et concluait en disant :

« Si je n'avais pas été là, il l'aurait tué! »

Berlaudier discutait la chose en technicien, et appréciait grandement le coup de paume sous le nez, dont je fis plusieurs fois la démonstration, au milieu d'un cercle de connaisseurs.

Pour comble de gloire, le seul coup que j'avais reçu m'avait glorieusement poché un œil, qui fut d'abord rougeâtre, puis au cours de l'après-midi, s'entoura de cercles multicolores du plus bel effet. Ce fut vraiment une glorieuse journée, à peine assombrie par la crainte des conséquences possibles de ma victoire, car l'attitude de Poil d'Azur restait pour nous mystérieuse. Les uns pensaient que les quelques paroles qu'il avait prononcées représentaient le cycle complet de ses réactions, et constituaient la liquidation définitive de l'affaire; d'autres craignaient qu'elle ne rebondît sur les babines enflées de Pégomas, et que le bruit de ma gloire n'arrivât aux oreilles — toujours grandes ouvertes — de M. le censeur. Comme cette hypothèse inquiétante ne concernait que le lendemain — c'est-à-dire les temps futurs –, je résolus de n'y penser qu'à son heure et de jouir en paix de ma promotion.

Pendant l'étude, M. Payre me regarda avec intérêt, et vint me demander « qui m'avait arrangé de la sorte ». Je répondis modestement qu'en jouant à la pelote, j'avais reçu la balle dans l'œil : explication tout à fait plausible, et que Joseph accepta le soir même sans la moindre discussion.

Le lendemain matin, dans l'étude vide, je finissais de boutonner ma blouse, tout en causant avec Schmidt et Lagneau. L'enflure de mon œil avait diminué, mais ses couleurs s'étaient affirmées, car j'avais réussi, par des frictions nocturnes, à annuler l'effet curatif des compresses de ma mère, qui – dans sa naïveté – eût effacé la glorieuse meurtrissure dont elle ignorait la valeur.

Lagneau était précisément en train de l'admirer lorsque le concierge-tambourineur, plongeant son buste dans l'entrebâillement de la porte, me fit un signe d'appel, et cria :

« Chez M. le censeur! »

Lagneau, consterné, dit à voix basse :

« Ça y est! Poil d'Azur a fait un rapport! »

Cette terrible nouvelle me frappa au creux de l'estomac, et je dus pâlir, car le bon Schmidt s'efforça de me rassurer.

« Qu'est-ce que tu risques? dit-il. Peut-être deux heures. Moi, une retenue comme ça, ça ne me ferait pas peur. Ce n'est pas pour le travail, ni pour la conduite. Tu as voulu défendre un ami. On devrait te décorer!

– Peut-être, dis-je. Mais si on me supprime ma bourse? »

Vigilanti venait d'entrer, suivi d'Oliva.

« Quoi? cria-t-il. Ça alors, ça serait un crime! Moi je dis qu'il va te donner un avertissement, et pas plus. »

Oliva s'avança, navré.

« Je veux y aller avec toi. Je vais dire que c'est tout de ma faute!

— Ce n'est pas vrai, répliqua Lagneau. C'est tout de la faute du gros plein de soupe! Explique au censeur que c'est Pégomas qui t'a attaqué, et tout le monde dira comme toi!

— Ça, dit Vigilanti gravement, ça ne serait pas honnête, parce que ce n'est pas vrai!

— Quoi? cria Lagneau, indigné. Nous avons le droit de jurer que c'est Pégomas qui a commencé par un coup de poing sur le nez! Il n'y a pas besoin de dire que c'était celui d'Oliva!

— Il a raison! déclara Schmidt. Allons-y tous. »

Le buste oblique du concierge reparut, et cria :

« Alors? Ça vient? »

Nous sortîmes ensemble dans le couloir, où le concierge tout entier m'attendait. En voyant mes amis, il demanda :

« Qu'est-ce qu'ils veulent, tous ceux-là?

— On est des témoins! dit Lagneau. On va dire au censeur qu'il a raison, et que c'est l'autre qui a commencé!

— S'il a commencé, il s'est bien trompé! dit le concierge... Il a un nez comme un poivron, et une bouche qu'on dirait qu'il siffle. Et son père fait un foin du diable. Il demande au censeur si c'est un lycée, ou si c'est l'abattoir. »

Alors, je fus vraiment effrayé et Lagneau lui-même parut inquiet.

« Son père est venu?

— Il est venu, et il y est encore. Il y a son père, il y a lui, il y a le censeur et M. Berniolle, qui est en train de s'expliquer. »

M. Berniolle, c'était Poil d'Azur. Je compris que j'étais perdu. Je m'appuyai sur l'épaule de Lagneau.

« Et pourtant, tu as bien fait, disait Vigilanti. Tu as ta conscience pour toi! »

Ma conscience! A quoi pouvait-elle me servir, ma conscience! Si Pégomas était défiguré, je passerais sûrement en Conseil de discipline, je perdrais ma bourse, et je n'aurais pas d'autre solution que la fuite avec Lili dans la colline...

Oliva marchait devant moi. De temps à autre, il se retournait, et me regardait humblement.

Je me mis à le détester. C'était vraiment mon mauvais ange. Aux bourses, il m'avait volé la place du premier, et voilà qu'à cause de lui, et pour la gloire de son nez, je serais chassé du lycée, à la grande honte de mon père. Je le maudissais du fond du cœur, et je regrettais amèrement cette victoire désastreuse qui m'envoyait à l'échafaud, et qui dévastait ma famille... De plus, je pensai tout à coup à ce père furieux, qui allait peut-être me gifler devant tout le monde... Ça, alors, ce serait le comble... A cette idée, mes côtes serrèrent ma poitrine, et je fus forcé de m'arrêter, pour respirer profondément sous les yeux inquiets de mes amis. Le concierge, qui nous devançait, se retourna, et dit encore une fois :

« Alors, ça vient? »

Nous arrivâmes enfin devant la porte double d'où sortaient chaque jour, depuis des années, tant de condamnés : je ne l'avais encore jamais franchie, et je m'arrêtai de nouveau.

Le concierge, sans montrer la moindre émotion, écarta mon escorte, me prit par l'épaule, frappa discrètement, tendit l'oreille, ouvrit la porte, me poussa en avant, et la referma sur moi.

Je vis d'abord le dos de Poil d'Azur : il était debout, et sa main gauche serrait son poignet droit, sur son derrière. De l'autre côté du bureau, M. le censeur était assis, immobile, devant un registre ouvert.

A la gauche du dos de Poil d'Azur, il y avait celui de Pégomas; il tourna son visage vers mon entrée : je vis avec stupeur ses lèvres tuméfiées et son nez enflé, aussi jaune que le safran de la bouillabaisse. On aurait dit un masque de carnaval dont la grimace involontaire, et peut-être définitive, proclamait ma férocité. J'avais un instant espéré que mon œil poché, soutenu par l'exhibition du nez d'Oliva, pourrait venir en déduction des dommages subis par l'externe : mais la comparaison de nos meurtrissures à ce rutilant désastre n'aurait pu qu'aggraver mon cas, et par avance, j'y renonçai.

A côté de Pégomas, il y avait un homme très grand, richement vêtu d'un complet bleu marine, et qui tenait à la main un chapeau de feutre gris... Le petit doigt de cette main était orné d'une bague d'or très épaisse, qui avait dû coûter une fortune. En levant les yeux, je vis qu'il était roux, comme Clémentine. Elle m'avait dit souvent, avec fierté : « Les rouquins, c'est tout bon ou tout mauvais. » De quel genre était celui-là? On ne pouvait pas en décider à première vue mais d'après les propos du concierge, je craignais qu'il ne fût pas bon... Je m'aperçus que Poil d'Azur parlait. Sur le ton d'une parfaite indifférence, et comme quelqu'un qui récite une leçon, il murmurait :

– A ce moment-là, j'ai entendu l'élève Pégomas qui disait avec force : « Les demi-pensionnaires, c'est des pedzouilles, et les boursiers, c'est des miteux : la preuve, c'est qu'on les fait manger au lycée, parce que chez eux, ils n'ont rien à bouffer. Et alors... »

– Permettez! dit l'homme à la bague. Excusez-moi de vous interrompre.

Il se tourna vers son fils, et demanda :

« Reconnais-tu que tu as prononcé ces paroles? »

Pégomas, l'œil mauvais, articula péniblement à travers sa bouche en viande.

« Je l'ai dit parce que c'est la vérité! »

Il y eut un court silence, pendant lequel l'homme roux, à ma grande surprise, tira sa bague de son doigt, tandis que M. le censeur, fronçant le sourcil, regardait Pégomas d'un air de blâme; il allait parler, mais il n'en eut pas le temps.

La main droite de l'homme roux, d'un geste rapide comme un éclair, fit éclater un petit pétard sur la joue de l'insulteur, qui tressaillit et vacilla.

M. le censeur sourit, tandis que le justicier, tout en remettant la bague à son doigt, se tournait vers moi.

« Mon jeune ami, me dit-il, je vous félicite d'avoir corrigé cet imbécile comme il convenait de le faire, et j'espère que monsieur le censeur ne donnera aucune suite à ce regrettable incident. »

Puis, il prit son fils par l'épaule, et le poussa vers moi.

« Présente tes excuses à ce garçon », dit-il.

Pégomas me regardait, hagard. A l'injonction paternelle il répondit :

– Je ne sais pas quoi dire.

– Répète : « Je regrette d'avoir prononcé ces paroles odieuses, et je te prie de les oublier. »

Il hésita, regarda de tous côtés, puis il ferma les yeux, et répéta la phrase en cherchant ses mots.

« Bien, dit M. Pégomas. Et maintenant, monsieur le censeur, je m'excuse moi-même de vous avoir fait perdre un temps précieux : cette aventure que mon fils m'avait racontée à sa façon, méritait d'être éclaircie. »

M. le censeur le raccompagna jusqu'à la porte, en prononçant des paroles de politesse. Mais lorsqu'il l'ouvrit, Lagneau courbé en deux tomba l'oreille en avant sur la poitrine de M. Pégomas, comme s'il voulait l'ausculter... Son malade surpris le repoussa assez vivement, ce qui permit à Lagneau de prendre la fuite avant d'être reconnu.

Les Pégomas partis, M. le censeur vint à moi, me souleva le menton du bout de l'index, examina mon œil, et dit : « Ce ne sera rien. »

Et comme le tambour roulait, il dit encore :

« Grâce à la générosité de M. Pégomas, vous ne serez pas puni cette fois-ci. Rompez! »

Je sortis, au comble de la joie. Je trouvai dans le couloir non seulement mes sincères faux témoins, mais encore une dizaine d'autres « supporters » recrutés — au cours de sa fuite — par le fidèle Lagneau. Ils riaient de plaisir, ils m'admiraient, ils s'accrochaient à mes épaules. Le petit Oliva riait nerveusement, et le long de son nez bleuâtre brillait la trace d'une larme de joie, mais il n'osait pas s'approcher de moi : alors, je repoussai les autres, et je serrai ma gloire sur mon cœur.

Dès le lendemain matin, j'arrachai de ma blouse trois boutons, qui laissèrent à leur place trois petits accrocs ébouriffés; puis je rompis le fil d'une couture, je lacérai en deux endroits l'inusable lustrine

que ma mère avait choisie, et je rabattis mes chaussettes sur mes souliers.

A partir de ce jour chaque fois que le Pégomas me
voyait arriver dans la cour, il me lançait un regard
torve, et s'éloignait en rasant les murs, ou glissait,
par une fuite semi-circulaire, derrière un pilier de la
galerie, et ma réputation en était rafraîchie.

J'en jouissais paisiblement, mais sans chercher
d'autres bagarres : je pensais à la seconde moitié du
croissant. Je savais bien que cette corne de pâtisserie,
si imprudemment enfournée avant la bataille, avait
été l'arme principale de ma victoire : il eût été
déraisonnable d'espérer que le destin m'offrirait toujours des adversaires équipés d'un croissant pointé
sur leur luette... C'est pourquoi je ne montrais ma
force que par l'autorité de mon regard, la calme
violence de mes paroles, et les fuites répétées de
Pégomas.

C'est ainsi qu'à la fin de l'année de sixième
j'affirmai sans effort ma personnalité, et que je
m'installai définitivement dans une assez belle situation de combattant redoutable et de redresseur de
torts.